소설 사기

김병종 장편역사소설

소설 사기

❸ 통일천하

1. 반간계 ——— 9
2. 대치국면 ——— 23
3. 사면초가 ——— 37
4. 새로운 태양 ——— 52
5. 토사구팽 ——— 75
6. 평정 이후 ——— 114
7. 불신 ——— 128
8. 여태후의 비수 ——— 150
9. 선택 ——— 179
10. 여씨천하 ——— 194
11. 되찾은 황제위 ——— 230
12. 반역의 상 ——— 256
13. 징후 ——— 277
14. 칠국반란 ——— 298

❸ 통일천하

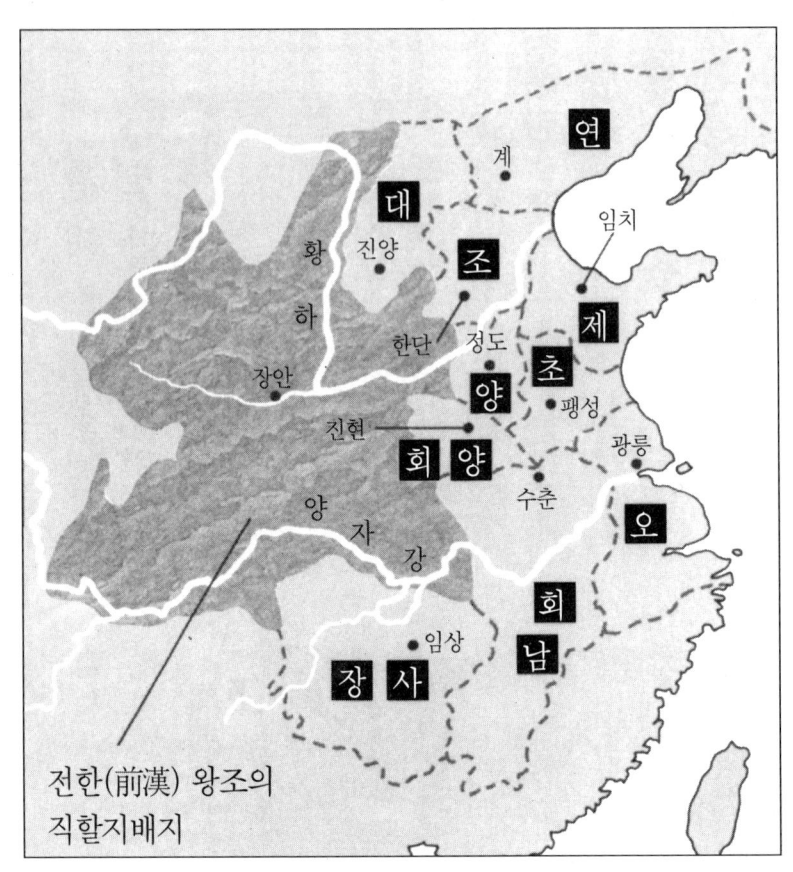

전한(前漢)시대 각국 분포도

1. 반간계

"이러다간 우리 한군은 제대로 싸워보기도 전에 고스란히 굶어죽는 게 아니오?"

유방은 진평을 내려다보며 탄식했다.

그동안 유방은 형양의 남쪽에다 포진하고는 용도를 구축해 황하까지 연결한 뒤 오창의 미곡창으로부터 식량을 보급받고 있었다. 그러나 초군이 용도를 습격해 식량을 자주 탈취해 가고부터는 한군의 식량 사정은 말이 아니었다.

그래서 궁여지책으로 항우한테 사자를 보냈다.

── 한나라 영토를 형양 이서(以西)로 국한하겠으니 우리 화해합시다.

항우도 전쟁으로 지쳐있던 상태였다. 곧 유방한테 사자를 보낼 차비를 했다. 그런데 느닷없이 군사 범증이 달려들어 왔다.

"안 됩니다! 한나라는 이제 겁낼 것이 없습니다. 이런 기회에 깨끗이 해치우지 않으면 뒷날 반드시 후회하실 날이 옵니다!"

항우가 이럴까 저럴까 하고 고민하기 시작했다.

유방은 유방대로 살아날 방도를 찾느라고 진평을 불러 한탄하고 있었다.

"도대체 이토록 지겨운 전쟁이 언제라야 끝날 것 같소?"

진평은 양무(陽武 : 하남성)사람이다.

젊어서 비록 집안은 가난했지만 책읽기를 몹시 즐겼다. 밭 30무(畝)가 재산의 전부였기로 형 진백(陳伯)을 도와주며 자신은 총각으로 살았다.

그런데 진백은 동생 진평이 책읽기를 좋아하는 것을 보고 가급적 농사일을 덜어주며 자유롭게 공부하도록 했다.

진평은 체구가 장대하면서 용모까지 아름다웠다. 어떤 사람이 진평에게 물었다.

"그토록 집은 가난하다면서 무얼 먹었길래 이토록 살결은 희고 살집도 좋소?"

형수가 농사일을 돕지 않는 시동생이 미웠는지 옆에 있다가 대신 대답했다.

"겨우 쌀겨를 먹는데도 이토록 피둥피둥한 걸 보니 혈통이 돼지 집안인가 봐요!"

그 말을 어디선가 전해 들은 진백은 제 처를 때렸다.

진평이 성장해 장가갈 나이가 되었다. 그러나 부자는 딸을 주려 하지 않았고 가난한 집 딸은 이쪽에서 얻기를 꺼렸다.

진평은 노총각이 되었다. 그 때 인근에 장부(張負)라는 부자노인이 있었는데 그에게는 시집을 다섯번씩이나 갔다온 손녀딸이 있었다. 그토록 그녀가 자주 혼인했던 이유는 시집을 가자마자 몇 개월을 넘기지 못하고 신랑이 죽어버렸기 때문이었다. 그렇게 되니 아무리 가난뱅이지만 누가 나서서 감히 그 부자 손녀딸을 데려가려고 하지를 않았다.

진평이 그런 소문을 들었다.

진평은 평소 마을에 상사(喪事)가 생기면 누구보다 먼저 달려가 장례 일을 도와주고 또한 제일 늦게 귀가함으로써 사람들의 칭송을 듣고 있었다.

어느날 부자 장부가 어떤 상가에 들른다는 소문을 듣고 진평은 서둘러 그 상가에 들러 성심성의껏 일을 돌봐주었다. 다분히 의도적이었다.

그런 진평이 장부의 눈에 들지 않을 수가 없었다.

'남의 상가에 와서 소득도 없는 일을 가지고 저토록 몸을 아끼지 않고 열성을 다하는 것을 보니 대단한 젊은이로구나! 풍모 또한 훌륭한 걸 보니 금상첨화다!'

장부는 기다렸다가 귀가길의 진평을 뒤쫓았다. 그런데 진평이 성곽 밖의 빈민촌에 살고 있는 데다 골목 어귀의 토굴같은 집에서 문에다 헌 가마니를 치고 살고 있는 것을 보고는 깜짝 놀랐다.

'그러나, 차라리 잘 됐다!'

집으로 돌아온 장부는 아들 장중(張仲)을 불러놓고 말했다.

"내 손녀를 진평에게 주었으면 한다."

장중은 펄쩍 뛰었다.

"아버지, 진평 그자에 대한 소문이나 듣고 하시는 말씀입니까!"

"그자가 어때서?"

"그토록 가난한 주제에 집안 일은 돕지 않고 밤낮 빈둥거리며 놀기만 하는 그런 놈한테 어떻게 내 딸을 주겠습니까!"

"그것은 그에게 흠이 되지 않는다."

"그건 어째서입니까?"

"그는 농사꾼이 아니다. 선비일 뿐이다. 더구나 내 손녀딸에게도 다섯 번씩이나 이미 시집을 갔던 흠이 있지 않느냐."

"그것이 흠이라면 차라리 내 딸을 혼자 살도록 하겠습니다."

"억지 부리지 마라. 내 손녀딸이 벌써 다섯번씩이나 살부(殺夫)한 바도 남자쪽에서 보면 오히려 더 큰 여자쪽의 흠이다. 누가 그런 집안으로 장가오려 하겠느냐."

"그렇다면 아버지는 진평을 죽이려고 제 딸년과 결혼시키려는 겁니까?"

"내가 다 보는 바가 있다. 손녀사위놈들이 모두 죽어나간 것은 아직 손녀가 인연을 만나지 못해서이다. 진평이야말로 인연이다. 진평처럼 당당하고 미끈한 장부 쳐놓고 성공하지 못한 사람 아직 본 적이 없으며, 또 진평처럼 생긴 인물 치고 장수하지 못한 사람 아직 보지 못했다. 오히려 내 손녀딸에게는 과분하다."

장중은 아버지 장부한테 질 수밖에 없었다. 그러나 애써 반발했다.

"그렇지만 진평이 내 딸년을 취할 것을 거절할지도 모르겠습니다."

장부는 대꾸하지 않았다.

이튿날 장부노인은 가만히 진평을 찾아갔다. 혼례를 올릴 것을 다짐 받고는 넉넉하게 돈을 꾸어주면서 말했다.

"이 돈으로 처가집에 대한 예의도 차리고 잔칫날 손님들을 대접할 음식도 마련하도록 하게."

집으로 돌아온 장부노인은 손녀를 조용히 불러놓고 경고했다.

"남편이 본래 가난하다 해서 감히 우습게 대했다간 넌 살아남을 수 없을 줄 알아라! 그리고 남편의 형은 부친처럼 섬기고 형수 역시 모친처럼 섬겨라."

　장씨의 딸을 얻은 진평은 곧 씀씀이가 좋아지면서 교우관계도 넓어졌다.

　진평은 이(里 : 25家) 가운데에 있는 사(社 : 봄 가을에 제사지내는 사당)의 재(宰 : 祭肉을 주관)가 되었다. 그런데 그 제육을 분배하는 솜씨가 매우 공평하자 장로들이 다투어 칭찬했다.

　"진평은 젊은 사람이면서도 재노릇을 정말 곧잘 하네!"

　그러자 진평은 하늘을 향해 외쳤다.

　"아, 나 진평에게 천하를 주관하라고 해도 이 고기를 나누는 것처럼 공평하면서도 멋지게 해낼 터인데!"

　진승이 봉기했을 때 진평은 그의 형 진백과 작별한 뒤 수백 명의 젊은이들을 거느리고 임제로 가서 위왕(魏王) 구(咎)를 섬겼다. 위구는 그를 태복(太僕 : 수레와 말을 주관하는 관리)에 임명했다.

　그런데 진평이 위구의 사랑을 받자 주위에서 그를 시기하기 시작했다. 공교롭게도 위구의 아내가 미남 진평을 유혹하는 사건이 생긴 것이다.

　"무어라고? 그자가 내 아내를 유혹해!"

　왕비가 오히려 진평에게 완전히 뒤집어씌운 꼴이었지만 변명이 통할 리가 없었다.

　'도망치고 볼 일이다! 억울하지만 어쩔 수가 없지.'

　오랜 후 항우가 황하가로 진출했을 때 진평은 그에게로 가서 귀속하고 진(秦)을 격파하는 데 공을 세웠다.

　항우가 동진하여 팽성에서 초왕에 오르는 동안 유방이 한중에서 나와 삼진을 멸한 뒤 동진해 왔다. 이 때 은왕(殷王) 사마앙이 배반해 한으로 붙자 노한 항우가 진평을 보내어 은왕의 항복을 받아오도록 했다. 진평은 성공하고 돌아왔다.

그런데 얼마 지나지 않아 유방이 다시 은을 공격해 항복시켰는데, 이때 항우는 지난날 은을 공격할 당시의 장군들이 음모해 한과 내통한 사실이 있다하여 은나라 공격군 장군들을 모조리 죽이려 했다.

'항우한테는 아무리 변명해도 통하지 않을 것이다. 그렇다면 하사받은 황금과 장군의 인장을 밀봉해 항우한테 돌려보낸 후 도망칠 밖에!'

진평은 자신의 신분을 감추며 칼을 지팡이처럼 위장해 도망쳤다.

진평이 황하를 건널 때였다. 뱃사람들이 진평을 건너다보며 수군거렸다.

"저자같은 미장부가 일행도 없이 서둘러 강을 건너는 것을 보니 필시 도망가는 장군인 듯하다. 어쩐다?"

"틀림없이 수중에는 금은보화를 감추고 있을 것이다. 죽여서 그것을 뺏자!"

진평은 위험을 감지했다. 옷을 얼른 훌훌 벗어버린 뒤 뱃사람들에게 소리쳤다.

"힘드신 것 같은데 저도 도와드리죠."

진평은 뱃속을 뚜벅뚜벅 걸어가서 노를 잡았다. 그러자 뱃사람들은 고맙다는 말이 없이 투덜거리기만 했다.

"쳇! 완전히 알거지였군!"

진평이 한나라에 귀순한 것은 수무(修武: 하남성)에서였다.

진평이 한왕 유방한테로 불려갔을 때였다. 식사가 끝나자마자 유방은 진평에게 말했다.

"물러가서 숙사(宿舍)로 드시오."

진평은 기회를 놓치면 두 번 다시 한왕을 만날 일이 없을 것으로 판단했다.

"신이 뵈러온 것은 한끼 식사 때문이 아닙니다. 물론 용무가 있어서 왔습니다. 그것도 오늘 중으로 말씀드리고 싶습니다."

진평의 태도가 하도 결연하므로 유방은 그를 불러앉혔다.

몇 마디 대화를 나눠본 유방은 진평이 보통 인물이 아니라는 사실을 깨달았다.

"그대가 초나라에 있을 땐 어떤 벼슬자리에 있었소?"

"도위(都尉)였습니다."

유방은 진평을 물끄러미 쳐다보다말고 그 자리에서 도위에 임명하고 말았다. 뿐만 아니었다. 참승(參乘 : 왕과 함께 수레를 타는 무관)에다가 호군중위(護軍中尉 : 장군들의 감찰무관)의 직책까지 내렸다.

그렇게 되자 여러 장군들이 아우성쳤다.

"대왕께선 초나라 도망병 하나 얻으시곤 그가 어떤 인물인지도 모르시면서 하루만에 수레에 태우시는 데다가 그나마도 모자라 한참 고참들인 우리 한나라 장군들까지 감찰케 하십니까!"

"시끄럽소. 과인에게도 인물을 보는 눈이 있소."

유방의 진평에 대한 총애가 더욱 깊어지자 이번에는 주발과 관영이 나섰다.

"진평은 미장부이긴 하나 관(冠)을 장식하는 옥과 같아서 거죽은 번지르르하지만 그 속이 어떤지는 확신할 수 없습니다. 신이 듣기론 진평이 집에 있을 땐 제 형수를 훔치고, 위(魏)를 섬기다가는 뜻을 얻지 못하자 초로 귀속했습니다. 초에서도 용납되지 못하고서는 다시 도망해 한으로 귀속한 것입니다."

유방은 주발과 관영이 번갈아가며 떠드는 소리를 여전히 묵묵히 듣고만 있었다.

"오늘날 대왕께서는 진평 그자를 존관(尊官)에 임명하여 군(軍)을 감찰케 하셨습니다. 신들이 듣기로는 진평은 여러 장군들한테 금품을 받고 또한 많은 금품을 보낸 자에게는 좋은 자리를 주고 금품을 조금 보낸 자에게는 나쁜 자리를 주었다고 합니다. 그토록 진평은 반복무상(反覆無常)한, 나라를 어지럽히는 자입니다. 원하옵건대 대왕께서는 이 점을 명찰해 주시기 바랍니다."

적어도 믿고 있던 신하 주발과 관영의 진언이라 유방은 전연 무시할 수가 없어 위무지(魏無知)를 불러들였다. 위무지는 진평을 왕 앞에 서게 한 인물이었기 때문이었다.

유방 앞으로 불려온 위무지는 이렇게 말했다.

"신이 말하는 바는 진평의 재능입니다. 대왕께서 문책하는 바는 행실입니다. 요즘 세상에서는 애인과의 약속을 지키려다 물 속에 빠져죽은 미생(尾生)이든가, 효행으로 유명한 은나라의 효기(孝己)같은 훌륭한 덕행의 소유자는 아무런 도움이 되지 않는다는 말씀입니다. 한 마디로 대왕의 승패 운수에는 어떤 관계도 없다는 뜻입니다. 차제에 폐하께서는 미생이나 효기같은 인물을 수하에 두시겠습니까 아니면 진평같이 실리적은 인물을 곁에 두시겠습니까."

"글쎄……?"

"지금 초나라와 한나라는 서로 치열한 공방전을 계속하고 있습니다. 그래서 대왕께 조금이나마 도움이 될까 싶어 기모지사(奇謀之士)인 진평을 추천했던 것입니다. 제딴엔 그의 계략이 진정 국가에 이익이 되기에 충분한가 아닌가만 고려했을 따름입니다. 그러니 그가 형수를 훔쳤다든가, 실제로는 그 반대였지만, 혹은 남에게서 금품을 받았다던가 하는 따위는 거론할 만한 가치조차 없다고 생각합니다."

고개를 끄덕거린 유방은 위무지를 내보낸 뒤 끝으로 진평을 직접 불렀다.

"그대는 위나라를 섬기다 뜻을 얻지 못하자 도망쳐 가서 초나라를 섬겼소. 그러다간 다시 초를 떠나서 과인한테로 온 것이오. 한 가지 묻겠는데 과연 신의있는 사람이라면서 이토록 변화무쌍한 처신을 해도 괜찮은 거요?"

한동안 묵묵히 생각에 잠겨있던 진평은 드디어 고개를 들었다.

"신은 분명히 처음에 위왕을 섬겼습니다. 그러나 위왕은 아예 신의 언설을 채용할 만한 능력이 없었습니다. 그래서 그를 떠나 초왕을 섬겼습니다. 그런데 초왕에겐 남을 신용하는 능력이 없습니다. 항우가 신임하고 총애하는 인물들은 항씨 일족 아니면 처가쪽 사람들뿐이었습니다."

진평은 더욱 목소리를 높여 유방에게 늘어놓기 시작했다.

"항우는 기모지사가 있다 하더라도 기용할 능력이 없었습니다."

"그래서 그대는 초에서 떠났던 거요?"

"그렇습니다. 그리고 한왕께서는 능히 인재를 기용할 만한 능력과 도량이 있다고 들었기에 대왕께 귀속했던 것입니다. 신은 맨손으로 왔습니다. 금품을 받지 않고서는 생활 수단을 삼을 것이 없습니다. 만약에 신의 계략에 채택할 만한 가치가 있다고 생각되신다면 원하옵건대 대왕께서는 신을 써주십시오. 무가치하다고 생각되신다면 그동안 신이 받은 금품은 그대로 있사오니 청하옵건대 봉인하여 당국으로 보내드리고 사임하게 해주십시오."

유방은 진평의 솔직한 대답에 감동을 받았다. 때문에 더욱 진평에게 후사했으며 호군중위로 임명하기까지에 이르렀던 것이다.

한군에게 위기가 닥치자 유방은 기회라 생각하고 진평을 쓰기 위해 급히 불렀다.

"어떻소. 천하가 이토록 난분분하니 언제나 안정이 되겠소!"

진평은 미리 준비라도 해온 듯이 스스럼없이 입을 열었다.

"항우는 사람됨이 공손하며 사람을 사랑하기 때문에 예의를 좋아하는 선비들이 많이 달려갔습니다. 그러나 공로에 대해 상을 주고 작읍을 내리는 데 있어서는 턱없이 인색하여 그로 인해 따르는 인사가 없게 되었습니다. 그에 비해서 대왕께서는 오만하고 예의가 없어 예절을 좋아하는 선비는 오질 않았으나 작읍을 내려 사람들을 풍요하게 해줌으로써, 완고하고 둔한 인물이든가 이익을 좋아하는 후안무치한 무리들은 떼를 지어 몰려왔습니다. 때문에 누구든 한나라와 초나라의 단점을 제거하고 장점만 선택해 따른다면 천하는 그의 지휘로 안정될 것입니다."

"그 참 옳은 소리이긴 하나 꽤 어려운 방법이겠군."

"그렇지도 않습니다. 이미 초나라에는 쓸 만한 인물이라곤 범증과 종리매 정도만 남았습니다. 그나마도 첩자를 보내 반간계(反間計)를 쓰면 초나라는 쉽게 무너집니다."

유방은 눈이 번쩍 떠졌다.

"그렇다면 그렇게 해보시구려!"

"군신(君臣) 사이를 이간시켜 서로 의심을 품게만 만든다면 벌써 초나라는 망한 것과 다름없습니다. 더구나 항우는 사람됨이 남을 잘 의심하므로 참언을 믿게 될 것이며 그렇게 되면 내부에서 서로를 죽이기에 바빠질 것입니다."

"그대가 그렇게 되도록 일을 꾸며 보겠소?"

그러자 진평은 유방의 눈치를 살피느라고 헛기침을 한 번 한 뒤 천천히 입을 열었다.

"하온대 일을 제대로 하자니 수만 근의 황금이 필요합니다."

"수만 근!"

"반간계로 내분을 일으키자면 그만한 자금은 뿌려야 합니다."

한동안 생각에 잠겨있던 유방은 홀연히 고개를 치켜들었다.

"좋소! 4만 근의 황금을 드리리다. 이 돈은 마음대로 쓰시오. 그 출납이나 용도를 묻지는 않겠소."

"고맙습니다."

초나라로 들어간 진평은 첩자들을 풀어 특히 초군의 부장급 장교들에게 집중적으로 자금을 뿌렸다.

"글쎄 말이오. 종리매를 위시한 여러 장군들이 초왕을 받들어 엄청난 공로를 세웠지만 그럼에도 불구하고 장군들에게 영토를 전연 할애하지 않았기 때문에 실망한 나머지 군사인 범증과 짜고 한나라와 내통하게 되었다는 소문이 파다하게 퍼졌습디다."

"내통이라니요?"

"아, 한왕과 짜고 항씨 일가를 전복시킨 후 그 영토를 할양받아 왕이 되겠다는 얘기 아니고 무엇이겠소."

황금을 듬뿍듬뿍 뿌려가며 유언비어를 퍼뜨리자 온 진중이 그런 얘기들로 소란스러웠다. 동시에 그 소문이 항우의 귀에 들어가지 않을 수가 없었다.

"무엇이! 종리매 등이 범증을 업고 나를 배반하고 있다고! 설마 그럴 리가!"

그러나 워낙 여러 경로로 음모를 꾸미고 있는 소문들이 들어오자 항우도 믿지 않을 수가 없었다.

'그렇지만 확인은 해보아야지. 유방이 휴전을 요청해 온 마당에 그 진의를 파악하기 위해서라도 한나라로 사자를 보내보면 알겠지.'

진평이 초나라의 내부사정을 들었다. 첩자 하나를 불러 서둘러 한나라로 서신을 보냈다.

── 반간계가 효력을 발휘하기 시작했습니다. 초왕이 금일 중으로 사자를 한나라로 보내 그쪽 사정을 탐지할 것 같으니 미리 감지하시고 그쪽에서도 초나라의 의도를 역이용 하시면 범증도 처리할 수 있을 것입니다.

"옳지 됐다!"

유방은 진평의 서신을 받아본 후 무릎을 쳤다.

그래서 유방은 정(鼎 : 제위의 상징인 세 발 솥)을 준비하고 태뢰(太牢 : 소·양·돼지고기로 만든 성대한 요리)까지 마련한 뒤 초왕의 사자가 오기를 기다렸다.

진평의 말대로 얼마 지나지 않아 초왕 항우의 사자가 한나라에 도착했다.

"어서 오시오. 원로에 얼마나 수고가 많으셨소. 그래, 아보(亞父 : 범증)께선 평안하시오. 곧 왕이 되신다지요?"

유방의 말에 항우의 사자는 너무 놀랐던지 한동안 입만 딱 벌리고 있었다.

"이제 막 범증군사께서 왕이 되신다고 하셨습니까?"

"그럼, 아니오?"

"대왕께 지금 소신이 여쭙고 있는 중입니다."

그제서야 유방은 몹시 당황해 하는 척하며 태도를 바꾸었다.

"그렇다면 그대들은 범증군사께서 보낸 축하사절이 아니란 말이오?"
"아닙니다. 초나라 대왕의 사자들입니다."
"원 세상에 이런 황당한 일이! 그대들이 아보께서 보낸 사자들이 아니라면 문제가 다르지. 과인으로선 아무 할 말이 없네. 여봐라, 어서 세 발 솥과 성대한 요리들을 치워버려라. 저기 앉은 초의 사신들은 범증군사의 사자들이 아닌 것 같으니 다른 요리상으로 다시 차려 내오너라."

그러면서 형편없는 요리상을 다시 내왔다. 항우의 사자들은 기분 나빴지만 감히 한왕 앞에서 그런 불평을 말할 수는 없었다.

초의 사자들은 귀국해 항우한테 그렇게 당한 사실을 자세히 보고했다.

'그렇다면 소문이 사실이었구나! 범증과 종리매 등을 조심해야지!'
그런 줄도 모르고 범증은 형양성 함락 방안을 들고 급히 항우를 찾아갔다.

"한나라 군사는 지금 극도로 피폐해 있습니다. 절호의 기회입니다!"
그런데도 항우는 범증을 반쯤 외면한 채 돌아앉아 있다가 심드렁한 목소리로 대꾸했다.

"그만두시오. 한왕과는 화해하기로 이미 결정했소!"
하릴없이 물러난 범증은 숙소로 돌아와 맥을 놓고 앉아 있는데 부관이 들어와 조심스럽게 입을 열었다.

"모르고 계셨습니까?"
"무얼?"
"대왕께서 군사님을 의심하고 계시다는 사실을 말입니다."
"나를 의심해?"
"종리매장군 등을 꼬드겨 초왕께 반기를 든 후 군사님이 초왕이 되신다는 소문이 지금 진중에 파다합니다."

"한나라에서 반간계를 썼구나! 그렇지만 그걸 사실로 믿어버린 초왕이 더욱 한심스럽구나!"

"어쨌건 군사께선 몸조심하십시오."

"일 없다! 천하대사는 이미 결정났다. 앞으로의 일은 대왕께서 알아서 하실 일이다. 나는 사직하고 고향으로 돌아가겠다!"

너무도 분했던지 범증은 미처 팽성에 미치지 못해 등에 악성 종기가 돋아나 그로 인해 죽고 말았다.

2. 대치국면

팽월이 양(梁)땅에서 반항해 초군의 식량 보급로를 끊어버리자 항우는 몹시 불편해 하고 있었다.

'최후의 수단이다. 제 아비를 삶아 죽이겠다고 하면 유방도 항복하고 말겠지!'

항우는 진작에 인질로 잡아둔 유방의 부친을 데리고 광무산(廣武山 : 하남성) 아래로 나갔다. 거기에는 유방이 기다리고 있었기 때문이었다.

유방은 누벽을 사이에 두고 백 보 거리에서 항우와 대치했다. 꽁꽁 묶인 유방의 부친이 높다란 누대 위에 꿇어앉아 있었고 그 옆에는 물이 펄펄 끓고 있는 가마솥이 있었다.

"이를 어쩐다! 저놈이 과인의 아버지를 인질로 잡고 있는데!"

유방이 비명을 지르자 곁에 있던 장량이 대답했다.

"우선 초왕이 무슨 소리를 하는지 들어보시지요."

유방이 한동안 물끄러미 내려다보고 있자 항우가 먼저 소리질렀다.

"당장 항복해라! 그렇지 않으면 네 아비를 삶아 죽이겠다!"

유방은 겁이 덜컥 났다. 옆의 장량을 두려운 시선으로 돌아보았다.

"걱정 마십시오. 결코 초왕은 태공을 헤치지 못할 것입니다."

"그래도……"

"곁에 항백(項伯)이 있는 한 항우가 아무리 화가 나더라도 태공께선 안전합니다."

"그럼 과인이 초왕한테 무어라 대꾸해야 하오?"

"한 술 더 뜨시지요. 저자를 바짝 약오르게 할수록 유리합니다."

"정말 괜찮겠소?"

"태공을 해칠 생각만 있었다면 이미 어떻게든 결행했을 겁니다. 그러나 지금은 그를 화나게 하는 것이 유리합니다."

힘을 얻은 유방은 거드름을 피며 소리질렀다.

"내 아버지를 삶겠다고?"

"그래, 삶아먹겠다. 네가 항복하지 않으면!"

"삶거든 나에게도 국물 한 그릇을 나누어 주게."

"무슨 소리냐?"

"그대와 내가 신하의 신분으로 회왕을 섬길 때 우리가 어떤 약속을 했는지 알고 있다면 말이다."

"어떤 약속을 했기에?"

"우리가 의형제의 의를 맺지 않았던가."

"그래서?"

"그렇다면 나에게 있어 아버지는 자네에게도 아버지가 된다. 꼭 너의 부친을 삶아 죽이겠다면 나에게도 그 국물을 달라고 한 것이다."

유방이 제 부친의 위험을 앞두고도 놀라기는커녕 오히려 조소를 해오자 항우는 화가 머리 끝까지 났다.

"무어라고? 제 아비를 삶은 국물을 달라고? 그렇다면 네 소원대로 해주지!"

항우는 태공을 달랑 들어서 물이 끓고 있는 가마솥 안으로 처넣으려고 했다.

"고정하시오!"

옆에 있다가 황급히 말린 사람은 역시 항우의 삼촌 항백이었다.

"고정하라고요?"

"천하 대사는 아직도 어떻게 될지 알 수 없는 상황이오. 또 천하를 다스리는 자는 가족 같은 것은 돌보지 않는 것이오. 유방의 말이 사실일지도 모르오. 그런 형편이니 태공을 죽인다 한들 무슨 이익이 된단 말이오. 그대에 대한 인식만 나빠지지."

"분풀이는 되겠지요!"

"아서요! 분풀이는 될지 모르나 유방을 격노시켜 화를 더 불러올 뿐이오. 참으시오!"

항우는 한참 동안 씩씩거리다가 분을 삭였는지 그제서야 태공을 내려놓았다.

목소리를 한결 낮춘 항우는 유방한테 이번에는 엉뚱한 제의를 했다.

"잘 들어라. 천하가 수년 동안 떠들썩하게 어지러운 것은 오직 우리 두 사람 때문이 아닌가."

"그래서?"

유방은 고개를 내밀며 반문했다.

"단판승부로 결판을 내자는 말이다."

"어떻게?"

"너와 나 일대일로 싸워서 결정을 내버리자는 뜻이다. 사용할 무기는 네 마음대로 결정해도 좋다."

듣고난 유방은 코웃음쳤다.

"무슨 말인가 했지. 난 지혜로 싸우지 완력으로는 싸우지 않는다."

"여보게, 부질없이 천하 백성들만 괴롭힐 필요가 어디 있는가. 싸우기 싫다면 대화로써 해결하자."

"좋은 생각이긴 하나 내가 어떻게 자네를 믿어."

"믿지 못하다니?"

"처음에 우리는 회왕한테서 명령을 받았다. 그 때 관중을 먼저 평정한 자가 관중의 왕이 된다고 했다. 그런데 분명히 내가 점령했는데도 그대는 약속을 어기고 나를 촉한땅으로 쫓아보내지 않았는가 말이다."

"또 그 소리냐."

"그게 그대 죄과의 첫번째다."

"나에게 과실이 그것 말고 또 있다는 거냐?"

"있고 말고. 적어도 열 가지는 되지. 그대는 회왕의 명령이라 속이고 경자관군 송의를 죽인 뒤 자네가 상장군 자리를 차지해 버렸으니 그게 당신 죄과의 두번째라 하겠지."

항우는 유방의 질타를 묵묵히 인내할 수밖에 없었다.

"게다가 그대는 조나라를 구원한 뒤 마땅히 회군하여 회왕한테 복명해야 하는 것이 도리인데도 제멋대로 제후군들을 위협해 입관해 버렸으니 그게 당신의 세번째 죄과이다."

항우는 여전히 대꾸가 없었다.

"회왕은 우리들에게 진(秦)으로 들어가더라도 포학하게 굴지 말고 약탈도 하지 말라고 해서 나는 그 명령을 착실히 지켰으나 자네는 진나라 궁전을 불살랐으며 시황제의 무덤을 파헤쳤고 진나라 재물을 사사롭게 탈취하지 않았는가 말이다. 이게 당신 죄과의 네번째이다."

"또 있나?"

"있지. 전날 곱게 항복해 온 진왕 자영은 왜 멋대로 죽였나. 그대가 무엇이길래. 그를 죽일 자격이라도 있었는가. 이게 바로 당신의 다섯째 죄과이다."

"그리고?"

"항복해 온 진나라 군사 20만 명을 신안(新安)에서 속임수로 묻어죽인데다 굳이 진나라 장수 장한만을 살려놓고 자기 사람으로 만들어 왕을 삼았으니 이게 당신 죄과의 여섯번째이다."

"그게 어째서 죄가 되는가?"

"그대는 자기 부하들만 좋은 땅의 왕으로 봉하지 않았나. 그렇게 함으로써 옛적의 왕들은 타지로 추방해 그들로 하여금 다투어 반란을 일으키도록 했으니 그게 당신 죄과의 일곱번째이다."

"더 있어?"

"말해주지. 그대는 의제(義帝)를 팽성에서 내쫓은 뒤 자신이 도읍을 하지 않았는가. 한왕(韓王)의 땅도 빼앗고 양나라 초나라 땅까지 병합해 왕으로 군림하지 않았나. 자기 혼자만 많은 땅을 독차지하고서 말이다. 이게 당신 죄과의 여덟번째이다."

"그만 해라."

"더 들어야 한다. 너는 이미 아무 방어능력도 없어진 의제를 사람을 시켜 강남에서 몰래 시살하지 않았는가 말이다. 이게 당신 죄과의 아홉번째란 말이다."

"글쎄?"

"신하된 자로서 군주를 시살하고, 이미 항복한 자들을 죽이고, 또 그대의 정치는 불공평한데다 약속을 이행함에 있어서도 신의(信義)가 없으니 천하가 이를 용납치 못하고 있는 게 아닌가. 이것이 바로 당신의 대역무도한 짓거리의 결과로 나타난 당신 죄과의 열번째인 것이다."

"그러니 나더러 어쩌란 말이냐?"

"나는 의병을 일으켜 제후들의 뜻에 따라 잔인무도한 역적을 주살할 명분을 얻고 있으니 그래서 바로 열 가지 죄과가 있는 항우 당신을 치는 것이다."

유방이 조목조목 죄질을 따져나가자 항우는 다시 격노했다.

"무엇이라고! 이 건방진 놈! 너희들 창칼 잘 쓰는 몇이 나가서 저 유방 놈을 묶어오너라!"

항우의 명령이 떨어지자 몇 명의 장사가 앞으로 달려나갔다.

유방도 지지 않았다.

"누번(樓煩)이 나가서 저놈들을 한 놈씩 쏘아 죽여라!"

누번은 활쏘기의 명수였다. 날아가는 기러기의 눈을 맞추는 활의 달인이었다.

누번이 유방의 명령에 따라 앞으로 쪼르르 달려나갔다. 누벽에 기대어 달려오는 초의 장사들을 앞선 자부터 하나씩 쏘아 맞췄다.

그들은 비명소리 한 번 제대로 내보지 못하고 하나씩 쓰러져갔다.

그렇게 되자 항우는 불 같이 노했다.

"비켜라! 내가 나서겠다!"

항우는 갑옷에 극(戟)을 들고 나와서 소리쳤다.

"어디 한 번 나를 쏘아보시지! 네놈의 화살이 내 심장도 뚫을 수 있는지 구경하겠다!"

그런데 갑자기 누번의 활 든 손이 덜덜 떨렸다.

"쏘지 않고 왜 머뭇거리는가?"

유방의 호통에 누번은 대꾸도 않고 뒤로 도망쳐 들어왔다.

"어디로 가는 거냐!"

"소인은 초왕을 쏠 수가 없습니다!"

"쏠 수가 없다니?"

"저 눈알을 보십시오. 부릅뜬 초왕의 무서운 눈을 보는 순간부터 두려워서 활을 겨눌 수가 없습니다!"

그러더니 누번은 뒤도 돌아보지 않고 진중 속으로 도망쳐 들어가 버렸다.

바로 그 때였다. 항우는 어느새 들고나왔던 석궁으로 유방을 향해 힘차게 시위를 당겼다.

"앗!"

화살은 유방의 오른쪽 옆가슴을 스치고 나갔다. 장량이 얼른 나섰다.

"다행히도 큰 상처는 아닙니다. 화살에 정통으로 맞은 것처럼 보여선 안 됩니다."

장량의 말뜻을 이해한 유방은 얼른 큰 소리로 응수했다.

"이놈아, 맞히려거든 제대로 맞힐 일이지 어디 맞힐 데가 없어 하필 발바닥이냐! 이 야만인아!"

"무어, 야만인? 초나라 명문 출신인 나한테 야만인이라고?"

"초나라 놈들은 다 야만인이지."

항우가 더욱 화를 내자 장량이 얼른 유방에게 소리쳤다.

"이젠 그만하시고 진중으로 들어가 치료하십시오. 그러나 응급치료를 받으신 후 반드시 진중을 순행하셔야 합니다."

"통증이 심하오!"

"무리한 청인줄 아오나 그렇게 하시지 않으면 한군은 기세가 꺾이고 초군은 승세를 탑니다."

중원땅 동서에 걸친 한군과 초군의 전투는 끝이 없었다. 그런데 싸울 때마다 한군은 초의 정예부대에 의해 여지없이 패하고 마는 것이었다. 그러나 관중이라는 풍부한 보급원을 가진 한군은 항우가 잠시 물러가는 순간 곧 세력을 회복하는 양상이 되풀이되는 형편이었다. 싸움에는 지면서도 한군이 전략적 우세를 유지할 수 있었던 것은 오로지 한의 승상 소하(蕭何) 덕택이었다.

소하는 패현의 풍읍 사람인데 법률에 정통했으므로 패현의 관리로 들어갔다. 유방이 벼슬이 없던 서민으로 있을 때 곧잘 그는 유방에게 법령상의 구조를 하곤 했었다.

유방이 정장(亭長)으로 있을 때 소하는 그의 막하로 들어가 일했다. 진(秦)의 어사가 지방으로 내려왔다가 소하의 명쾌한 사무처리 능력을 보고는 중앙으로 올라가 보고하자 조정에서는 소하를 등용하려고 했다. 그러나 생각한 바가 있어 한 마디로 이를 사양했다.

그 대신 유방이 일어나서 패공(沛公)이 되자 그 밑으로 들어가 서무를 감독하는 일을 맡았다. 유방이 서진하여 함양에 이르렀을 때였다. 여러 장군들이 다투어 보물창고로 달려가 재물을 분배받고 있었으나 소하만은 홀로 진의 궁전으로 들어가 진의 승상 및 어사의 율령도서를 찾아내 품안에 간직하고 나왔다.

유방이 한왕이 되자 소하를 승상으로 삼았다. 항우가 제후들과 함께 함양을 불살라버리고 떠난 후에도 유방이 천하의 사정을 쉽사리 알 수 있었던 이유는 소하 때문이었다.

"걱정 마십시오. 천하의 험한 땅 또는 요새로 불릴 수 있는 장소, 인구의 많고 적음, 부유한 나라와 가난한 나라, 백성들의 성격 등을 상세하게 알 수 있는 기록서를 갖고 있습니다."

한신을 대장군으로 추천한 것도 소하였다.

유방이 군사를 이끌고 동진해 나갈 때 소하는 승상으로 있으면서 파·촉의 땅을 수습하고 진무해 이 땅의 백성들로 하여금 불평없이 군량미를 보급하도록 만들었다.

관중땅을 지키면서 법령과 규약을 만들고 종묘·사직·궁실·현읍을 세워놓았다가 한왕이 돌아왔을 때 재가를 얻었다.

관중의 호구를 정확히 계산해 육로와 수로로 군사(軍事)에 필요한 모든 것을 알뜰히 보급했다. 유방이 가끔 군사를 잃고 도망칠 때마다 소하는 항상 관중의 병졸을 일으켜 결원을 보충했다.

유방은 이토록 성실하고 유능한 소하에게 관중의 모든 일을 맡기지 않을 수가 없었다.

그런데 유방이 항우와 형양 남쪽에서 공방전을 벌이고 있을 때였다. 가끔씩 유방은 사자를 파견해 승상의 노고를 위로했던 것이다.

그럴 때마다 소하는 한왕 유방의 위로에 단순히 감사만 할 따름이었다.

그러던 중 선비 하나가 충고했다.

"승상께서는 그토록 대왕께서 동분서주하며 바쁘신 중에서도 굳이 승상께 위로사자를 보내는 이유가 어디에 있다고 생각하십니까."

뜻밖의 질문이라 소하는 어리둥절했다.

"거기에 무슨 이유 같은 게 있겠소."

"아닙니다. 반드시 이유가 있습니다."

"어떤 이유?"

"생각해 보십시오. 대왕께선 지금 의복과 수레덮개를 비바람에 드러내 놓고 죽도록 고전하시면서도 자주 승상께 사신을 보내 위로하고 계시지 않습니까."

"그렇지요."

"그것은 승상을 위로하시기보다 의심하고 계시기 때문입니다."

"무어요?"

"대왕께서 계시지 않는 한나라에서는 승상만이 최고 실력자이십니다. 무슨 반심인들 품지 못하겠습니까."

"아뿔사!"

소하는 선비의 충고에 동의했다.

"충분히 그럴 수도 있겠구려. 그렇다면 나는 앞으로 어떻게 처신해야 좋겠소?"

"간단하지요. 승상의 동생, 아들, 손자, 조카 그 누구든 전투에 참가할 수 있는 자라면 모조리 전선으로 보내십시오. 그렇게 되면 대왕께선 승상을 더욱 신임하실 겁니다."

소하가 선비의 권유를 따르자 유방은 몹시 기뻐하는 서신을 보내왔다.

어쨌건 한군은 소하로 인해 병력도 충실했고 식량도 풍부했다. 이와 반대로 항우의 군사는 병력도 많이 소모되었고 식량도 바닥나 있었다.

"하지만 과인의 부친이 항우의 손에 잡혀 있으니 마음놓고 싸워볼 수가 없구려!"

유방이 한탄하자 장량이 곁에 있다가 대답했다.

"지금 항우는 몹시 궁색합니다. 천하를 양분하는 협상을 다시 하십시오. 그렇게 하시면 대왕의 부모님을 돌려보낼 것입니다."

"어떻게 양분한다는 말이오?"

"홍구(鴻溝 : 하남성)로부터 서쪽을 한나라땅, 동쪽을 초나라땅으로 정한다고 해보십시오."

유방도 싸움에는 자신이 없었다. 그래서 항우한테로 사자를 보냈다.

그런데 뜻밖에도 항우는 맹약을 허락하면서 유방의 부모와 처까지 돌려보냈다. 한군에서는 만세를 불렀다.

"부모를 돌려보낸 항우가 고맙긴 하다만 이토록 쉽사리 보내준 걸 보니 심상치는 않소."

"항우도 이 방법밖엔 도리가 없었을 테니까요."

"어쨌건 우리도 철병해 귀국길에 오릅시다."

그러자 이번에는 장량과 진평이 동시에 나섰다.

"아아니! 진정으로 돌아가려 하십니까?"

유방은 어리둥절해졌다.

"항우와 휴전맹약을 맺었고 그 대가로 과인의 부모와 처까지 돌려보내주었으니 철병해 귀국길에 오르는 건 당연한 일이 아니겠소."

"대왕께서 지금 천만의 말씀을 하고 계십니다. 싸워볼래도 태공께서 항우 손에 잡혀있어 싸울 수가 없다고 하신 적이 언제였습니까. 이제는 항우가 궁해져서 태공을 보내어 우리 품으로 돌아오시지 않았습니까."

"그렇지만 항우와의 맹약을 일방적으로 파기한다는 것은 왠지 찜찜하오."

"그렇지가 않습니다. 어쨌건 지금 한나라는 천하의 반을 소유한 데다가 대부분의 제후들이 모두 한나라에 가담하고 있습니다. 반면에 초나라는 지치고 식량도 떨어진 상태입니다. 바로 하늘이 초나라를 멸망시키겠다는 징조입니다. 이런 기회를 놓친다는 건 호랑이를 길러 스스로 우환을 남기는 일입니다."

그래도 유방은 석연치가 않았다.

"그런데 말이오. 항우가 아무리 궁핍하다고는 하나 그의 정예병력은 무섭소. 그런데다 과인은 더불어 항우에게 대항할 군사가 없소."

장량이 거들었다.

"한신과 팽월이 있지 않습니까."

"그들이 과인의 말을 듣지 않으니까 하는 말이오. 장군사께선 그 이유를 알고 계시오?"

"알고 있습니다. 제나라 왕 한신을 본래 왕위에 오르게 한 것이 대왕의 진정한 뜻이 아니었다는 사실을 한신 스스로도 잘 알고 있습니다. 그러니까 자신의 지위가 견고하다고 생각지 않고 있다는 뜻입니다."

"그 때문에 과인에 대한 신의 역시 견고하지 못하다고 생각하겠구려."

"그렇습니다."

"그렇다면 팽월의 경우는 어떻소?"

"아시다시피 팽월은 전부터 위나라땅을 수없이 평정해 그 공이 많습니다. 그런데도 대왕께선 위표를 먼저 생각해 팽월을 승상으로 앉혔습니다. 그러나 위표는 지금 죽고 없습니다. 그런데도 대왕께선 팽월을 위왕으로 세우지 않고 계십니다. 차제에 한신과 팽월만 달래어서 데려와 초군을 부수면 항우 정도는 금새 항복받을 수가 있습니다."

"좋소. 그렇다면 한신과 팽월을 어떤 식으로 달래면 좋겠소?"

"팽월에게는 수양(睢陽 : 하남성) 이북으로 곡성(穀城 : 산동성)까지의 땅을 주면서 왕으로 삼으십시오. 한신에게는 진(陳)땅 이동에서 동해에 이르는 땅을 주십시오."

장량의 말에 유방은 뜨악한 표정을 지었다.

"한신이 무엇 때문에 그쪽 땅을 탐낸단 말이오?"

"한신의 고향이 바로 초땅에 있습니다. 그는 고향땅을 몹시 얻고싶어 합니다. 그러니 팽월과 한신 두 사람에게 땅을 흔쾌히 내주는 것을 대왕께서 허락하신다면 두 사람을 언제든지 불러올 수 있습니다. 그리하여 그들로 하여금 이 싸움이 바로 자신을 위한 싸움임을 깨닫도록 하십시오. 그러나 만일 대왕께서 그 땅이 아까워 신의 계책을 채용하지 않으시겠다면 그 뒷일은 신도 알 수가 없습니다."

유방은 곧 한신과 팽월에게 사자를 파견했다.

팽월에게 도착한 유방의 사자는 큰 목소리로 외쳤다.

"초나라 공격에 힘을 합칩시다. 한의 대왕께서는 팽승상을 왕으로 인정하셨고, 일이 성공하면 진(陳)땅 동부지역은 한신 제왕(齊王)께 드리고 위왕께는 수양땅 북부지역을 드리기로 작정하셨습니다."

"좋소. 전군을 휘몰아 곧 해하(垓下 : 안휘성)로 달려가겠소!"

한신에게도 유방의 사자가 도착했다.

"한의 대왕께서는 이번 싸움이 최후의 결전이 되기를 바라십니다. 때마침 초의 내부에서도 대사마 주은(周殷)이 초에 반기를 들어 구강(九江)의 병력을 장악했다 하니 수춘(壽春)에서 유가(劉賈)의 군사까지 합류해 성보(城父)땅을 공략한 다음 해하로 집결하시기 바랍니다."

한편 항우는 식량도 바닥난 데다 사기가 극도로 저하된 군사들을 이끌고 해하에 주둔하고 있었다.

'왜 이렇게 이유없이 가슴이 떨릴까?'

깊은 밤이었다. 항우는 한군과 제후군들이 초군을 사방에서 몇 겹으로 포위하고 있다는 사실을 모르고 있었다.

군막에서 일어나 앉아 울적한 심사를 달래느라고 혼자 술을 마시고 있었다. 그 때 북쪽으로부터 바람을 타고 군사들의 노랫소리가 들려왔다.

'이것은 초나라 노래가 아닌가. 병사들도 울적하여 고향으로 돌아가고 싶다는 뜻으로 노래를 부르는구나.'

그런데 조금 더 있자 남쪽에서도 초나라 노랫소리가 들려왔다.

'가만 있자. 남쪽에서도 초나라 노래라니! 우리 군사는 북쪽에 진을 치고 있는데! 그렇다면 초군들이 한군으로 투항해 갔다는 뜻인가!'

다시 얼마 더 있자 동쪽에서도 서쪽에서도 초나라 고향 노랫소리가 들려왔다.

"사면초가(四面楚歌)라니! 여봐라, 이거 어떻게 된 영문인지 어서 알아보아라!"

항우는 군막 밖을 향해 소리질렀다.

3. 사면초가

어디론가 달려갔다 온 경비병이 항우한테 보고했다.

"누가 초나라 노래를 불러대는지는 알 수 없사오나 많은 우리 초나라 군사가 도망친 것은 사실입니다."

"알았다……"

항우는 사방에서 한나라 군사가 에워싸고 있는 사실도 몰랐거니와 한군이 초군의 마음을 산란하게 만들기 위해 일부러 노래 잘하는 병사들을 불러모아 구성지게 초나라 노래를 부르도록 한 사실은 더더욱 알 수가 없었다.

'이는 필시 우리 초군이 한군으로 투항해 가서 부르는 노래일 것이다. 그렇지만 이토록 많은 초군이 도망을 쳤다니! 그렇지만 이 항우, 그토록 쉽게 무너지지는 않는다!'

항우는 울적해서 견딜 수가 없었다. 혼자서 마시던 술상을 뒤집어엎고는 벌떡 일어나 우미인이 있는 옆 침소로 가기 위해 군막을 나섰다. 수년을 전쟁터로 타고 달리던 애마 오추가 달빛을 하얗게 받으며 군막 옆에서 있었다. 애첩 우희의 부친한테서 오래 전에 선물로 받은 명마였다.

"추야, 너는 미물이라 울적한 내 심정을 이해 못하겠지!"

그러자 오추는 주인의 말을 알아듣기라도 했다는 듯 하늘을 향해 큰 소리로 울었다.

"그래, 내일 우리 다시 보자. 내 너를 타고 멋지게 들판을 달려가마!"

항우는 우희의 침소로 들어섰다. 그녀는 아직도 자지 않고 등불을 밝힌 채 다소곳이 앉아 있었다.

"대왕의 기색을 살피니 오늘밤은 유난히 심기가 불편하신 듯 합니다."

"그대 말이 맞소. 왠지 오늘밤은 많이 슬프구려. 그대도 초나라 고향 노래를 한 곡 뜯어주겠소."

"대왕의 소원인데 무슨 명령인들 듣지 못하겠습니까."

우희는 거문고를 꺼내놓고는 옥같이 흰 손으로 현을 만지려다 말고 문득 고개를 들었다.

"하온대 하필 초나라 노래입니까?"

"그대의 귀에는 저 사방에서 울려오는 초나라 노래가 들리지 않소."

슬픈 표정으로 깊은 생각에 빠져있는 우희의 얼굴은 더욱 아름다웠다.

"저 노래를 부르는 사람들은 초나라 군사가 아니겠지요?"

"설마 한나라 군사가 초나라 노래를 부를 리가 있겠소."

우희는 조용히 고개를 가로저었다. 한나라 군사가 사방으로 에워싸고 군심을 흔들어놓기 위해 노래를 부르는 것이라 직감했다. 항우가 자신을 안심시키느라 거짓말을 하고 있다는 판단이었다. 그러나 우희는 초나라 노래에 대해 더 이상 입을 열지 않았다.

"우선 소첩이 올리는 술부터 한 잔 받으시지요."

우희가 거문고를 내려놓고 술상 앞으로 다가왔다. 그러나 우희의 돌연한 행동을 항우로서는 이해할 길이 없었다.

한 잔의 술을 항우에게 따라 올린 우희는 가만히 물러나 거문고 앞으로 갔다.

"노래를 부르십시오."

"내가 노래를?"

항우는 화들짝 깨어나는 듯했다.

"그렇지. 내가 노래를 부르겠소. 곡을 쳐 주시오. 가사는 내가 직접 지어 부르겠소."

항우는 적당히 취해 있었다. 적당히 비감에 젖은 목소리로 노래를 부르기 시작했다.

힘은 산을 뽑을 만하고
기운은 세상을 덮을 만한데
시절이 불리하니
오추는 달리지를 못하는구나
오추가 가지를 않으니 난들 어쩌란 말이냐
아 우미인아 우미인아 그대를 어떻게 해야 좋단 말이냐.

항우가 노래부르기를 몇 차례 더 하고나자 우희 역시 기다렸다는 듯이 이에 화창했다.

한나라 군사가 물밀듯 와서 에워싸니
사방에는 초나라 노래뿐이로다
그로 인해 대왕께서 의기(意氣)를 잃으시니
소첩인들 어떻게 살기를 바라겠소.

둘은 술을 마시며 노래를 부르느라 날이 새는 줄도 모르고 있었다.

새벽녘에야 항우와 우희는 침상으로 들었다. 뜨거운 사랑을 나누고 나자 항우는 곧바로 곯아떨어졌다.

항우가 깊이 잠든 것을 확인한 우희는 항우의 품으로부터 가만히 빠져나왔다. 그런 후 붓을 들어 글을 쓰기 시작했다.

──소첩은 먼저 떠납니다. 제가 살아있음으로써 대왕의 처신이 불편해지는 일이 있어서는 아니되겠다고 생각해서입니다. 대왕께서는 이 순간부터 소첩을 깨끗이 잊어버리시고 우선 옥체를 보존하시는 일만 염려하십시오. 후일을 기약하셨다가 성공하시는 날에는 소첩을 위해 조그만 비석이나 세워주십시오. 그나마도 대왕의 기억 속에 소첩이 적으나마 남아 있거든 말입니다. 유방에게 치욕을 당하느니 이렇게 깨끗이 먼저 떠납니다. 용서해 주시고, 부디 천하를 품에 안으시기 바랍니다.

날이 밝기 직전이었다. 침전 바깥으로부터 황급하게 소리지르는 자가 있었다.

"대왕께 아룁니다! 적군이 밤 사이에 우리 초군을 완전 포위해 왔습니다!"

항우는 놀라 벌떡 일어나 앉았다.

"한군 놈들이 포위해 왔다고? 그렇게 소리치는 너는 누구냐?"

"환초입니다. 그런데 밤 사이에 우리 초군 거의가 한군한테 투항해 버리고 겨우 8백 기(騎)밖에 남지 않았습니다."

그러나 항우는 미처 환초의 화급한 보고를 듣지 못했다. 침상 밑에서 단검을 가슴에 꽂고 죽어 있는 우희를 그제서야 발견했기 때문이었다.

"아아니 이럴 수가!"

항우는 비명을 질렀다.

놀란 환초가 황급히 달려들어왔다.

"아니 우미인께서!"

가슴에 칼을 꽂고 피를 흘리며 죽어있는 우희를 본 환초도 어찌할 바를 몰랐다.

우희의 유서를 읽고 있던 항우는 갑자기 와락 그것을 움켜쥐었다. 그의 눈에서는 불이 일어나고 있었다.

"내가 공연히 마음 약한 소리를 해서 우희 너를 죽게 만들었구나! 좋다! 그 대신 네 죽음의 원수는 갚아주마!"

항우는 우희의 시체를 안아 침상 위에 눕힌 뒤 갑옷을 입기 시작했다.

"남은 우리 초나라 군사는 얼마인가?"

투구를 눌러쓰며 환초에게 물었다.

"겨우 8백 명입니다."

"8백이면 족하다. 모두들 말을 타고 내 뒤를 따르라. 포위망을 뚫고 남쪽으로 일단 뛰겠다."

아직 해가 솟기 전이라 짙은 안개로 사방을 분간할 수가 없었다.

"마침 잘 됐다. 소리나지 않도록 조용히 뒤를 따르도록 해라."

8백의 초나라 군사들은 오추마를 탄 항우를 뒤따라 조용히 안개 속을 헤쳐나갔다.

드디어 해가 뜨면서 안개가 가라앉고 있었다. 그 때 남쪽을 포위하고 있던 한군의 기장(騎將) 관영(灌嬰)은 텅 빈 초군의 진지를 바라보다가 소스라치게 놀랐다.

"앗! 항우가 안개를 이용해 도망쳤다. 말발굽 자국으로 보아 남쪽이닷! 기병 5천 기는 내 뒤를 따르라. 적을 추격해 간다!"

관영의 기병들은 남쪽을 향해 뒤쫓기 시작했다. 뿌옇게 먼지를 일으키고 있는 초군의 후미가 보였다. 관영이 소리질렀다.

"화살을 퍼부어랏!"

궁수들은 말을 달리며 활을 쏘아댔다. 초군은 말과 함께 픽픽 쓰러졌다.

드디어 초군은 회수(淮水)까지 왔다. 관영의 군사들은 이상 더 따라오지 않았다. 회수가에 도착해 남은 군사를 헤어보니 백여 명이었다. 와중에 낙마를 했는지 환초도 주란도 보이지 않았다.

강가에는 나룻배 세 척이 있었다.

"하늘이 아직은 나를 돕는 구나!"

항우가 소리쳤다.

무사히 강을 건넌 항우 일행은 음릉(陰陵) 근처까지 오게 되었다. 갑자기 갈림길이 나왔다.

농부 하나가 밭을 메고 있었다.

"강동으로 가려면 어느쪽인가?"

농부가 가만히 상대를 살펴보았다.

'비단 전포에 황금투구를 쓴 것을 보니 초패왕 항우가 아닌가! 백성들을 무던히도 괴롭힌 이런 자를 도와 주어서는 안 돼!'

농부는 시침 뚝 떼고 대답했다.

"왼쪽으로 가십시오."

농부가 반대쪽을 가리쳐 준 줄도 모르고 마냥 왼쪽 길로 달려가던 항우 일행은 늪에 빠지고 말았다.

"앗! 지독한 수렁이다! 그 농부놈이 우리를 속였구나!"

투덜거리고만 있을 때가 아니었다. 한나라 군사가 뒤쫓고 있을 것이기 때문이었다.

"자, 수단껏 수렁에서 살아나오거라. 우리는 다시 동쪽으로 되돌아 나간다. 적과 부닥치면 싸울 뿐이다!"

항우의 오추마는 명마였다. 쉽사리 늪으로부터 빠져나왔다. 항우는 뒤도 돌아보지 않고 왔던 길로 되돌아 달렸다.

동성(東城 : 안휘성) 가까이 이르렀다.

"여기까지 따라 온 군사들은 모두 몇 명인가?"

항우가 뒤돌아보며 말했다.

"겨우 28기(騎)입니다."

"됐다. 내 이름만으로도 10만 군사다."

얼마를 더 달리는데 뒤에서 수천의 한나라 군사들이 추격해 왔다.

"자, 우리는 여기에다 진을 친다."

"예에?"

"탈출할 게 아니라 맞받아 치겠다."

"몇십 명의 군사로 말입니까?"

부하의 되물음에 항우는 하늘을 향해 한바탕 허탈한 웃음을 터뜨린 뒤에 말했다.

"내가 군사를 일으켜 지금에 이르기까지 8년 동안 80여 회의 전투를 치루었다. 대적하는 자는 어김없이 격파되었고 격파된 자 역시 여지없이 복종했다. 그러니까 지금까지 패배라고는 한 번도 없었다는 얘기다. 그리고 마침내 패자(覇者)로서 천하를 보유하기도 했다. 그런데도 지금 내가 여기서 끝내 괴로움을 당하게 되는 것은 하늘이 나를 망하게 하는 것이지 내가 전투에 약하기 때문은 아니다. 물론 나는 오늘 죽음을 각오했다. 그러나……"

항우는 잠시 입을 다물었다가 결연한 표정을 지으며 다시 말을 이었다.

"원컨대 제군들을 위하여 저들과 결전해 반드시 세 차례 한군을 물리쳐 보이겠다. 그리하여 제군들을 위하여 포위망을 뚫고 적장의 목을 베어오고 군기를 쓰러뜨리고, 제군에게 하늘이 나를 망하게 하는 것이지 내가 전투에 약한 탓이 아니라는 사실을 증명해 보이겠다!"

그런 후 항우는 7명씩 네 대로 나누어 포진한 뒤에 말했다.

"오른쪽으로 돌아나가면 산이 보일 것이다. 달려나갈 때는 3개 방향으로 짓쳐나가다가 포위망이 뚫렸다 싶으면 싸움을 중지하고 곧장 달려서 우측 산모퉁이로 집결한다."

얼마 지나지 않아 수천의 한나라 군사들이 몰려와 백 보 거리를 두고 항우 앞에서 멈춰섰다.

항우가 뒤를 돌아보며 말했다.

"내가 말한 대로 적장 한 놈의 목을 날려 보이지!"

"자, 출발이닷!"

항우가 선두에 서서 말을 질타해 소리치며 내달렸다.

한나라 기병들은 선두에서 달려오는 자가 항우라는 사실을 감지하고는 뱃머리의 물살 갈라지듯 양쪽으로 흩어졌다. 더구나 벼락 같은 고함소리에 놀란 한군들은 싸워보지도 못하고 허둥거리기만 하다가 항우가 휘젓는 창날에 태풍에 쪼개지는 대나무처럼 딱딱소리를 내며 말에서 거꾸러졌다. 그런 와중에서 대장 하나의 목이 달아났다.

"보라! 적장 한 놈을 처치하지 않았느냐!"

항우가 소리치고 있는데 뒤로부터 한의 기병대장 양희(楊喜)가 겁없이 따라붙었다.

"이건 또 뭐야! 이노옴!"

항우가 눈을 부릅뜨고 호령하자 기겁을 한 양희가 말머리를 돌려 도망치고 말았다.

"비겁한 놈! 장수란 자가 저 따위냐!"

산모퉁이에 도착한 항우는 숨도 돌릴 틈 없이 다시 돌격해 나갔다. 다시 한군의 장수 하나와 백여 명의 한나라 군사들을 죽였다.

그런 다음 다시 모이기로 약속한 우측 산모퉁이로 돌아와 부하들을 점검했다. 보이지 않는 자는 단 두 명이었다.

"어떠냐, 내 솜씨가."

"대왕의 신기에 탄복할 따름입니다. 과연 말씀하신 그대로입니다!"

항우는 장강의 줄기인 오강(烏江 : 안휘성)가로 향했다. 그곳을 건너 동쪽으로 달아날 작정이었다.

도선장에는 오강의 정장이 배를 준비해 놓고 있다가 항우를 알아보고는 말했다.

"강동(江東)땅은 좁긴 합니다만 그래도 사방이 천 리이며 인구도 수십만을 헤아립니다. 거길 가시면 다시 거병하실 기회를 마련할 수 있습니다. 어서 배에 오르십시오. 지금 이곳에는 배라곤 이 한 척뿐이라 한군이 쫓아오더라도 강을 건널 수는 없습니다."

대꾸 않고 곰곰 생각에 잠겨있던 항우는 갑자기 땅이 꺼져라 하고 한숨을 쉰 뒤 고개를 설레설레 저었다.

"아니, 왜 그러십니까?"

"그만두겠네."

"그만두다니요?"

"하늘이 나를 망하게 하는데 강은 건너서 무엇하겠나."

"그렇지가 않습니다. 이렇게 대왕께서 피신할 수 있도록 배가 준비된 것만 보아도 하늘은 아직 대왕을 버린 것이 아닙니다."

"잘 듣게나. 애초에 내가 여기서 서쪽으로 쳐 나갈 때 강동의 자제 8천 명을 데리고 떠났었네. 그런데 지금 그들 중 한 명도 살아오지 못했단 말일세."

항우의 말에 정장은 다시 간했다.

"천하를 경략하시는 분이 그런 사소한 일에 얽매이시다니요!"

"그게 어째서 사소한 일인가. 8천 명을 다 죽이고 나 혼자 살아 돌아왔는데. 설사 강동의 전사자 부모들이 나를 불쌍히 여겨 다시 왕으로 받아들인다 해도 내가 그들을 대할 면목이 없는데 어떻게 강동으로 돌아가겠는가."

"그럼 어디로 가시겠다는 겁니까?"

"그들이 나를 용서하더라도 내가 스스로를 용서할 수가 없으니 아무 데도 가지 않겠다는 얘기다."

"아무데도?"

"여기서 싸우다 죽을 뿐이다. 이상 더 나에게 부끄러운 삶을 연장시키라는 종용은 하지 말게."

"그렇지만 대왕께선……!"

항우는 얼른 손을 저어 정장을 막았다.

"나는 그대가 유덕한 인사라는 것을 알고 있네. 그래서 하는 말인데, 내가 이 오추마를 탄 지가 5년이지만 이 말을 타고 달리는 곳에선 적이 없었네. 한 때는 하루에 천 리를 달린 적이 있지."

"지금 무슨 말씀을 하시려는 겁니까?"

"차마 이 말을 죽일 수가 없어 그대에게 선물을 하겠다는 얘기다."

"그건!"

"저길 보게나! 벌써 한군들이 들이닥치질 않았는가. 어서 이 말을 끌고 배 위에 오르게. 이건 명령일세!"

항우가 하도 서슬 퍼렇게 명했으므로 정장은 별 수 없이 오추마를 끌고 배 위로 올랐다.

"너희들은 모두 말 위에서 내려라."

항우가 명령하자 서른 명이 채 못되는 부하들이 모두 마상으로부터 뛰어내렸다.

"이제부터는 마음껏 싸우다가 떠날 뿐이다! 짧은 무기를 들고 저들과 맞서자!"

칼을 뽑아든 항우의 군사들은 울을 치고 달려드는 한군에게 맞서 나갔다.

초군들은 용감했다. 항우가 죽인 한군만 해도 수백 명이었다. 그러나 점점 힘이 빠져갔다. 벌써 항우도 몸에 열 군데나 큰 상처를 입고 있었다.

문득 한군의 기사마(騎司馬)인 여마동(呂馬童)의 얼굴이 보였다.

"잠깐! 그대는 나의 옛 친구가 아닌가!"

항우가 손가락으로 여마동을 가리키자 여마동은 슬쩍 외면하면서 옆의 왕예(王翳)에게 속삭였다.

"바로 저자가 항우일세!"

항우는 여마동이 속삭이는 소리를 들었으나 모른 척하고 소리쳤다.

"한나라에선 내 머리에 1천 금의 재물과 1만 호의 식읍이 걸려있다는 소리를 들었다. 그러니 여마동, 옛 친구인 그대에게 내 목을 주는 은덕을 베풀겠다!"

"그게 정말인가?"

여마동이 묻자 항우는 거침없이 대답했다.

"가급적이면 옛 친구에게 내 목을 주겠다는데 무엇 때문에 부질없는 의심을 하고 있는가."

"믿기지 않아서이다. 그렇다면 어떤 식으로 그대의 목을 내게 주겠는가?"

"이렇게!"

항우는 그렇게 외치면서 자신의 머리 끝을 왼손으로 잡고 오른손에 쥔 검으로 제 목을 쳤다.

"자, 가져가거라!"

그렇게 소리치면서 여마동 앞으로 목을 던지는 것 같았다. 항우의 목은 여마동 앞으로 대굴대굴 굴렀다.

"앗!"

그런 짓거리를 바라보던 한나라 군사들은 동시에 비명을 질렀다. 그러나 아무도 항우의 목을 가지려 하지 않았다. 목잘린 거구가 쿵 소리를 내며 쓰러진 후에도 잘려져 나간 머리통에서는 항우의 부릅뜬 눈이 무섭게 노려보고 있었기 때문이었다.

주생(周生)이 옆에 있다가 소리쳤다.

"앗, 저것보게! 눈동자가 둘이닷!"

"설마!"

"자세히 보라니까!"

그럴 동안 오추마가 탄 정장의 배는 벌써 강 복판까지 저어가고 있었다.

그 때 찢어질 듯한 비명소리가 들려왔다. 한군들은 한꺼번에 강상으로 얼굴을 돌렸다. 오추마가 주인의 비참한 최후를 바라보며 소리높여

우는 듯이 보였다.

"아!"

몇 번 하늘을 우러러 울던 오추마는 드디어 물속으로 뛰어들었다. 서너번 무자맥질을 하더니 오추는 더 이상 강물 위로 떠오르지 않았다.

"오추마도 주인을 따라 떠났다!"

주생의 말에 그제서야 정신이 든 왕예가 먼저 항우의 머리를 집어들었다. 그것을 신호로 한나라 장수들이 항우의 시체 쪽으로 돌진했다.

"이건 내꺼다!"

"왜이래 이거! 내 차지라니까!"

"아이고, 사람 죽이네!"

시체를 서로 차지하려고 삽시에 달려든 자가 수백 명이었다. 아수라장이었다. 한군들은 항우의 시체에다 난도질을 해대면서 악머구리 끓듯 하며 달려들었다.

"이건 내걸세!"

양희가 항우의 오른쪽 팔을 잘라 뒤로 물러섰다. 여마동은 왼쪽 다리를 찍어내어 한쪽으로 비껴섰다. 여승(呂勝)은 왼쪽 팔을 얻었고 양무(楊武)는 오른쪽 다리를 껴안았다.

항우의 시체를 가지려고 서로 짖밟히고 칼에 맞아 죽은 자가 서른 여섯 명이었다.

"알 게 뭐야. 하지만 이렇게 갈갈이 찢겨진 시체로는 우리가 상을 받을 수가 없지 않은가!"

양무의 말에 나머지 네 명은 동시에 동의했다.

"그래. 사지를 짜맞추어 하나로 만들지."

여마동이 소리치자 양희와 여승과 양무가 사지를 들고 와 포대 위로 내려놓았고 왕예가 마지막으로 항우의 머리통을 내려놓았다.

찢겨진 시체가 하나로 봉합되자 항우의 본래 모습으로 돌아왔다.

"그런데, 항우 이 자의 나이가 몇이지?"

"서른 하나."

양희가 묻자 여마동이 대답했다.

"어쨌건 항우의 시체를 오등분했으니 일만호의 읍도 오등분해 받게 되나?"

"그럴 테지. 나는 중수후(中水侯)에 봉해질 거고, 왕예는 두연후(杜衍侯)에, 그대는 적천후(赤泉侯)로, 양무는 오방후(吳防侯), 여승은 열양후(涅陽侯)에 봉해질 것으로 예정돼 있어."

군사를 수습해 유방이 있는 곳으로 돌아가면서 주생이 옆의 한공(韓公)에게 말했다.

"천하가 평정된 것 같지만 실제로는 항복하지 않은 나라가 있소."

"그게 어떤 나라인데요?"

"노(魯)나라요."

"노나라는 무엇 때문에 항복하지 않는 거요?"

"노나라 사람들은 예절을 중하게 여기는 기질들이오. 더구나 그들의 군주 항우를 위해 절개에 죽는 풍속을 지키려 하기 때문에 쉽게 항복하려 들지 않을 것이란 얘기요."

"한왕이 무력으로 노나라를 치려 할 텐데요?"

"하지만 노나라를 달래는 방법이 없진 않지요."

"어떻게요?"

"항우의 머리를 가져다가 노나라 사람들에게 보여주며 싸움터에서 자살한 사실을 알린다면 어쩔 수 없이 노나라도 항복할 거요. 더구나 예의

바르게 항우를 매장까지 해주면 금상첨화요."

"한데, 항우가 민간에서 궐기해 3년 만에 제후들을 이끌고 진나라를 멸망시키고 패왕이 되었는데도 끝내 멸망한 것은 어디에서 비롯된 것으로 보십니까?"

"나는 이렇게 보고 있소. 고향인 초나라를 그리워한 나머지 관중(關中)의 경영을 망각했다는 점, 또한 의제를 죽이고 찬탈하면서 이를 거역하는 왕후(王侯)들을 용서하지 않았다는 점, 자신의 지략만을 믿고 교훈으로부터 배우려 하지 않았다는 점, 무력에 의해서만 천하를 정복할 수 있을 것이라는 오판이 항우 실패의 치명적인 원인이오. '하늘이 나를 망하게 한 것이지 작전을 잘못한 죄가 아니다'고 말한 것만 봐도 그의 실패는 필연이오."

4. 새로운 태양

　유방은 수도 낙양의 남궁(南宮)에서 여러 신하와 장수들을 모아놓고 잔치를 베풀었다. 천하 평정을 자축하는 자리인 셈이었다.
　유방은 이미 황제위에 올라 있었다. 재상과 제후들과 장군들이 모두 유방에게 제위에 오르도록 간청했기 때문이었다.
　"대왕께서는 미천한 신분에서 몸을 일으켜 포악 무도한 자를 주멸한 뒤 천하를 평정하셨습니다. 공이 있는 자에게는 땅을 갈라 왕으로 봉했습니다. 만약 대왕께서 제호(帝號)를 칭하지 않고 대왕이나 신하들 모두가 왕으로 호칭된다면 상하의 존비나 차별이 명백해지지 못하는 불편이 있습니다."
　그래도 유방은 딱 잡아뗐다.
　"과인이 듣기로는 제위(帝位)라는 것은 현명한 자만이 가질 수 있는 것이라고 했소. 또 실(實)이 없는 공허한 칭호만으로는 그것이 유지될 턱도 없소. 나같은 위인에게 제위란 당치도 않소."
　그러자 군신들이 아우성쳤다.

"신들은 죽는 한이 있더라도 이 청원만큼은 철회하지 않겠습니다!"
세 번씩이나 사양한 후 유방도 못이기는 체하고 대답했다.
"과인이 제호를 칭하는 것이 제군들에게 편리하다고 생각된다면 국가에도 반드시 편리한 것이 되오?"
"그렇습니다!"
그래서 2월 갑오일에 사수(汜水 : 산동성) 북쪽에서 황제위에 올랐던 것이다.
유방은 남궁의 연회장에서 적당히 술기운이 올랐을 때 신하들을 바라보며 물었다.
"그대들은 짐에게 기탄없이 말해주시오. 짐이 천하를 보유하게 된 이유가 무엇이며 또 항우가 천하를 잃게 된 이유는 또 무엇인 것 같소?"
고기(高起)가 나섰다.
"폐하께서는 오만하시어 사람을 업수이 여기십니다. 항우는 인자하여 사람을 사랑합니다. 그러나 폐하께서는 부하들에게 성을 공격하게 하고 땅을 공략하게 해서는 그곳을 항복시킨 자에게 그것을 주어 바로 천하 사람들과 이익을 같이 했습니다. 그러나 항우는 현명한 자를 질투하고 유능한 자를 미워하며 공있는 자에게 오히려 해를 주고 현명한 자를 의심했습니다. 전쟁에서 승리하고서도 남에게 공로를 돌리지 않고 땅을 점령하더라도 그 이익을 나누어주지 않았기 때문에 항우는 천하를 잃게 된 것입니다."
고기의 말을 듣고 난 유방은 빙긋 웃고난 뒤에 한 마디 덧붙였다.
"귀공의 말이 틀렸다는 게 아니라 짐이 분석한 바로는 조금 다르오."
"무엇이 다르다는 겁니까?"
유방이 이의를 달자 고기는 곧장 되물었다.

"대체로 본진의 군막 가운데서 작전을 세워 천 리 밖의 전투에서 승리를 얻게 하는 데 있어서는 짐은 장량만 못하며, 국가를 진정시키고 백성들을 어루만지며 군량을 공급하고 양도가 끊기지 않도록 하는 데에서 짐은 소하만 못하며, 백만 군사를 이끌어 싸우면 반드시 이기고 공격하면 반드시 약취하는 데에는 짐은 한신만 못하오. 이 세 인물 모두가 걸출하오. 짐은 이 세 인물을 쓸 수가 있었소. 이것이 짐이 천하를 얻을 수 있게 된 이유요. 그런데 항우 밑에는 단 하나의 걸출한 인물 범증이 있었지만 그나마도 쓰지를 못했소. 이것이 그가 짐을 이길 수 없었던 이유일 거요."

그러자 신하들 몇몇은 고개를 끄덕였으나 대부분이 승복하는 것 같지는 않았다.

그러나 유방은 모른 척하고 장량을 돌아보며 말했다.

"그대는 책략을 군막 가운데서 수립하고 승리를 천 리 밖에서 얻게 했으니 그 공로로 제나라 땅 3만 호를 내리겠소."

그 말을 들은 장량은 술잔을 들고 있다 벌떡 일어섰다.

"저는 처음 하비(下邳)에서 일어나 폐하를 유(留)에서 만났습니다. 이것은 하늘이 저를 폐하께 주신 것입니다. 다행히도 폐하께서는 저의 계략을 채용해 주셨고 또한 시기에 적중해 성공할 수 있었던 것입니다. 저의 공로가 감히 3만 호에 해당된다고는 생각하지 않습니다. 원하오니 유(留)에 봉해주십시오. 그것이라면 크게 만족하겠습니다."

유방은 마음에 내키지 않았으나 장량의 태도가 하도 완강했으므로 할 수 없이 유후(留侯)에 봉하는 것으로 끝냈다.

다음은 소하의 공적을 칭찬한 뒤 식읍 8천 호에 찬(酇 : 호북성)후로 봉한다고 했다. 그러자 공신들이 벌떼같이 일어났다. 그 중에서도 번쾌의 목소리가 제일 컸다.

"저희들은 몸에 무거운 갑옷을 입고 예리한 무기를 들고, 많은 자는 백여 회전, 적은 자는 수십 회전을 싸웠으며, 성을 공격하고 땅을 공략해 그 공로의 크고 작음에는 각각 정도 차이는 있으나 그 어려움에는 비할 데가 없습니다. 그런데 소하는 지금까지 전쟁터에서 말에 땀나게 한 공로는 없이 문필만 가지고 편안하게 논의했을 뿐인데 어찌하여 소하가 저희들보다 상이 커야 하는지 알 수가 없습니다!"

번쾌의 말에 유방은 미간을 찌푸렸다.

"그대는 사냥을 아오?"

"물론 알고 있지요."

"사냥개도 아오?"

"무슨 말씀을 하시려는 겁니까?"

"사냥할 때 짐승을 잡는 것은 개요. 개를 풀어놓아 짐승이 있는 곳을 지시하는 것은 사람이오. 지금 그대는 다만 달리는 짐승을 능히 잡을 수 있었을 뿐이니 그 공로는 개에 해당할 뿐이오. 그러나 소하는 개를 놓아 지시했으니 그 공로는 사람에 해당하오. 어찌 개와 사람의 공로가 같을 수가 있겠소!"

"하오나……!"

"게다가 그대들은 다만 자기 혼자서만 짐을 따랐으며 혹시 많은 경우래야 두서너 명에 지나지 않았잖느냐 말이오. 그러나 소하는 그의 친척 중 성인 남자는 한 사람도 빼놓지 않고 전쟁터로 모두 내보냈소. 어찌 그의 공로가 남보다 덜 하겠소!"

"하오나 위계의 순서로 치면 조참이 제일 위가 돼야 할 것입니다. 그는 몸에 70군데나 상처를 입으면서 성을 공격하고 땅을 공략한 공로가 제일 크기 때문입니다."

참다 못한 악천추(鄂千秋)가 벌떡 일어났다.

"군신들의 논의 모두가 그릇된 것입니다. 조참은 야전략지(野戰略地)의 공로가 있다 하더라도 그것은 일시적인 공로에 불과합니다. 폐하께서는 초군과 공방전을 벌인 것이 어언 5년, 그동안 군사를 잃고 무리와 헤어져 몸을 날려 도주하신 적이 한두 번이 아닙니다. 그럴 때마다 소하는 관중에서 언제나 군사를 모아 결원을 보충해 보냈습니다. 폐하께서 조칙을 내려 소집한 것이 아닌데도 폐하께서 위급하실 때마다 소하는 군사를 쓸 수 있도록 파견한 일이 한두 번이 아닙니다."

"맞소! 잘 말했소!"

유방은 맞장구를 쳤다.

"한군과 초군이 형양에서 공방전을 되풀이하고 있던 수년 동안 아군에게 군량미가 떨어지면 소하는 관중에서 육로와 수로를 통해 부족함이 없도록 어김없이 보내주었습니다. 폐하께서 산동쪽의 땅을 잃었을 적에도 소하는 관중의 땅을 잘 보전하면서 폐하를 기다렸습니다. 이것은 만세의 공로입니다. 지금 조참 같은 인물 백 명을 잃는다 해도 한나라는 끄떡도 하지 않습니다. 또 백 명을 얻는다해도 만전(萬全)하다고 할 수 없습니다. 그런 일시적인 공을 가지고 어떻게 소하의 만세의 공에 비유하려 합니까!"

악천추의 달변에 유방은 신이 났다.

"정말 그렇소! 공로에 있어서 소하가 제일 위이고 조참이 그 다음이오!"

유방은 소하에게 그제서야 말했다.

"소하 승상은 검을 차고 신발을 신은 채로 전상을 오르도록 하시오.

조정에 들어가서는 종종걸음을 치지 않아도 되는 특전도 누리시오."

그런 다음 유방은 악천추를 돌아보았다.

"짐이 듣기로는 현인을 추천하면 상을 받는다고 했는데 비록 소하의 공로가 높다고는 하나 악천추가 그것을 밝히지 않았으면 소하의 공로가 드러났을 턱이 없소. 그럼으로 악천추는 본래 받았던 관내후(關內侯)의 식읍은 그대로 가지고 상으로 안평(安平 : 산동성)군(君)에 봉하겠소."

그런 식으로 공신들에게 상을 내린 유방은 드디어 한신에게 눈길이 갔다. 전쟁터에서는 한신이야말로 최고의 공신이었다. 그렇기 때문에 어려웠다.

'한신은 믿을 수가 없다. 더구나 물산이 풍부한 제나라 70여 성의 주인으로 앉혀 놓으면 그 부유함을 믿고 생각을 달리 먹을지도 모른다!'

불안해진 유방은 한신을 처리하는 방법을 궁리한 뒤에 말했다.

"이제 전쟁은 끝났소. 그렇기에 대장군 직위와 병사들은 짐에게 돌려주시오. 그 대신 그대를 하비(下邳 : 강소성)로 옮겨 초왕(楚王)으로 삼겠소."

한신은 깜짝 놀라 고개를 치켜들었다.

"폐하, 갑자기 소신에게 초나라로 가라시니 어찌된 일입니까?"

"초나라가 어떻기에 그렇소?"

"기왕에 소신을 제나라 왕으로 봉하지 않으셨습니까. 이제 와서 새삼스럽게 초나라로 옮기라 하시니 영문을 알 수 없어 여쭈어보는 것입니다."

"지난날 장군을 제나라 왕에 봉한 것은 당시의 사정으로 보아 그대가 가장 적합하다고 생각했기 때문이오. 그러나 지금은 사정이 달라졌소. 천하가 통일되었단 말이오. 더구나 그대는 회음 태생이 아니오. 또한 초나라를 평정한 사람도 그대가 아니겠소. 그래서 그대를 초나라로 보내는 것이오. 더구나 그대야말로 초왕이 되어 하비로 떠나니 말대로 금의환향이 되는 것이오."

한신은 내심 불만스러웠지만 대놓고 불평할 수는 없었다. 가만히 투덜거리면서 뒤로 물러나왔다.

유방은 머리가 아팠다. 대공신(大功臣) 20여 명은 봉했지만 나머지는 서로 공적을 다투었기 때문에 결정을 내리지 못하고 있었다.

남궁의 복도로 나가 멀리 바라보았다. 그런데 여러 장군들이 모래사장에 모여 무언가를 따지느라 웅성거리고 있었다.

유방은 뒤따라 나오던 장량을 돌아보며 물었다.

"저들은 뭐요? 무엇 때문에 수군거리고 있는 거요?"

"모반을 계획 중입니다."

"무어, 모반!"

장량의 말에 유방은 화들짝 놀랐다.

"모르고 계셨습니까."

"이제 와서 천하가 비로소 안정되었는데 무슨 까닭으로 모반을 하겠다는 거요?"

"폐하께서는 무위무관의 서민에서 일어나시어 저 무리들과 함께 천하를 얻으셨습니다. 이제 폐하께서는 황제가 되셨고 소하, 조참 등 전부터 친애하던 인물들에게만 봉했습니다."

"하지만 저자들의 면면을 보니 상이 아니라 벌을 내려야 될 얼굴들 뿐이오!"

"지금 군리(軍吏)가 공적을 계산하고 있습니다만 천하가 아무리 넓더라도 저들을 모조리 봉할 수는 없습니다. 저들 또한 폐하께서 모두를 봉할 수 없으시다는 걸 알고 있으며, 봉을 받을 수 없게 되면 주살될 게 틀림없다고 믿고 있습니다. 그래서 스스로의 과실이 두려워 차라리 모반을 계획하게 된 것입니다."

"정말 모두를 봉할 수도 없고, 벌을 주자니 그 또한 너무 심한 것 같소. 무슨 묘책이 없겠소?"

"한 가지 묘안이 있긴 있습니다. 폐하께서 평소에 가장 미워하시던 인물이 누구입니까. 물론 군신들 모두가 폐하한테서 가장 미움받는 인물이라는 사실을 알고 있어야 합니다."

"저들 중에서는 옹치(雍齒)요. 짐하고는 숙원(宿怨)관계요. 저자는 짐을 여러 번 욕되게 한 데다 또한 괴롭히기까지 했소. 짐이 저자를 진작에 죽이려 했으나 다소의 공로가 있기로 아직까지 꾹 참고 있는 것이오."

"그렇다면 됐습니다. 지금 당장 옹치부터 봉하십시오."

"무어요!"

"옹치가 봉을 받아야 저자들이 진정될 것입니다."

"무슨 뜻인지 알 수가 없소."

"'폐하의 원수같은 옹치도 후가 되었는데 우리들이사 무슨 걱정이 있겠나. 천천히 기다리기나 하지' 하면서 흥분을 가라앉힌다는 뜻입니다."

가만히 듣던 유방은 갑자기 무릎을 쳤다.

"그 참 묘책이오!"

유방이 즉시 옹치를 불러 십방후(什方侯)로 삼았다는 소문이 나자 장군들은 모반을 포기하고 희희낙낙하면서 돌아갔다.

이튿날이었다.

누경(婁敬)이 궁으로 들어와 유방을 배알했다.

"드릴 말씀이 있습니다. 도읍지에 관해서입니다."

누경이 내용을 말하기도 전에 유방은 발칵 화를 냈다.

"낙양이 도읍지로는 부적당하다는 또 그 얘기요?"

유방이 화를 내는데도 누경은 침착하게 대답했다.

"관중에다 도읍하십시오."

유방은 여전히 그 문제로 두통을 앓고 있었다. 대부분이 산동(山東) 출신인 좌우의 근신과 대신들이 이렇게 주장했기 때문이었다.

"낙양에다 도읍하셔야 합니다. 낙양은 성고(成皐 : 하남성)라는 험한 요새가 있으며, 서쪽으로는 효산(殽山)과 면지(黽池)가 있어 황하를 등지면서 이수(伊水)와 낙수(雒水)까지 앞에다 두고 있습니다. 그 지세의 견고함은 믿을 만합니다."

누경이 처음에 유방을 만난 것은 농서(隴西)지방으로 수비병이 되어 가면서였다. 누경은 짐수레를 끌다 말고 뛰쳐나와 소리쳤다.

"폐하를 뵙게 해줍쇼!"

우(虞)장군이 그를 막았다. 양피(羊皮)옷을 입은 거의 거지꼴이었기 때문이었다.

"폐하를 만나뵈려면 체면치레는 하게."

"의복보다 중요한 것은 정신입니다. 비단옷이면 어떻고 갈포면 어떻습니까."

우장군은 누경의 대꾸가 기특하다고 생각되어 유방을 만나게 해주었다.

그런데 유방은 유방대로 기분이 나빠 우장군에게 따졌다.

"저런 거지를 왜 짐한테 소개시키시오?"

"그래도 정신은 있는 듯하니 한 마디만 듣는 척하십시오."

그래서 유방은 식사를 하는 척하면서 몇 시간씩 미적미적 미루다가 누경을 불러들였다.

그 때 누경은 기다렸다는 듯이 유방에게 다짜고짜 소리쳤다.

"솔직히 말씀해 주십시오. 낙양에다 도읍하시려는 이유가 주왕실(周王室)을 염두에 두고 그 융성함을 다투려는 생각 때문이었습니까?"

유방은 아무렇게나 소리쳤다.

"그래서!"

"그렇지만 한제국(漢帝國)은 주왕실의 입장과는 처지가 완전히 다릅니다."

"뭐가 다른가?"

유방은 별 수 없이 누경이 의도하는 대화에 말려들고 말았다.

"주(周)의 선조는 후직(后稷)입니다. 그는 요(堯)임금으로부터 태(邰 : 섬서성)땅에 봉함을 받고 그러고도 그곳에서 덕을 쌓으며 선정을 베풀기를 10여 대가 넘도록 했습니다. 공유(公劉) 때에는 하(夏)의 걸(桀)왕을 피해 빈(豳 : 섬서성) 땅으로 도읍을 옮겼습니다. 태왕(太王 : 고공단보) 때에는 오랑캐의 침략을 피해 빈을 떠나 말채찍을 지팡이 삼아 기산(箕山 : 섬서성)으로 이주했는데 백성들은 앞다투어 그를 따랐습니다."

유방은 누경의 말을 잘랐다.

"어서 핵심을 이야기하게."

"조금만 더 들어주십시오. 서백(西伯) 문왕은 우(虞)·예(芮) 두 나라의 송사를 잘 조정하여 비로소 천명을 받는 사람이 될 수 있었습니다. 그 때 태공망 여상이나 백이와 같은 현자가 동방의 해안지방으로부터 찾아와 그에게 귀속했습니다. 또 주나라 무왕 때에는 은의 주왕을 치자는 기약도 하지 않았는데 8백여 명의 제후들이 맹진(孟津 : 하남성)가로 모두 모여 주(紂)왕을 쳐서 없애야 한다면서 목소리를 높였습니다. 그래서 은나라는 멸망했습니다."

"성왕(成王)이 즉위하자 주공단(周公旦) 등의 현인들이 그를 보좌한 사실은 짐도 알고 있다."

"그 때 낙양을 건설했던 것입니다. 낙양은 천하의 중심이라 제후들이 사방에서 조공했으며 노역을 제공하는 데에도 그 거리가 알맞아 덕이 있는 사람이면 쉽게 왕노릇을 할 수 있는 곳이었습니다. 반면에 덕이 없는 자라면 패망하기에 딱 알맞은 곳이기도 하지요."

유방은 다시 부아가 났다.

"그대의 말을 들어보니 지금 짐을 일컬어 덕이 없다는 식으로 비꼬는 것 같은데!"

그래도 누경은 흔들리지 않고 말했다.

"무릇 낙양을 수도로 정한 것은 주나라에서는 왕자(王者)가 덕으로써 사람들이 모여들도록 힘쓰고 또 그렇게 노력할 것을 기대했기 때문이며, 험준한 지형을 믿고 교만하고 사치한 군주가 백성들을 학대하는 일이 없도록 하자는 발상에서였습니다."

"결국 그대는 짐을 아직도 비방하고 있는가!"

"주나라가 융성할 시절에는 천하가 화합해 사방의 오랑캐들도 그 교화에 이끌려 의를 사모하고 덕을 기리어 모반하는 일이 없었습니다. 한 명의 수비병이 없고도 팔방의 오랑캐가 싸움을 걸어오기는 커녕 오히려 조공와 노역을 제공치 않는 자가 없을 정도였습니다. 그 이후 주나라는 쇠잔해져 동서로 분열되었고 천하에 입조하는 제후가 없어졌는데도 그를 꾸짖고 호령할 능력이 없으니 결국 주나라는 패망의 길을 걸을 수밖에 없었던 것입니다."

"그런데 그 이유는 무엇이라고 생각하나?"

때때로 유방은 누경의 달변에 끌리기도 했다.

"주왕조의 덕이 희박해졌다고 보기보다는 도성의 지형이 견고하지 못했기 때문입니다."

"그건 또 무슨 소리인가?"

"폐하께서는 풍과 패에서 봉기하시어 3천 명의 병력을 가지고 서쪽으로 진격해 나가셨습니다."

"그래서?"

유방은 누경의 말을 재촉할 정도가 되었다.

"촉과 한을 석권하고 삼진을 평정했으며 형양에서 항우를 쳐부수느라 대혈전도 벌였지요. 또 성고의 입구를 장악하기 위해 대회전 70차례 소전투 40회를 치르며 천하 백성들의 간과 뇌수를 으깨 그 땅을 적시게 했고 부자(父子)의 해골이 동시에 들판에 질펀히 뒹굴도록 했습니다."

"그랬더니?"

"통곡소리는 아직도 들리며 부상자가 아직 일어나기도 전에 폐하께선 마치 한나라가 주나라 최융성기인 성왕·강왕(康王)시대인 것처럼 꿈꾸듯 착각하시며 낙양에다 도읍하려 하시니 너무나 답답해서 귀찮도록 말씀 올리는 것입니다. 한 마디로 낙양은 그 때와 지금의 사정이 완전히 다르다는 사실입니다."

"그대가 아무리 그렇게 주장해도 대부분의 대신들이 도읍지로는 낙양이 최선이라고들 믿고 있으니 짐도 어쩔 수가 없네. 오늘은 머리가 아프니 그만 하고 물러가게. 다음에 다시 그것을 의논할 기회가 있을 걸세."

누경은 물러갔다. 그 이후 그러니까 누경이 천도 문제를 들고 찾아온 것은 두번째인 셈이었다.
"그대의 끈질김에 짐은 두 손 모두 들었다. 어차피 관중으로 천도하라는 데에는 절박한 이유가 있을 것이니 오늘은 그대의 웅변을 마저 듣기로 하겠다. 짐을 설득시켜 보라."
"우선 저 진(秦)나라 땅을 보십시오. 산으로 싸여 있고 황하를 끼고 있습니다. 즉 사면이 자연으로 막혀 있는 요새란 뜻이지요. 게다가 동쪽의 함곡관, 남쪽의 무관, 서쪽의 대산관, 북쪽의 숙관(肅關)이라는 네 개의 관새(關塞)까지 견고하게 서 있어 아무리 위급할 경우라도 적은 군사만 동원해도 적을 방어할 수가 있습니다."
"그래서 관중으로 천도하라고?"
"그곳의 비옥한 땅을 활용하는 바는 천연의 부고(府庫)를 껴안는다는 뜻이 됩니다. 폐하께서 관중으로 들어가시어 그곳에다 도읍하신다면 혹시 산동(山東 : 함곡관 以東)이 어지러워져도 최소한 진나라 옛 땅만이라도 안전하게 보유할 수가 있습니다."
"그럴까?"
"사람이 서로 싸움을 할 경우에도 멱살을 잡아쥐거나 등판을 후려치지 않고서는 이길 수가 없습니다. 바로 지금 폐하께서 관중으로 들어가 도읍하시어 진의 옛 땅을 장악하시면 그것이 곧바로 천하의 멱살을 잡고 등판을 강타하시는 일이 됩니다."
"음, 일리는 있다. 한데, 그대들의 의견은 어떻소?"
유방은 뭇 신하들을 돌아보며 물었다. 그러자 왕릉(王陵)이 나서서 대답했다.
"주왕조는 수백 년 계속되었고 진나라는 단 2대에 끝장이 났습니다. 누경의 주장은 그래서 허망스럽습니다. 어찌 최선의 도읍지가 관중이겠습니까. 여전히 낙양이 옳습니다."

한동안 골똘히 생각에 잠겨있던 유방은 갑자기 무릎을 쳤다.

'옳지! 이런 문제는 장량과 의논해야지. 어째 그 생각을 미쳐 못했을까!'

장량이 얼마 있지 않아 궁으로 불려왔다.

"그대의 생각은 어떻소. 관중이오 낙양이오?"

"낙양에 그런 견고함이 있다 하더라도 그 가운데가 수백 리밖에 되지 않을 만큼 협소하다는 결점이 있습니다. 또한 전지(田地)는 박토이고, 사면에서 적의 공격에 노출돼 있어 작전상 유리한 용무지지(用武之地)는 못됩니다."

"결국은 낙양이 도읍지로선 부적당하다는 얘기구려."

"그렇습니다. 그런데 관중은 효산과 함곡관을 왼편에 두고 농산(隴山)에서 남쪽 촉에 이르기까지 연결된 산악지대를 오른편에 두고 있으며, 기름진 땅이 천 리이고, 남쪽에는 또한 풍부한 물산이 있습니다. 북쪽으로는 호지(胡地)와 접경하고 있어 목축을 할 수 있다는 이익이 있고, 남·북·서 삼면은 천험(天險)이 있어 제후들을 제어하기에는 제격인 곳입니다."

"그대의 의견이 옳은 것 같소. 그러니까 제후의 나라들이 안정돼 있을 때 황하나 위수를 통해 천하의 물산을 서쪽의 수로로 수송할 수가 있고, 제후의 나라에 변고가 있다면 하수(河水)를 따라 내려가면서 물자 수송도 할 수 있겠소."

"그러니 관중이야말로 금성(金城 : 견고한 성) 천 리이며 하늘이 쌓아올린 부고(府庫)입니다. 누경의 주장이 옳습니다."

"됐소! 결정했소!"

그런 후 유방은 다시 누경을 궁으로 불러들였다.

"그대는 진의 옛 땅에 도읍하자고 주장한 공로가 있소. 봉춘군(奉春君)이라 호하고 낭중(郎中)에 임명하겠소. 그리고 누(婁)는 유(劉)와 통하오. 짐의 성씨인 유씨 성을 하사할 테니 앞으로는 유경(劉敬)이라 부르시오."

그런 다음 이튿날로 관중에 도읍한다는 명령을 내렸다.

유방은 닷새에 한 번씩 부친인 태공에게 문안을 드리고 있었다. 그런데 어느날 문안을 드리러 갔더니 문 밖을 나와 비질을 한 뒤 뒷걸음질을 쳐서 물러가는 것이었다.

그런 행동거지는 존귀한 사람을 영접한다는 의미였다.

"아버님, 어찌된 일입니까?"

유방이 질색하면서 수레에서 뛰어내려 부친 태공을 부축하면서 소리쳤다. 그러나 태공은 손을 내저으며 몇 걸음 뒤로 물러났다.

"하늘에는 두 개의 태양이 없으며 땅에는 두 사람의 왕이란 없소. 나의 집 가령(家令)이 그나마도 이런 사실을 알려주지 않았더라면 끝내 큰 결례를 저지를 뻔 했소. 그대는 비록 내 아들이긴 하지만 분명히 인군(人君)이오. 내가 그대의 부친이긴 하지만 분명히 인신(人臣)에 지나지 않소. 어떻게 인주(人主)가 인신에게 배례를 할 수 있겠소. 서민들이 부자간에 치르는 예의가 우리들한테는 당치도 않소. 그렇게 되면 황제로서의 무거운 권위는 천하에 시행되지 못할 것이오."

그제서야 유방은 사정을 이해하고는 고개를 끄덕거렸다.

"아버님의 가령이 누구인지는 모르지만 그 뜻이 가상합니다. 황금 5백 근의 상을 내리겠습니다. 그러나 앞으로 문안인사는 올리지 못하겠으나 아버님을 태공에서 훨씬 높여 태상황(太上皇)으로 하겠습니다. 그래야만 신하나 백성들이 아버님을 존경할 것입니다."

장량은 병이 많았다. 곡식도 먹지 않으면서 도인(道引)술을 연마하고 지냈다. 도인술이란 도가의 양생술로서 호흡을 부앙(俯仰)하고 수족을 굴신(屈伸)시켜 기혈(氣血)을 충족케 하는 기술이었다.

유방을 따라 관중으로 따라 들어와 얼마 지나지 않아서였다. 그날도 도인술을 연마하고 있는데 여후(呂后)의 오빠 여택(呂澤)이 방문했다.

여택은 장량을 보자마자 다짜고짜 따지고 들었다.

"귀공께선 자주 좋은 계책을 세워왔기로 폐하께서는 귀공의 말이라면 절대로 신용하고 계십니다."

"그렇습니다. 폐하께서는 저의 계책을 믿고 신용해 주셨습니다."

"그래서 드리는 말씀인데, 지금 폐하께서는 까닭도 없이 태자를 바꾸시겠다는 큰 변혁을 계획하고 계시는데 이토록 중차대한 때에 어찌 귀공께선 베개를 높이 베고 나 몰라라 하시며 가만히 누워만 계신단 말입니까!"

장량은 여택의 말뜻을 이해하고 있었다.

여태후는 유방이 아직 미천했을 때 얻은 여자였다. 그녀는 아들 효혜와 딸 노원을 낳았다.

그런데 한왕(漢王)이 된 유방은 척희(戚姬)를 얻어 총애했는데 아들 여의(如意)를 낳고부터는 더욱 사랑을 주고 있었다.

언젠가는 태자 책봉 문제로 피바람이 일 것이라는 사실을 장량은 미리 알고 있었다. 지금의 태자 효혜는 사람됨이 인자하긴 했으나 유약한 것이 흠이었다. 그래서 유방은 자기를 닮지 않은 태자를 폐하고 척희의 아들 여의를 후계자로 생각하고 있다는 사실을 장량도 감지하고 있었던 것이다.

여택이 달려온 것도 불안을 느낀 여후가 닦달해서 장량한테로 보내 묘책을 물어오라 한 것이었다.

장량은 짐짓 모른 척하며 되물었다.

"여후께서 장군을 저한테 보내셨습니까?"

"자신이 낳은 아들이 폐위될 것이 너무나 뻔한데 어찌 불안해 하지 않겠습니까!"

"물론 폐하께서는 곤궁하고 위급할 적에 저한테 계책을 물으신 적은 많았습니다. 그러나 천하가 안정된 지금은 폐하께서 저의 계책을 물으실 하등의 이유가 없어진 거지요. 뿐만 아니라 사랑하는 아들을 염두에 두시고 태자를 바꾸시겠다는 문제 아니겠습니까. 그러하니 골육간의 문제라면 더군다나 저같은 신하 백 명이 몰려가서 간해도 아무 소용이 없습니다."

여택은 간절한 목소리로 다시 간청했다.

"그러지만 마시고 방도를 생각해 보시기 바랍니다. 귀공이 지혜 주머니란 사실은 천하가 다 알고 있습니다. 그리고 귀공도 마음 속으로 옳다고 생각하고 있는 사실에 대해서도 책임을 져야 할 것입니다. 부디 계책을 마련해 주십시오."

그 때부터 장량은 말문을 닫아버렸다. 여택은 절망적인 얼굴이 되어 하릴없이 일어날 수밖에 없었다.

저만치 문쪽으로 여택이 걸어나가고 있을 때였다. 입을 꾹다물고 있던 장량이 혼잣말처럼 중얼거리고 있었다.

"글쎄, 이런 문제는 폐하의 생각을 말로써는 움직일 수가 없지. 어떤 행동이 필요한데……"

여택은 그 기회를 놓치지 않았다. 다시 장량 앞으로 되돌아왔다.

"그 필요하다는 행동이란 어떤 것입니까?"

"감히 폐하께서 부르시는데도 입궐하지 않는 인사가 천하에 네 분 계십니다. 그들을 움직이게 하면 혹시 모를까……"

"그들이 누굽니까? 가서 묶어서라도 오겠습니다!"

"아서요! 폐하께서도 함부로 못하시는 사람들인데 그런 무례한 행동으로 그들이 올 것 같습니까. 또 강제로 끌고 와서 될 일도 아니고 말입니다."

"죄송합니다."

"게다가 그들은 노인입니다. 우리 폐하께선 선비들을 곧잘 모욕 주었기로 그것이 싫어 산중으로 몸을 숨겨 한나라의 신하되기를 거부했던 사람들이지요. 그렇지만 폐하께서는 그들 네 분이 고결한 인격을 지니신 분이라 판단하여 여전히 존경하고 계십니다. 태자께 말씀드려 직접 그분들을 움직여보라 그러시지요."

장량의 귀띔에 여택은 물에 빠진 자가 지푸라기라도 잡겠다는 표정으로 바짝 장량 앞으로 다가앉았다.

"그렇다면 태자는 어떻게 해야 그분들을 움직이게 할 수 있지요?"

"우선 태자의 정성어린 초청장과 함께 고급한 금옥벽백(金玉璧帛)을 아끼지 말고 잔뜩 보내시지요. 물론 겸손하면서도 말 잘 하는 사자를 파견해야 성공할 수 있습니다."

"그렇게 하도록 하겠습니다. 그런데 그분들은 누구누구입니까?"

"동원공(東園公), 기리계(綺里季), 하황공(夏黃公), 녹리선생(甪里先生)이 그들이지요. 상산(商山)에 숨어 사는 신선같은 분들이기에 이들을 일컬어 상산의 사호(四皓)라 합니다."

"모시고 와서는 또 어떻게 해야 합니까?"

"특별히 해야 할 일은 없습니다."

"특별히 해야 할 일은 없다니요?"

"우선 빈객으로 잘 예우하며 때때로 태자께서 그들을 거느리고 말없이 입조만 하면 됩니다."

"말없이?"

"어차피 그들은 폐하의 눈에 띌 것입니다. 띄게 되면 또 그들에 대해서 하문하실 것이고 그들이 상산의 사호들이라는 걸 아시는 순간 깜짝 놀라실 것입니다. 그렇게만 되면 태자 자리는 안전할 것이고 일은 다 된 것입니다."

여택은 돌아가 여후에게 장량의 계책을 알렸고 여후는 태자를 불러 장량이 준 계책을 수행하도록 했다.

결국 상산의 사호를 모시는 일은 여택이 직접 맡기로 했다.

천신만고 끝에 사호 노인들을 만난 곳은 심산유곡에서였다. 그들은 하나같이 봉두난발에 산삼인지 불로초인지 도라지 뿌리인지 어쨌건 그런 풀뿌리를 씹고 있었다.

여택은 그들 앞에서 큰 절을 올린 후 소리쳤다.

"상산의 사호이시여, 천하 백성들을 도탄에서 구하기 위해서는 어르신네들의 하산(下山)이 필요합니다."

사호들은 동시에 어리둥절한 표정을 짓고서 서로를 번갈아 바라보았다.

"이자가 지금 무슨 얼어죽을 소리를 지껄이고 있는가?"

동원공이 중얼거렸다. 그러자 녹리선생이 여택을 빤히 들여다 보다말고 물었다.

"그대는 조정에서 나왔소?"

"그렇습니다."

"무엇 때문에?"

"모시고 하산하려고 왔습니다."

"누구 맘대로?"

"그건……!"

여택이 머뭇거리고 있자 녹리선생이 다 안다는 듯이 말했다.

"그냥 돌아가시오. 우리는 선비들이오. 폐하께서는 선비들을 곧잘 모욕주었기 때문에 우리는 그게 싫어서 산으로 들어온 사람들이오."

여택은 바로 지금이 기회이다 하고 말했다.

"어르신네들을 모시는 분은 폐하께서가 아니라 태자이십니다. 태자께서는 폐하와 달리 선비들이라면 극진히 모시는 분입니다."

"태자가 왜?"

"한나라는 이제 건국된 나라인지라 국기를 튼튼하게 하기 위해서는 천하 인재들의 머리가 필요합니다. 그래서 사호를 모시고자 하는 것입니다."

"우리같은 늙은이를?"

"부디 하산해 주십시오. 태자께서는 사호께 드리라면서 선물도 잔뜩 주셨습니다."

"선물까지?"

"모쪼록 태자는 폐하와 인품이 완전히 다르다는 사실만 알아주십시오."

한동안 깊은 생각에 빠져 있던 네 노인은 하황공의 제안에 고개를 끄덕거렸다.

"내려가 봄세. 태자가 마음에 들지 않거든 다시 올라오면 되지 않겠나. 백성들을 편안하게 하겠다는 데야 우리의 고집은 명분이 없는 거지."

일단 사호는 여택의 집에 묵게 되었다.

경포가 모반하는 사건이 생겼다. 유방이 때마침 병석에 있었으므로 태자를 장군으로 삼아 출격하도록 했다.

그 소문을 들은 여택이 사호에게 자랑스럽게 얘기하자 사호는 펄쩍 뛰었다.

"무슨 소리! 아주 위험한 발상이오! 태자에게 출격하지 말도록 이르시오!"

"그건 어째서입니까? 공을 세울 수 있는 절호의 기회인데!"

기리계가 대표로 말했다.

"설사 공로가 있더라도 더 이상 오를 지위가 없소. 혹시 공적 없이 귀환하는 일이 생기면 얻게 되는 것은 화뿐이오. 가만히 듣자하니 이번에 태자와 함께 출격하는 장군들은 모두가 폐하와 함께 일찍이 들판을 같이 뛰던 천하의 용장들이 아니겠소."

"그러니까 태자께선 안심하고 출정하실 수 있지 않겠습니까?"

"그 반대요. 태자를 위하여 그들은 힘을 다하기를 즐겨하지 않을 거란 얘기요. 지금 태자가 그런 용장들의 장군이 되게 하는 것은 마치 양으로 이리를 이끌게 하는 것이나 다름 없소. 그러니 태자는 기필코 공적을 세우지 못할 것이오."

그제서야 여택도 더럭 겁이 났다.

"그렇다면 지금 어떤 조처가 필요하겠습니까!"

"모친이 사랑받고 있을 때에는 그 자식도 보호되는 것이오."

"무슨 뜻입니까?"

이번에는 동원공이 나섰다.

"지금은 척부인이 밤낮으로 폐하를 곁에서 모시고 있는 게 아니겠소."

"사실은 그렇습니다. 여후께서 이를 갈고 계시지만 폐하께서는 척부인만 사랑하시니……"

여택이 기죽은 소리를 하자 동원공은 꾸짖듯이 말했다.

"지금 폐하께서는 여의를 높이기 위해 태자를 사지로 내보내는 거요! 그렇게 되어도 괜찮겠소?"

"방법을 못찾고 있으니 그렇게 되어도 속절없는 거지요."

"여후가 움직이게 하시오."

"어떻게요?"

"직접 폐하께 찾아가 울면서 말씀드리라 하시오. '경포는 천하의 맹장이며 용병 또한 능수능란합니다. 그런데 이번의 토벌대장들은 모두 폐하의 동료 전우들입니다. 이런 장수들을 태자에게 거느리게 하는 것은 양에게 이리떼를 거느리게 하는 것이나 다름없습니다. 그들은 분명코 태자의 명령에 따르지 않을 것입니다. 또한 경포가 이런 사실을 알면 좋아라 하고 겁없이 북을 치면서 달려나올 것입니다. 그러니 폐하께서 비록 병중이긴 하나 치거(輜車 : 포장마차) 속에서라도 누워 출정하시면 장수들은 폐하를 위하여 힘을 다할 것입니다. 그러하니 괴로우시더라도 폐하께서 직접 분발해 주십시오' 이렇게 말이오."

여택은 여후에게로 달려갔다.

여후 또한 옳게 생각하고 유방에게 달려가 동원공이 일러준 그대로 호소했다.

가만히 듣던 유방은 한숨을 쉬더니 혼잣말처럼 중얼거렸다.

"그렇지 않아도 태자 그녀석을 보내자니 마음이 놓이지 않았는데…… 역시 내가 가는 게 옳겠지!"

고조 유방이 직접 동진해 가게 되자 남아있던 군신들은 모두 패수가에까지 나와 전송했다.

장량 역시 병중임에도 억지로 일어나 곡우(曲郵)까지 와서 말했다.

"신도 마땅히 종군해야 하거늘 중병이라 뜻과 같이 못하옵니다. 하온데 초나라 인간들은 표독하고 재빠르니 폐하께서는 부디 나서서 접전하지는 마십시오."

유방은 쓸쓸한 표정을 지으며 대답했다.

"그렇게 하겠소."

"그런데 떠나시기 전에 태자를 장군으로 임명하십시오. 관중의 군사들을 감독하도록 하셔야 합니다."

"아 참, 잊을 뻔했소. 그렇게 하겠소. 뿐만 아니라 그대가 비록 병중이긴 하나 병상에 누운 채라도 좋으니 태자의 부(傅 : 스승)가 되어주시오. 숙손통(叔孫通)이 태부(太傅)로 있으니 자방은 소부(少傅)의 일이라도 보아주시오."

5. 토사구팽

한신은 봉국(封國)에 도착했다. 초왕으로 금의환향하게 된 것이다. 그는 도착 즉시 일찍이 밥을 얻어먹은 빨래터의 여인부터 찾았다.
"아랑낭자, 그대는 나를 알아보겠소?"
그러나 아랑은 눈앞의 어마어마한 분이 누구인지를 알아보지 못했다.
"뵌 적이 없기로 알 수가 없습니다."
"허어 그것 참. 낭자는 지난 날 내가 너무 가난할 때 마침 냇가로 빨래하러 나왔다가 한 달 동안이나 밥을 먹여주지 않았소."
"아, 그 분!"
"내가 성공하면 그 은혜를 반드시 갚겠다고 말한 적이 있었소."
"기억이 납니다."
"그런데 그 때 그대는 왜 날 보고 벌컥 화를 내었소?"
"용서해 주십시오. 당시에는 이토록 극귀하게 되실 줄은 몰랐습니다."
"왜 화를 냈었냐고 묻고 있잖소!"

"실상은 백정 우두머리가 겁이 나서 그랬습니다. 제가 대왕과 친하다는 사실을 알면 그자가 가만 있지 않았을 거예요. 그래서 짐짓 화를 내었던 것입니다."

"그대로 믿어주겠소. 그대는 결혼을 했소?"

"예 했습니다."

"물론 그 난폭한 백정과 했겠지."

"아닙니다. 저는 다른데로 시집갔습니다."

"그럼 그 백정은 요즘 어디 있소?"

"여전히 도살장에 있겠지요."

"아무튼 내가 성공하면 그대에게 은혜를 갚겠다고 내 입으로 약속했으니 그것을 이행하겠소. 그대는 이미 시집을 갔다니 나와 함께 살 수는 없고 대신 천금을 내릴 터이니 가지고 가시오. 그런데 떠나기 전에 한마디 하겠소. 은혜를 베풀 때에 은혜입는 사람의 고맙다는 말을 그토록 몰인정스럽게 받는 게 아니오."

아랑은 몸둘 바를 몰라하다가 한신이 나가라는 신호를 하자 도망치듯이 대문 밖으로 달려나갔다.

이번에는 남창의 정장이 불려왔다.

"여보시오, 내가 누구인 줄 알고 있소?"

"물론 알고말고요!"

"내가 밥을 얻어먹으러 왔을 때 그대는 아내와 짜고 일찌감치 설거지까지 해놓던 일도 기억하오?"

"죽여주십시오!"

"그대는 소인배요. 은덕을 베풀 때는 중간에서 그만두는 게 아니오. 그러나 적으나마 나한테 은혜를 베풀었으니 백 전을 주겠소. 어서 가지고 나가시오!"

정장이 종종걸음쳐서 나간 뒤 이번에는 백정 우두머리가 불려왔다.

"그대는 내가 누구라는 걸 알고 있는가?"

"예, 너무나 잘 알고 있습니다. 죽여주십시오!"

백정은 사시나무 떨듯 하며 고개를 떨구고 있었다. 지난 날 그 기고만장하던 모습은 도무지 없었다.

한신은 다시 물었다.

"그렇다면 나를 자네 가랑이 밑으로 기어나가게 함으로써 나를 놀림감으로 만든 사실도 알고 있겠지."

"……드릴 말씀이 없습니다."

백정은 이미 살아남을 것을 포기했는지 고개를 푹 떨구고 말았다.

"그토록 기죽을 것까진 없네."

"예에?"

"자네는 쓸 만한 인물이야."

"무슨 말씀이신지요?"

"그날 일을 다시 생각해 보게. 자네가 나를 욕보였을 때 내가 자네를 죽일 수도 있지 않았을까."

"죽일 수도 있었겠지요. 그러나 대왕께서는 칼만 가지고 다녔지 소인을 결코 죽일 수가 없는 겁쟁이로만 알았습니다."

"내가 그 때 왜 자네의 배를 찌르지 않았는가를 알고 있나?"

"용기가 없었겠지요."

"아닐세. 충분히 죽일 수도 있었지. 그러나 내가 모욕을 참지 못하고 자네를 죽였을 때 나는 무엇이 되었겠는가."

"살인자이겠지요."

"맞았네. 내가 자네를 죽여도 명예롭지 않고, 용기있는 자라며 칭찬받기는 커녕 죄수밖에 더 되었겠는가. 나는 그 순간 모욕을 꾹 참으며 인내를 배우고 있었지. 참을성이 있어야 큰 일을 이룰 수 있다고 말일세."

"소인이 어떻게 그런 뜻까지야 알겠습니까."

"어쨌건 나는 그대를 통해 모욕을 참는 방법을 배웠고 그 때의 은인자중으로 오늘의 공업을 성취한 걸세. 그 모든 것이 자네의 덕일세."

"예에?"

"자네에게 벼슬자리를 주고싶다는 얘기일세."

"결국 전날의 원한으로 소인을 처벌하신다는 뜻입니까?"

"아닐세. 그날의 자네 덕분에 오늘의 내가 있게 되었으니 그 은혜를 지금 자네에게 갚겠다는 뜻이네. 자네를 초나라 중위(中尉 : 수도경비관)에 임명하겠네."

한편 한나라에서는 어전회의가 열렸다.

—— 초왕 한신이 모반하고 있습니다. 경계하십시오.

그렇게 상서한 자가 있었기 때문이었다.

유방이 여러 장군들한테 대책을 물었지만 그 대답들은 한결같았다.

"빨리 군사를 일으켜 한신을 잡아 구덩이에 묻어죽일 뿐입니다!"

유방은 고민스러웠다. 한신의 모반이 확실치도 않았거니와 설사 사실일지라도 그 처리방법이 떠오르지 않았기 때문이었다.

결국 진평을 조용히 불렀다.

"이 일을 어떻게 처리했으면 좋겠소?"

"밑도 끝도 없이 밀고자의 이름도 없는 종이 한 장 가지고 한신을 모반자로 단정할 수가 있겠습니까?"

"그렇지만 장군들 모두가 한신의 모반을 기정사실화하고 있소."

"무슨 근거가 있습니까?"

"초나라 전국을 순시한다면서 수십 만 군사들을 데리고 출입하고 있다는 건 심상치않은 일이오."

"그렇다면 한신은 자신이 모반했다고 밀고한 자가 있다는 사실을 알고 있을까요?"

"아직은 알 턱이 없겠지요."

"폐하께서 생각하시기에 초나라 병사와 우리 한나라 병사를 비교해서 어느 병사가 더 정예롭습니까?"

"초나라 병사가 더 정예롭다고 보고 있소."

"한나라 장군들 중에 용병술에 있어 한신보다 더 나은 자가 있습니까?"

"없소."

"결국 초의 병사보다 정예롭지도 못하고 쓸 만한 장군도 없는 한나라가 초나라를 친다는 것은 있을 수 없는 일이 되겠습니다."

"그렇다면 모른 척하고 한신을 그냥 두자는 얘기요?"

"아닙니다. 어차피 그가 모반한 사실이 없다해도 그의 세력을 방치한다는 건 위험합니다. 그를 잡아와서 폐하 곁에 두는 게 좋겠습니다."

"그자를 어떻게 묶어온단 말이오. 소문이 나면 금새 그자는 군사를 일으킬 텐데."

"옛날에 천자들은 곧잘 천하를 순행하면서 제후들과 회동하는 일이 자주 있었습니다. 그러니까 폐하께서도 순행하십시오."

"그래서는?"

"남쪽지방에 운몽(雲夢 : 호북성)이란 호수가 있습니다. 그 옆을 진

(陣)이라 부르는데 바로 초나라 서쪽 경계이기도 합니다. 그러니까 폐하께서는 운몽으로 순행한다고 속이고 제후들을 진에 회동시키십시오."

"과연 한신이 오겠소?"

"한신도 폐하께서 병사(兵事)가 아닌 일로 출유하셨다고 들으면 자연히 안심하고 교외로 나와 폐하를 맞을 것입니다. 폐하께서는 한신이 알현할 때 그 순간 사로잡으십시오. 이 일은 군사를 풀 필요도 없이 힘 좋은 단 한 명의 장정이면 족합니다."

"절묘하다!"

유방은 무릎을 쳤다.

── 모두 진(陣 : 하남성)으로 회동(會同)하라. 남방 호수지대 운몽(雲夢)으로 순행하겠다.

한편 황제 유방의 조서를 받은 한신은 기묘한 불안감에 사로잡혔다.

'어쩐지 이상하다! 갑자기 순행하겠다는 자체가 심상치 않은 조짐이다! 혹시 내가 체포되는 것은 아닐까! 그렇다면 황제가 초나라에 도착하는 때를 계기로 선수를 쳐서 모반해 버려? 아니다. 그만두자. 내 자신을 아무리 살펴보아도 폐하께 의심을 살 만한 행동은 하지 않았거든.'

그렇게 안심을 하려고 애를 쓰면서도 불길한 예감은 떨쳐버릴 수가 없었다. 음식 맛도 떨어지고 밤에는 잠도 잘 오지 않았다.

그 때 한신의 고민을 눈치챈 초의 낭중 진신(陳信)이 은근히 한 마디 했다.

"무얼 그렇게 괴로워하십니까. 한 사람의 목을 베어 바친다면 만사가 해결될 텐데요."

한신은 궁전의 뜰을 거닐다 말고 진신의 목소리를 듣고는 돌다리 중간에 우뚝 서버렸다.

"자네는 언제부터 거기에 있었는가?"

"대왕께서 며칠 전부터 몹시 고통스러워 하시길래 필시 가까운 장래에 급히 하명하실 일이 있을 것 같아 줄곧 뒤따라 다녔습니다. 다만 대왕께서 너무 깊은 생각에 빠져 소신의 수행을 눈치채지 못하고 계셨을 뿐입니다."

"음, 항상 뒤따르고 있었다? 그런데 조금 전 자네가 중얼거리듯 뱉아낸 말은 무슨 뜻인가?"

"대왕께선 분명히 황제폐하의 조서를 받고난 후부터 좌불안석이셨습니다."

"사실은 그렇네!"

"혹시 체포되실 것을 우려하기 때문이겠지요."

"그토록 불길한 예감이 드는 걸 어찌하나."

"그러니까 확실한 대비책을 세워야 하지 않겠습니까."

"어떻게?"

"대왕의 식객으로 전날 항우한테서 도망쳐나온 종리매 장군이 있지요."

"종리매가 왜? 날개 꺾인 새가 되어 나를 찾아와 지금 나에게서 보호받고 있는 절친한 친구인데."

"종리매가 대왕과는 절친한 친구 사이인지는 모르나 폐하한테는 원수입니다."

"그래서?"

"그의 목을 들고 가서 폐하를 맞으십시오."

"무어!"

"지금 작은 인정에 사로잡혀 계실 때가 아닙니다! 폐하께서는 이렇든

저렇든 대왕께 가득 의심을 품고 계십니다!"

"아아, 이를 어쩌나!"

한신은 길게 탄식했다. 그러나 아무리 궁리해 보아도 진신의 충고는 그럴듯해 보였다.

'종리매의 목을 바치고 나의 우환을 제거한다?'

그래도 한신은 결단을 내리지 못하고 멍청하게 서 있자 진신은 거듭 재촉했다.

"폐하께 충성심을 보이지 않는 한 대왕께서는 십중팔구 체포되실 겁니다."

결국은 그 방법밖에 없다고 생각했다.

"마차를 놓아라!"

한신은 괴로운 가슴을 부여안은 채 이려(伊廬 : 호북성)로 마차를 몰았다. 종리매가 이려의 한적한 곳에 숨어 한가로운 세월을 보내고 있었기 때문이었다.

종리매는 한신의 방문을 멋모르고 반겼다.

"어서 오시오. 대왕께선 국사로 바쁘실 텐데 어인 일로 이렇게 갑자기 찾아오셨소?"

"의논할 일이 있어 왔소이다."

한신은 풀죽은 목소리로 대답했다.

"의논할 일? 저같은 사람한테 무슨 의논할 일이 다 있습니까. 참, 폐하께서 운몽으로 순행하신다지요."

"바로 그 일 때문에 의논할 일이 생겼소이다."

"설마 내 처지가 대왕께 거추장스러워 잠시 피하라는 뜻은 아니겠지요?"

"왜 아니겠소이까. 폐하께서 장군이 초나라에 계시다는 소문을 듣고 체포하려고 안달이십니다."

"그렇다면 저도 대왕과 당장 결별해야 되겠구려."

"일이 그렇게 간단치가 않소이다. 장군을 숨겨준 죄로 나까지 체포하겠다는 데에 문제가 있소이다."

"무어요? 그렇다면 대왕이 살아나기 위해 내 목을 폐하께 바치겠다는 그런 얘기요?"

한신은 차마 그렇다는 말은 못하고 고개만 두어번 끄덕거렸다. 종리매의 눈에서는 불이 일고 있었다.

"여보시오 대왕, 한나라가 초나라를 함부로 공격하지 못하고 있는 이유가 어디에 있다고 생각하시오?"

"모르겠소."

"정말 몰라서 하는 말이오? 그건 당신 밑에 이 종리매가 있기 때문이오. 그래서 당신을 치지 못하고 속임수로 불러내어 당신을 묶으려 하는 것이오."

"그렇지만."

"정작 당신이 나를 잡아 한나라로 보내어 폐하께 곱게 보일 수만 있다면 그동안 나에게 베푼 은혜에 보답하는 뜻에서라도 스스로 죽겠소. 그러나 천만의 말씀이오. 내가 죽은 다음에는 당신 차례요. 내 목을 바침으로 해서 당신도 죽게 된다는 얘기요. 그래도 내 목을 들고 태평스럽게 폐하를 뵈러 갈 작정이오?"

한동안 무거운 침묵이 둘 사이에 흘렀다.

"어서 결정하시오!"

종리매가 갑자기 소리질렀다. 한참만에 한신은 면목없다는 표정으로 대답했다.
"역시 내 생각에는 그대의 목이 필요할 것 같소."
"당신은 역시 소인배구려! 좋소. 죽어주겠소. 그러나 내 목은 당신께 은혜갚는 뜻으로 주는 게 아니오. 당신의 어리석음이 분통터져 스스로 죽는 것이오. 그리고 당신의 그 허망한 우정에 복수한다는 의미도 있소. 잘 사시오!"

그런 다음 종리매는 벽에 걸린 장검을 빼서는 스스로 목을 찔러 죽고 말았다. 종리매가 자결할 동안 한신은 꼼짝 않고 앉아 있었다.

'자, 이젠 됐다! 나의 후환도 사라졌다!'

며칠 후였다. 고조 유방이 운몽에 도착했다는 소식을 접한 한신은 종리매의 목을 들고는 정작 태평스럽게 찾아갔다.

"폐하, 그토록 미워하시던 종리매의 목을 가지고 폐하를 뵈러 왔습니다."

황제의 수레 밑으로 한신이 마악 꿇어앉는 순간이었다. 한 떼의 건장한 무사들이 달려와 한신을 간단하게 묶어버렸다.

"이거 왜 이러나!"

발버둥을 쳤지만 이미 묶인 후였다. 게다가 한신의 몸에는 차꼬와 수갑과 옥사슬까지 채워졌다. 그런 다음 황제의 뒷수레에 실리었다.

"폐하를 뵙게 해 다오!"

한신이 소리질렀지만 주위로부터는 아무 반응이 없었다. 한신으로서는 정작 어처구니가 없는 일이었다.

"과연 세상 사람들의 말이 맞구나! '재빠른 토끼가 죽으니 훌륭한 사냥개는 삶겨 죽고, 높이 나는 새가 모두 없어지니 좋은 활은 소용이 없고, 적국이 격파되니 지모 많은 신하는 죽는다'고 했다던가. 천하가 이미 평정되었으니 내가 팽살(烹殺)되는 것은 지극히 당연하지!"

유방은 유방대로 쾌재를 불렀다.

'눈 속의 티같고 목 안의 가시같은 자를 제거했으니 이제사 짐은 베개를 높이 베고 잠을 잘 수 있겠구나!'

기분 좋은 날이었다. 유방은 그날로 천하에 대사령을 내렸다.

유방의 흡족해 하는 기분을 알아차린 전긍(田肯)이 유방 앞으로 쪼르르 달려왔다.

"폐하, 폐하께서 한신을 체포하신 일과 또 진중(秦中 : 관중)에 도읍하신 일은 참으로 잘하신 일입니다. 진(秦)은 원래 지형이 유리한 땅입니다. 험준한 산하가 둘러싸여 있고 제후국들과도 천 리나 떨어져 있습니다."

유방은 무슨 말인가 하고 수레 밖의 전긍을 멀거니 내려다보았다.

"진나라는 무장군사가 백만이고 국력은 제후국의 백 배입니다. 지세 또한 편리해 병력을 제후국으로 출동시킬 경우에도 그릇의 물을 지붕에서 아래로 내리붓는 것처럼 수월합니다."

"그런데?"

유방은 짜증을 내었다.

"그런데 제(齊)나라로 말하라 치면 동쪽으로는 낭야와 즉묵이라는 풍요한 땅이 있고, 남쪽으로는 태산이라는 험고한 자연이 있으며, 서쪽으로는 탁하(濁河 : 황하)로 국한되고, 북쪽으로는 천연의 이(利)가 있습니다. 땅도 사방이 2천 리이고 무장병도 백만입니다. 타국과도 천 리나 떨어져 있습니다. 국력도 제후국의 10배여서 제나라를 일컬어 동쪽의 진(秦)이라 할 수 있습니다."

"그래서 어쨌다는 얘기요?"

"그래서 한신을 제나라로부터 얼른 초나라로 옮긴 것이 백 번 잘 되었다는 얘기 올습니다."

유방은 그제서야 응어리진 마음이 풀렸다.

"좋은 의견이군. 그대에게 황금 5백 근을 하사하겠소."

유방은 아무리 한신을 묶어왔지만 천하 인심이 두려워 차마 죽일 수는 없었다.

'그렇지만 그대가 모반했다고 밀고한 자가 있었으니 어쩔 수가 없는 게 아니겠나!'

유방은 한신의 죄를 용서하는 형식을 취한 뒤 회음후(淮陰侯)로 삼고 가까이 두었다.

그러나 한신은 유방이 자신의 재능을 두려워해 미워한다는 사실을 알았다. 의기소침해질 수밖에 없었다. 언제나 병이라 핑계대면서 참조(參朝)하지도 않았고 황제의 출어시에 수행하지도 않았다. 더구나 새까만 부하였던 주발과 관영이 같은 동렬의 후(侯)라는 사실도 자존심이 상해 미칠 지경이었다.

즈음에 한신은 어떤 일이 있어 번쾌의 집을 찾은 적이 있었다. 번쾌는 담백한 인물이었다. 한신을 진심으로 존경하고 있었다. 때문에 무릎을 꿇고 한신을 맞아들이면서 말했다.

"대왕께서는 어떻게 누추한 신(臣)의 집에까지 왕림해 주셨습니까."

"신?"

"한 번 신은 대왕께 대하여 영원한 신입니다."

속으로는 기분이 좋았지만 짐짓 밖으로는 이렇게 대답했다.

"그렇지만 나는 지금 그대와 동렬일 뿐이잖소. 그토록 자세를 낮출 필요는 없는 거요."

그런저런 한신의 근황에 대한 얘기들이 유방의 귀로 들어갔다.

한신을 달래는 게 옳다 싶었다. 그래서 유방은 한신을 위로하는 잔치를 궁에서 열었다.

몇 순배씩 돌아 술이 거나해졌을 때였다. 한신의 기분도 많이 풀린 것 같아 유방은 안심하고 그에게 농담할 수 있었다.

"그런데 말이오. 짐의 능력으로 보아서 몇 명의 군사를 부릴 수 있을 것 같소?"

한신은 빙그레 웃고나서 대답했다.

"폐하의 능력으로는 10만 명이면 되겠습니다."

"무어?"

"왜 그러십니까?"

유방은 몇 번 씩씩거리다가 되물었다.

"그렇다면 그대의 능력으로는 몇 명의 군사를 부릴 수가 있겠소?"

"소신은 많을수록 좋지요."

"많을수록 좋다니. 그 많다는 게 얼마나 되오?"

"백 만이나 이백 만이나……."

"뭐요? 그런 그대가 10만 병사를 거느릴 정도밖에 안 되는 나한테는 왜 사로잡혔소?"

"폐하께서야 군사를 그 정도밖에 이끌 수 없지만 병사들을 거느리는 장수들은 잘 거느리시지 않습니까."

"그렇다면 그대는 군사는 잘 부려도 그 군사를 거느리는 장수는 거느리지 못한다는 얘기 아니겠소."

"바로 그렇습니다. 신이 폐하에게 잡힌 이유가 그 때문입니다."

유방은 한신의 명쾌한 답변에 호탕하게 웃었다.

"그대는 언변도 출중하구려!"

"그런데 이건 조금 다른 얘기지만 황제라는 지위는 하늘이 주는 것이지 사람의 힘으로는 안 되는 일입니다. 그래서 소신은 폐하의 자리를 결코 넘보지 못하는 것입니다."

유방은 다시 궁전 내부가 온통 들썩거릴 정도로 크게 웃었다.

집으로 돌아온 한신은 혼자 뜰을 거닐고 있었다. 유방의 그런 하찮은 배려에 기분이 흡족할 리는 결코 없었다. 여전히 불만스러웠고 원망스러웠다.

바로 그 순간이었다.

"거록군 태수로 임명되신 진희(陣豨)장군께서 임지로 떠나기에 앞서 주인님께 작별 인사를 하러 오셨습니다."

가신의 기별에 한신의 눈이 번쩍 떠졌다.

"진희장군께서 오셨다고? 어서 안으로 영접하라!"

진희는 오래 전 즉 대장군 시절부터 한신의 심복이었다. 한신은 진희가 목숨을 대신 버릴 수 있을 만큼 자신을 존경하고 있다는 사실도 잘 알고 있었다.

그런 진희가 찾아왔다는 소리를 듣는 순간 한신은 갑자기 깊은 꿈에서 깨어나는 듯한 느낌을 받았다.

한신은 진희를 데리고 정원으로 나갔다. 그곳은 특별히 부르지 않는 한 아무도 오지 않는 곳이었다.

"대장군께서 좌우를 물리치시는 걸 보니 저에게 은밀히 하명하실 일이 계실 것 같습니다."

"실상은 그렇소. 그런데 이런 얘기를 해도 될까?"

"아, 걱정 마시고 무슨 내용이든 하명하십시오. 소장은 대장군의 명령이라면 언제든지 목숨이라도 바칠 수가 있습니다."

"그렇다면 안심이오. 그래서 하는 얘기인데, 그대가 태수로 부임하는 거록군에는 천하의 정병(精兵)들만 모여있는 곳이오."

"과연 그렇습니다."

"그리고 그대는 폐하께로부터 절대로 신임받는 총신인 거요."

"그런 것 같습니다."

"그대가 모반했다며 누군가가 밀고하더라도 폐하께서는 쉽사리 믿지 않을 것이오."

"그럴 것입니다."

"그러나 계속해서 세 번쯤 밀고가 들어오면 그제서야 폐하께선 그대를 의심하게 될 거요."

"지금 말씀하시는 핵심인즉슨……?"

"바로 그거요! 그대를 위하여 내가 안에서 일어나면 우리는 쉽사리 천하를 도모할 수가 있소!"

"예에?"

"싫소?"

"아닙니다. 소장은 대장군의 능력을 믿습니다. 익히 알고 있지요. 단 한 번의 실패도 없는 전지전능의 책략가라는 사실을 너무나 잘 알고 있지요. 반드시 성공하리라 믿습니다. 그런데 저는 어떤 식으로 일을 도모해야 옳겠습니까?"

그날 밤 진희는 한신의 집에서 묵으며 세밀한 작전계획서를 받았다.

"삼가 가르치시는 대로 따르겠습니다!"

부임후 얼마있지 않아 진희는 과연 모반했다. 싫었지만 유방은 스스로 대장군이 되어 친정길에 나설 수밖에 없었다.

'절호의 기회닷! 이번 기회를 놓치면 끝장이닷!'

한신은 무릎을 쳤다.

친정길에 앞서 유방은 한신을 불렀다. 그러나 한신은 병을 칭탁해 종군하지 않았다. 속으로 유방을 비웃었다.

'저 어리석은 자가 뭐 나와 함께 진희를 치자고? 네놈도 이젠 끝장인 줄 알아라!'

대신 한신은 진희에게 은밀히 사람을 보냈다.

―― 군사를 일으켰다는 소식은 벌써 들었소. 폐하께서 그대를 징벌하러 떠나긴 했지만 걱정하지 마시오. 이미 여기서도 만반의 준비를 끝내고 그대를 도우러 즉시 떠날 것이오.

한신은 모든 음모를 가신들과 더불어 치밀하게 짰다.

"우선 관아(官衙)의 관노(官奴)를 조칙이라 속이고 풀어 그들로 하여금 궁으로 쳐들어가 여후와 황태자를 습격해 죽여야 한다. 궁궐만 제압하면 천하는 우리의 수중으로 들어오는 것이다!"

한신의 가신들은 소리지르지는 않았지만 환호작약하는 표정이 얼굴에서는 역력했다.

바로 그 때였다. 문 밖으로부터 아뢰는 가신이 있었다.

"주인님. 주인님께 죄를 짓고 도망쳤던 악열(樂說)이 방금 잡혀 들어왔습니다."

악열은 한신의 애첩을 겁탈하려다가 현장에서 들통나 도망쳤던 자였다. 한신은 대사를 앞둔 상황에서 그런 보고를 받았기 때문에 대수롭지 않게 대꾸했다.

"수고했다. 내일 아침에 그자의 목을 베어버려라."

그런데 악열의 동생 악근(樂謹)이 그 소리를 들었다.

'아, 어떡하나! 형을 살려야 되는데!'

악근은 궁리에 궁리를 거듭했다. 그러나 아무리 생각해 보아도 형을 살려낼 방법이 없었다. 눈물로써 한신에게 호소해 보았자 형의 죄는 용서받을 내용이 아니었다. 그것은 법으로써 정해진 일이었기 때문이다.

'그렇다면 방법은 하나밖에 없다. 형을 살려내려면 주인을 잡는 길밖에 없지!'

악근은 궁으로 향해 뛰었다. 달려가 여후에게 한신 모반의 상황을 상세히 일러바쳤다.

"무어야? 한신이 그랬었다고!"

여후는 여후대로 고민이었다. 황제 유방이 없는 상태에서 한신을 소환할래도 명분이 없었기 때문에 부를 수가 없었다. 그래서 혼자 곰곰히 생각하다가 역시 상국과 의논하는 게 최선이겠다 싶어 급히 소하를 불러들였다.

"어떻게 처리하는 게 좋겠습니까. 몹시 다급한 상황인 것 같습니다!"

여후의 얘기를 들은 소하는 한참 궁리한 뒤에 대답했다.

"이렇게 처리하는 게 어떻겠습니까. 우선 한신에게 사람을 보내어 폐하로부터의 소식이 있었다는 식으로 말입니다."

"어떤 내용으로 말입니까?"

"이미 진희를 사로잡아 벌써 사형에 처했노라고 말입니다. 그쯤이면 적어도 한신이 일단 거사는 못할 테니까요."

"급한대로 우선 그 방법밖에 없겠습니다."

소하가 한신에게 사람을 보냈다.

"대장군께 아룁니다. 폐하께옵서 소식을 전해왔습니다. 진희를 잡아 목을 베었답니다."

"무어!"

"지금 뭇신하들이 장락궁에 모여 축하연을 열고 있습니다. 대장군께서도 잠깐 얼굴을 내미시지요."

상국 소하가 보낸 사자의 전갈을 받은 한신은 낙담했다.

'아, 그렇다면 하늘이 내 편을 들지 않는구나. 진희가 죽었다면 나의 모반도 없었던 일로 할 수밖에!'

한신은 축하연에 참석할 기분이 도무지 아니었다.

"가서 상국께 말씀드려라. 마땅히 가서 축하해야 할 것이나 병이 위중해 일어날 수가 없다고 말일세."

한편 여후와 소하는 다시 의논할 수밖에 없었다.

"어떡하지요? 한신을 그대로 두었다간 언제 변고를 일으킬 것인지 두렵기 짝이 없습니다."

"저 역시 그렇게 생각합니다. 그렇지만 한신을 묶어두는 뾰족한 계책이 생각나지 않는 게 아쉽습니다."

"이렇게 하는 게 어떻습니까. 상국께서 직접 한신에게 가서 장락궁의 축하연에 얼굴이라도 내밀도록 권유하시는 게."

여후가 조르자 소하도 별 수가 없었다. 한신을 찾아가 말했다.

"신하로서의 도리가 이래선 안 됩니다. 아무리 병중이라고는 하나 모반했던 진희의 목을 벤 축하연에 잠깐이나마 얼굴은 내미셔야지요."

그쯤 되자 한신도 아니 갈 수가 없었다.

"알겠습니다. 무리해서라도 일어나 축하연에 참석하겠습니다."

장락궁은 대장군으로 임명된 황태자가 있는 곳이었다. 여후는 벌써 한신이 나타날 것이라는 연락을 받고 무사들을 이미 배치해 둔 상태였다.

한신은 내키지는 않았지만 수레를 몰아 장락궁으로 향했다.
'그렇지. 내가 아무렇지 않은 태도로 진희 참수의 축하연에 나타나야 모반했던 사실이 묻혀지겠지.'
한신이 장락궁의 때를 알리는 종이 걸려있는 종실(鍾室) 앞을 지날 때였다. 네 명의 건장한 무사들이 달려들어 삽시에 한신을 묶어버렸다.
"무슨 짓이냐!"
"그건 스스로에게 물어보면 알 텐데!"
무사 중의 한 명이 씹어뱉듯이 소리쳤다.
한신은 묶인 채 묵묵히 고개를 떨구고 있었다. 그 때 소하가 다가왔다.
"승상, 내가 왜 이렇게 묶여야 하오?"
"잘 알고 있지 않소."
"그렇다면 나는 끝장이오?"
"남의 탓 하지 마오. 겸양한 태도로 자기 공로 자랑하지 않고 능력 역시 자랑하지 않았더라면 한왕조에 대한 그대의 공훈은 누구의 공훈과도 비길 데 없이 컸을 텐데 말이오. 천하가 이미 통일된 후에 반역을 기도했으니 이게 무슨 꼴이오. 그래도 그대 할 말이 있겠소?"
곧바로 장락궁에서 한신이 죽었다는 사실을 유방이 안 것은 정작 진희를 토벌하고 돌아온 뒤였다.
"무어요! 한신을 죽였어!"
유방은 여후에게 신음처럼 내뱉았다.
"그자의 모반사실은 확실했습니다."
"가공할 상대가 죽었으니 기쁘긴 하오. 그러나 한나라가 제국을 건설하는 데 그의 공로가 엄청나게 컸다는 건 인정하지 않을 수가 없오. 그런 그의 말로가 저토록 비참하니 또한 불쌍하기 그지없구려. 그런데 말이오. 한신 그자가 죽으면서 뭐 남긴 말은 없었소?"

"왜 아무 말이 없었겠습니까. 저를 일컬으며 '일개 아녀자에게 속아 죽게 됐으니 억울하기 그지없네. 그러나 이 또한 운명이겠지'라고 말했습니다."

"그뿐이오?"

"이상한 말을 덧붙입디다. '괴통의 계략을 진작 쓰지 못한 것이 원망스럽네!'라고 말입니다."

"무어요! 당장 괴통을 잡아들여야 되겠소!"

거지 몰골로 돌아다니던 제나라 변사 괴통이 잡혀온 것은 얼마 지나지 않아서였다. 그 때 고조 유방은 괴통을 직접 심문했다.

"알고 봤더니 네놈이 한신을 들쑤셔 모반하도록 했다며!"

"그렇습니다. 틀림없이 제가 가르쳤습니다. 그런데 그 어리석은 자가 제 헌책을 쓰지 않았기 때문에 자멸해 버린 겁니다. 만약 그자가 제 계략을 썼던들 폐하께서는 결코 그를 멸망시킬 수가 없었을 겁니다."

유방은 울컥 화가 치밀었다.

"저놈 보게나! 그딴 소리를 그토록 태연하게 지껄일 수 있다니! 저자를 당장 팽살해 버려라!"

"팽살이라니요! 아, 억울합니다!"

"억울하다니, 무어가?"

"진나라의 기강이 해이해지자 산동의 땅이 크게 어지러워지면서 영웅호걸로 자처하는 뭇 성씨들이 까마귀떼처럼 일어났습니다. 진나라는 그 사슴[황제권]을 잃으니 천하에서는 모두가 그 사슴을 쫓아다녔습니다."

"요점을 말하라."

"이 때 키가 크고 발이 빠른 한 자〔유방〕가 그 사슴을 낚아챘습니다."

"쉽게 얘기하라고."

"도척의 개가 요임금을 보고 짖는 것은 요임금이 어질지 못해서가 아닙니다. 개란 놈은 원래 자기 주인이 아닌 사람을 만나면 무조건 짖습니다. 당시의 저는 오로지 한신을 알았을 뿐으로 폐하는 알지 못했습니다. 또 천하에는 예리한 무기를 든 자들이 부지기수였습니다. 생각해 보면 그들 모두는 능력이 모자랐습니다. 폐하 말고는 아무도 성공하지 못했으니까요. 어쨌건 폐하께 대항했던 그들 모두를 삶아 죽이시겠습니까!"

한편 팽월은 궁녀들을 끼고 앉아 술을 마시고 있다가 부하 장수 호첩(扈輒)이 급히 뵈러 왔다는 소리를 들었다.

"무어야? 하필 이런 잔치판에 달려 들어와 무엇을 간청하겠다고?"

"태도로 보아선 몹시 화급한 보고인 듯합니다."

별 수 없었다. 팽월은 여자들을 떨치며 미적미적 일어났다.

유방은 항우가 죽고난 뒤 팽월의 초나라 토벌의 공적을 인정해 양왕(梁王)으로 세운 뒤 정도(定陶 : 산동성)에다 도읍하게 했다. 한신에게는 초나라 땅을 주게 하고 팽월에게 진(陳)땅 우편 동해에 이르기까지의 땅을 주게 한 것은 장량이었다. 그들에게 그런 이익을 주어 초나라 토벌에 협조하도록 만들었던 그 사실 때문에 천하 평정 이후에도 떨떠름한 느낌을 떨쳐버리지 못하고 있던 유방이었다.

그런 상태에서 진희가 대(代)땅에서 반란을 일으키자 유방은 즉시 팽월에게 사람을 보내어 군사를 징발하려 했다.

"에잇 참! 천하가 평정된 지금까지도 황제란 인간은 나를 참 귀찮게 하네!"

팽월은 어쩌랴 판단하고 호첩에게 형식적으로 군사 1천을 주어 대땅으로 가게 했던 것이다.

"폐하의 진노가 몹시 크십니다!"

호첩은 돌아와 팽월을 보자마자 말했다.

"글쎄, 그대가 폐하께 잘 말씀드리지 그래. 내가 병이 깊어 친히 출병하지 못했었노라고."

"물론 그렇게 말씀드렸지요. 그렇지만 대왕에 대한 감정은 풀리시지 않았을 것입니다."

팽월은 술이 확 깼다.

"생각해 보니 걱정스럽구려. 지금이라도 늦지 않은 것 같으니 내 몸소 폐하께 나아가 사죄하리다."

그러자 뜻밖에도 호첩은 두 손을 완강하게 내저었다.

"아니 됩니다! 가지 마십시오!"

"가지 말라니?"

"대왕께서는 애초에 가지 않으셨다가 문책을 받고서야 가시려 합니까!"

"그래도 가는 게 옳지 않겠소?"

"가셔서 사로잡혀 목숨을 잃는다 해도 괜찮으시겠다면 가십시오."

"무어? 목숨!"

"절대로 위험한 상황입니다."

"그럼 나더러 어쩌란 말이오!"

"차라리 차제에 모반하십시오!"

"뭐!"

"능력있는 대왕께서 무엇이 두려워 겁을 내십니까!"

"능력이 나보다 갑절인 한신도 사로잡혔소!"

"그야 어리석게도 전날의 공로만 믿고 혈혈단신 폐하를 뵈러 갔으니 붙잡히지요. 대왕 역시 그런 식으로 묶이겠습니까?"

팽월은 난감했다. 호첩의 권고를 받아들이자니 자신이 없었고 가서 유방에게 사죄하려니 그 결과가 두려웠다.

'어떻게 한다? 병들었다는 구실만 계속 대면서 미적미적 세월만 끌어?'

즈음이었다. 팽월의 신하 중에 태복(太僕) 벼슬에 있던 자가 있었다. 궁녀 중에 팽월의 눈에 든 미녀가 있었는데 태복이 그녀를 유혹해 도망을 쳐버렸다.

"그 년놈들을 당장 잡아오너라!"

군사를 풀어 태복을 잡기 위해 이잡듯이 수색을 하고 있었.

수색망이 숨어있던 동굴 근처까지 조여오자 태복은 태복대로 겁이 덜컥 났다.

"어떡한다? 잡히면 우리 둘 모두가 참수될 텐데!"

궁녀가 대답했다.

"왜 그 방법을 취하지 않으십니까."

"무슨 방법?"

"지금 폐하께옵서는 양왕(梁王 : 팽월)을 의심하고 계십니다. 더구나 진희 반란 때 병사를 징발했는데도 양왕은 병을 핑계로 기껏 호첩 따위에게 군사 몇 주어 보내지 않았습니까. 그 때부터 폐하께서는 양왕을 언짢게 보기 시작했지요."

"양왕을 무고하란 얘기요?"

"목숨이 경각에 달렸는데 무슨 수인들 못쓰겠습니까!"

"그렇군! 그렇지. 우리가 참수당하는 것보단 낫지."

태복은 궁녀를 데리고 유방한테로 달려갔다.

"폐하, 양왕의 신하로서 태복 벼슬에 있는 미미한 자입니다. 그런데 양왕이 호첩과 짜고 모반하려 하고 있기로 이를 폐하께 알려드려야 하겠기에 이토록 달려왔습니다."

"팽월이 모반을? 어떻게?"

"호첩이 충동질하였습니다. 양왕이 죄 입기를 두려워하고 있자 호첩이 그렇게 건의했던 것입니다."

"그대는 양왕과 호첩의 모반사실을 어떻게 알아냈는가?"

"소신의 애인이 궁에 있습니다. 그래서 그런 엄청난 사실을 엿들을 수 있었던 것입니다. 그러나 한신을 잡는 식으로 했다가는 팽월은 미리 알고 크게 모반을 하든가 아니면 도망치고 말 것입니다. 그러니 양왕이 눈치채지 못하도록 급습을 하셔야 합니다."

유방은 태복을 내보낸 뒤 낭중령 장보(章甫)를 우두머리로 하여 백여 명의 시위(侍衛)군과 함께 조서를 들고 팽월을 잡아오게 했다.

팽월이 있는 정도에 도착한 장보는 팽월에게 조서를 당당하게 내보인 뒤 소리쳤다.

"황제폐하께서 대왕을 압송하라십니다."

"나를!"

팽월은 깜짝 놀랐다.

"무엇 때문에?"

팽월이 되묻자 장보가 대답했다.

"폐하께 모반하셨다는 정보가 있었기에 그렇습니다."

"내가 모반을?"

"아닙니까?"

아무리 생각해 보아도 팽월은 모반한 사실이 없었기 때문에 자신 있었다.

"결코 모반한 일이 없소. 그래도 압송당해야 하오?"

"깨끗하시다면 가시지요."

전날 호첩의 꼬드김이 마음에 걸렸지만 그것은 의논에 지나지 않았던 것이다.

"갑시다!"

"고맙습니다. 그 대신 대왕을 포박하지는 않겠습니다."

낙양으로 압송된 팽월은 일단 옥에 갇혔다. 진실이 밝혀져 곧 석방될 것이라 믿고 있었다. 그러나 팽월이 모르고 있는 사실이 하나 있었다. 한나라 조정에서는 팽월 몰래 호첩을 잡아와 닥달하자 호첩은 그만 그런저런 논의가 있었노라는 식으로 불어버렸다.

보고를 받은 유방은 중얼거렸다.

"결국 모반의 조짐이 있었군. 조짐만으로도 의법처단해야 옳겠으나, 이제까지의 팽월 전공을 생각하면 차마 참수까지야 할 수 없지 않은가. 일단 서민으로 강등시켜 역마로 압송해 청의현(青衣縣 : 사천성)으로 귀양보내는 정도로 해야겠지."

여전히 장보가 압송했으므로 팽월은 묶이지 않고 수레에 앉아 귀양처로 가고 있었다.

그런대 정(鄭 : 섬서성)땅에 이르렀을 때였다. 때마침 장안으로 들어오던 여후 일행과 마주쳤다.

오히려 더욱 놀란 쪽은 여후였다.

"아아니, 팽장군이 이게 웬일이시오!"

낙심하고 있던 팽월에게는 여후를 만난 사실이 그토록 기쁠 수가 없었다. 절호의 기회라 생각했다.

묶이지 않은 상태였으므로 팽월은 압송수레에서 훌쩍 뛰어내렸다. 땅에 꿇어앉아 눈물을 주룩주룩 흘리기 시작했다.

"정말 저에게는 죄가 없습니다. 억울하게 귀양은 가고 있습니다만 지금 촉땅으로 가게 되면 언제 다시 돌아와 폐하를 뵙게 될 지 그것이 두렵습니다. 그러나 모쪼록 황후께옵서 폐하께 말씀드려 촉땅이 아닌 제 고향 땅 창읍에서만이라도 살도록 해주십시오!"

한참동안 생각에 잠겨있던 여후는 흔연히 고개를 들며 소리쳤다.

"갑시다!"

"예에?"

"제가 폐하께 말씀드리지요. 어떻게 팽장군 같은 분을 귀양 보내시다니! 말도 아니되오. 나와 함께 낙양으로 되돌아갑시다. 제가 폐하께 말씀드려 사면되도록 해드리겠소."

팽월은 그렇게 되어 낙양으로 되돌아올 수 있었다.

그러나 수도로 돌아온 여후는 유방을 보자마자 화부터 냈다.

"폐하, 어떻게 일 처리를 그런 식으로 하십니까!"

"무슨 얘기요?"

"제가 귀양가는 팽월장군을 중간에서 만나 다시 데리고 왔습니다!"

"뭐요?"

"그를 지금 촉땅으로 귀양 보내셨는데 그런 처사는 스스로 환란거리를 만드는 짓입니다. 팽월은 공신이면서도 천하의 맹장입니다. 그런 그를 살려두시다니요!"

"무슨 뜻이오?"

"차제에 그를 더욱 높여 쓰시든가 아니면······"

여후는 말끝을 흐렸다.

"그자는 모반자요. 목을 벨 수가 없기로 일단 귀양보냈던 거요."

"아니되십니다. 팽월은 멀리 보낼수록 위험합니다. 복직은 시키지 않더라도 폐하 가까이 두십시오."

유방은 난감했다. 그러나 여후가 새파랗게 대들었으므로 팽월을 다시 귀양보낼 수는 없었다.

"그렇다면 일단 팽월을 낙양에 묶어 두겠소."

한편 여후는 오라버니 여택을 불렀다.

"오라버니는 가서 정위(廷尉) 왕염개(王恬開)를 삶으시오. 팽월을 그냥 살려두었다간 큰일 나오. 팽월의 모반 혐의가 확실하다고 폐하께 주청하도록 하란 말이오!"

여택은 왕염개를 찾아갔다.

"이건 여후의 명령이오. 어떤 방법으로든 팽월을 죽여야 하니까 왕정위께선 알아서 하시오. 그렇게 하지 않을 땐 자신의 행위에 대하여 책임을 져야 할 거요!"

놀란 왕염개는 옥에 갇혀있던 호첩을 기억했다.

왕염개로서는 팽월에게 죄를 뒤집어씌우기 위해서는 달리 방법이 없었다. 결국 날조된 공술서를 만들었다.

──신 호첩은 양왕 팽월과 함께 모반할 것을 결의했습니다. 이에 혐의를 입고 신은 옥에 갇히고 팽월은 자유로운 몸이 되었습니다. 그러나 폐하께 원망하는 마음이 가득했던 팽월이 두 번씩이나 신이 있는 옥중으로 찾아와 전날의 모의사실이 들통날까봐 신을 죽이려 했습니다. 팽월의 모반 모의는 확실합니다. 그를 그냥 두었다가는 앞으로 어떤 일이 벌어질지 모릅니다. 서둘러 처리하십시오.

호첩의 진술을 날조해 만든 왕염개는 황제에게 상소했다.

"역시 팽월의 모반 혐의가 확실하단 말이지! 미천한 몸으로 일어나 천리의 땅을 석권하면서 날로 명예로워지던 그 명성이 애석하구나! 그러나 반역자는 어쩔 수가 없다. 그를 처치하라!"

경포는 마음이 심란했다. 작년에는 회음후 한신이 주살되고 얼마 전에는 양왕 팽월도 주살되었다.

'그렇다면 이번엔 내 차례란 말인가!'

불안해서 견딜 수가 없었다.

"에잇, 사냥이나 하러 나가자!"

회남왕 경포는 사냥놀이로 두려움을 잊기 위해서 호위군사 수십 명을 데리고 궁궐 밖으로 나섰다. 바로 그 때였다.

"한나라 조정에서 회남왕께 보내는 선물입니다. 그러나 접견하신 후 되돌려 보내라는 폐하의 분부이십니다."

경포는 말에 오르려다 말고 한나라 조정에서 보낸 사자들과 마주쳤다.

"무어요, 선물? 한데 보낸 선물을 보기만 하고 되돌려 보내라는 건 또 뭐요?"

"어서 접견이나 하십시오."

"어디 봅시다."

사자는 보자기에 싼 상자 하나를 내려놓았다.

"안에 무엇이 들었소?"

"몸소 보자기를 풀어보십시오."

보자기를 풀어 상자 뚜껑을 열어본 경포는 소스라치게 놀랐다.

"앗, 이게 뭐요! 팽월의 머리 아니오!"
"소금에 절였으니 쉬이 썩지는 않을 것입니다."
사자는 무덤덤한 목소리로 대꾸했다.
"이건 무슨 뜻이오?"
"뜻은 모르겠습니다. 접견하셨으면 다시 돌아갈까 합니다."
등에서는 식은땀이 흘렀다.
'역시 이번에는 내 차례란 말인가! 팽월의 머리를 보여주는 게 바로 그런 경고의 뜻이 아닌가!'
사냥갈 생각이 싹 없어졌다.
한나라 사자들이 돌아간 후 경포는 즉시 군막 쪽으로 말을 몰았다. 만일의 사태에 대비해 가만히 군사를 재배치하기 위해서였다.
'그래, 올 테면 오라! 유방 그 늙은이는 이제 기력이 다해 싸울 능력도 없어. 그러니 보내더라도 보잘것없는 장수를 보낼 거야. 그까짓 것들 쯤이야. 사실 말이지만 내가 걱정한 건 한신과 팽월이 아니었겠나. 그렇지만 그들 모두는 이제 죽었으니 나와 맞설 만한 인물이 천하에는 없지!'
그런데 경포에게는 몹시 사랑하는 총희 애희(愛姬)가 있었다. 애희는 몸이 자주 아파 의원한테 수시로 들락거려야 했다.
의원의 저택은 중대부(中大夫) 비혁(賁赫)의 저택과 바로 마주하고 있었다. 그래서 비혁은 애희가 의원을 자주 찾는다는 사실을 잘 알고 있었다.
'옳지! 애희한테 접근해 잘 구슬리면 내가 더욱 빠르게 출세하겠지!'
한때 비혁이 경포의 시중으로 있었기 때문에 실상 애희와는 안면이 있었다. 비혁은 그런 사실을 십분 이용하기로 했다.
비혁은 일단 의원과 친해둔 후에 애희가 찾아올 때마다 슬쩍 연락이 되도록 해두었다.

　어느날 애희가 왔다는 연락이 의원으로부터 왔다. 비혁은 준비해둔 패물들을 들고 애희 앞에 나타났다.

　"중대부로 자리를 옮긴 이후로는 왕후를 뵙는 일이 드물게 되었습니다."

　애희는 보석을 좋아했다. 의원으로 갈 때마다 비혁이 패물들을 가져다주었으므로 애희는 비혁에게 관심을 가지지 않을 수가 없었다.

　"중대부님을 뵙기 위해서라도 의원을 자주 찾아야 되겠습니다."

　애희는 간드러지게 웃었다.

　그로부터 비혁은 의원댁에서 애희와 자주 어울렸다. 술도 마시며 함께 밤을 샐 정도로 가까워졌다.

　애희는 어느날 밤 경포에게 슬며시 말을 꺼냈다.

　"대왕, 중대부 비혁이 있지 않습니까. 의원으로 갔을 때 거기서 만나 가만히 살펴보았는데 역시 그 인물됨이 관인장자(寬仁長者)인 듯했습니다. 높이 써 주시지요."

　기회가 아주 좋지 않았다. 팽월의 잘린 머리를 본 후로 신경이 날카로울 대로 날카로워진 경포는 소리를 버럭 질렀다.

　"무엇이! 너 그자를 어떻게 그토록 잘 아느냐!"

　"잘 안다기보다…… 비혁님은 전날 대왕의 시중으로 계시지 않았습니까. 그 때부터 눈여겨 보아온 바로는……"

　"그자가 중대부 벼슬자리로 옮겨 앉은 이후로 어떻게 친하게 되었느냐고 묻고 있는 중이다!"

　"비혁님은 의원댁의 앞집에 삽니다. 제가 우연히 만나게 된 바도 의원댁 앞에서 였으며 그 때부터 종종 얼굴을 대할 수 있게 되었던 것입니다."

"가만 있자! 너 그렇게 아프지도 않으면서 엄살 부려가며 자주 의원으로 드나든 이유가 그놈을 만나기 위해서였지!"

"대왕께선 무슨 그렇게 섭섭한 말씀을 하십니까."

"내가 흘려들은 얘기도 있다. 요즘 너의 행동에 수상한 데가 있다고!"

"비혁님을 중용하지 않으면 그뿐이지 왜 저한테까지 그분과 결부시켜 저를 난처하게 만드십니까!"

"시끄럽다! 네가 아무리 잡아떼도 틀림없이 비혁이 그놈과 네년이 간통이라도 한게 분명해!"

"무엇이라구요!"

"두고 보라고. 그자를 잡아들여 거꾸로 매달아 곤장 몇 대만 때리면 네년과의 간통사실을 불지 않고는 못 배기겠지!"

비혁이 벌받는 것은 시간문제였다.

애희는 이튿날 새벽같이 간밤에 있었던 사실을 사람을 시켜 비혁에게 알렸다.

비혁은 덜컥 겁이 났다.

'어떻게 하나! 경포는 나를 보는 순간 잡아 묶고 매질을 할 텐데!'

그 때부터 비혁은 병을 핑계로 조정에 나가지 않았다. 경포의 분이 완전히 가라앉을 때까지 그럴 작정이었다.

그런데 그런 비혁의 생각은 완전한 오산이었다. 비혁이 나타나지 않게 되자 경포는 더욱 그를 의심하게 되었다.

"음, 그렇다면 그자의 밀통사실은 더욱 확실하다! 가서 비혁을 당장 체포해 오도록 하라!"

혹시나 해서 비혁은 보따리를 싸놓고 있는데 쾅쾅 대문 두들기는 소리가 났다.

"문 열어라!"

'이크! 드디어 나를 잡으러 왔구나!'

비혁은 뒷문으로해서 미리 준비해둔 말을 타고 멀찍이 도망쳐버렸다.

그런데 갑자기 갈 곳이 없었다. 절망적이었다. 결국 자신이 살아남으려면 주인을 잡는 길밖에 없다는 생각이 얼른 들었다.

비혁은 장안으로 향해 말을 몰았다. 장안에 도착하자마자 비혁은 상주문을 써서 궁으로 넣었다.

—— 경포에게 모반의 낌새가 있습니다. 큰일이 터지기 전에 붙잡아 주멸하십시오.

상주문을 읽은 유방은 상국 소하를 불러 물었다.

"정말 뜻밖이오. 이걸 읽어보오."

비혁의 상주문을 읽은 소하도 그 내용에 대해서는 부정적이었다.

"글쎄요. 경포가 모반한다는 일은 있을 수 없는 일일 것 같습니다. 지금으로선 그럴 이유가 도무지 없거든요."

"그렇지만 팽월의 목을 보고 충격을 받아 자신도 그렇게 될 줄 알고 정작 모반을 계획했을지도 모르지 않소."

"하오나 그 점은 추측에 지나지 않습니다. 일단은 경포에게 원한을 품은 비혁의 터무니없는 무고일 수도 있겠습니다. 그러니 우선 비혁을 가두어놓고 노골적으로 조사단을 파견해 경포의 행적을 조사해 보도록 하지요."

"그게 좋겠소."

한편 경포는 얼마 있지 않아 한나라의 조사단이 와서 모반을 수사한다고 하자 더럭 겁이 났다.

'비혁이 도망쳐서 반란을 상주한 게 틀림없다! 더구나 만일의 사태에 대비해 군사를 재배치했던 사실까지도 일러바쳤겠지! 그렇다면 길은 단 하나. 더 머뭇거릴 수가 없다!'

경포는 우선 비혁의 일족을 붙잡아 몰살해 버렸다. 한나라의 수사에 대해서 노골적으로 불만스럽다는 표시였다.

수사대 역시 가만있지 않았다. 즉시 장안으로 보고서를 올렸다.

——틀림없습니다. 여러 정황으로 보아 경포가 모반한 점은 사실입니다.

고조 유방은 즉시 여러 장수들을 궁으로 불러들였다.

"경포가 반란을 일으켰소. 어떻게 하는 게 좋겠소?"

혈기왕성한 장수들이라 대답은 한결같았다.

"총공격해서 그놈을 붙잡아 묻어죽일 뿐입니다! 제간 게 일을 벌인들 성공할 수 있겠습니까!"

그러나 하후영은 침착했다.

"폐하, 경포는 그토록 만만한 인물이 아닙니다. 우선 그의 반역 이유를 자세히 안 뒤에 대처해야 할 것입니다. 전날 초나라 영윤(令尹)으로 있던 설공이 마침 식객으로 집에 와 있는데 불러서 물어보시는 게 어떻겠습니까?"

"여부가 있겠소. 어서 불러오시오."

설공이 입궐했다. 하후영이 먼저 입을 열었다.

"경포의 반란은 어찌된 셈이오?"

"경포의 반란은 당연한 것이지요."

"아니, 당연하다니요? 폐하께서는 경포에게 땅을 크게 갈라 왕으로 삼았으며 작위를 나누어 존귀한 직위에 있게 했는데 무엇이 부족해 느닷

없이 반란을 일으킨단 말이오?"

"폐하께서는 작년에 팽월을 죽였고, 재작년에는 한신을 죽였습니다. 경포는 그들과 똑같은 대공을 세운 장수입니다. 이번에는 자기가 죽게 되는 차례라는 것을 알았기 때문에, 불안에 떨고 있느니 차라리 모반하는 게 낫다고 판단한 것입니다."

"오, 그렇게 되는 것이구려. 그러면 경포는 앞으로 어떤 식으로 반란을 획책할 것 같소?"

유방의 질문에 설공은 서슴없이 대답했다.

"세 가지 계략 중의 하나를 쓸 것입니다."

"세 가지 계략?"

"경포가 만일 상계(上計)를 쓴다면 산동(山東 : 戰國 여섯 나라의 옛 땅)땅은 이미 그의 것이 됩니다."

"그 상계라는 게 어떤 거요?"

"경포가 동쪽으로 나가 오나라를 취하고 서쪽으로 돌아 초를 점령하고 제나라를 병합한 뒤 노(魯)를 간단히 수중에 넣고 연(燕)과 조(趙)에 격문을 보낸 다음 자기 영토를 고수하면 산동의 땅은 한나라의 소유로부터 벗어난다는 뜻입니다."

"그 묘하군! 중계(中計)는 뭐요?"

"만일 경포가 중계를 쓴다면 싸움의 승패는 예측할 수 없게 됩니다. 즉, 동쪽으로 나아가 오(吳)를 공략하고 서쪽으로 돌아 초를 점령한 뒤 한(韓)을 병합하고 위(魏)를 점령해 오창의 곡창을 끼고 성고의 입구를 막아버리면 승패의 운수를 헤아리기 어렵게 된다는 뜻입니다."

유방은 이마를 찌푸렸다.

"그렇다면 하계(下計)는 어떤 거요?"

설공은 유방의 기분 따위는 모른 척하고 대답했다.

"만일 경포가 하계를 쓴다면 폐하께서는 베개를 높이 베고 편히 쉬실 수가 있습니다. 즉 동쪽으로 나가 오를 공략한 뒤 서쪽으로 진출해 하채(下蔡)를 점령해 중추적인 방위부대를 월(越 : 절강성)로 돌리고 자신은 장사(長沙)로 돌아간다면 폐하께서는 안심하셔도 됩니다."

"그런데 그자는 삼계 중 어떤 것을 쓸 것 같소?"

"하계를 씁니다."

"아니, 상계 중계 모두 버리고 하필 하계를 선택한단 말이오?"

"그자의 취향이며 능력의 한계지요. 경포는 원래 여산의 형도(刑徒) 출신입니다. 자신이 만승대국의 군주가 되긴 했으나 처음부터 백성 만대를 위해 거병한 것이 아니라 모두 자기 개인을 위해서 이룬 공적일 뿐입니다. 그런 인품이라 하계를 쓸 것이라고 말씀드린 것입니다."

"그럴 듯하다! 그대의 현명한 판단도 큰 공적이 되오. 천호후(千戶侯)에 봉하겠소."

유방은 황자 유장(劉長)을 짐짓 회남왕으로 삼은 뒤 몸소 군사를 이끌고 경포를 치러 나갔다.

한편 몸소 유방이 원정길에 올랐다는 소식을 들은 경포는 장수들을 모아놓고 자신만만하게 소리쳤다.

"유방 그 늙은이는 이젠 아무것도 아니다! 단번에 때려부셔 놓겠다!"

경포는 자신 있었다. 그래서 우선 동쪽으로 나가 유가(劉賈)가 왕으로 있는 형(荊 : 吳)땅을 쳐서 패주하는 유가를 부릉(富陵 : 안휘성)까지 쫓아가 죽였다. 기고만장했다.

그러나 설공이 예언했던 대로 하계를 사용하고 있다는 사실을 경포 자신은 모르고 있었다. 경포는 형땅 군사를 모조리 탈취해 회수를 건너 이번에는 과연 초땅을 공략했다.

그런데 초의 장군 주길(周吉)은 경포의 군을 막기 위해 군대를 세 쪽으로 나누어 포진했다. 걱정이 된 부관은 주길에게 말했다.

"경포는 본래 용병에 밝아 그의 이름만 들어도 군사들이 겁을 집어먹습니다. 또 손자의 「구지편」에 보면 산지(散地)라는 말이 나오는데 '병사들이 자기 고향에서 싸우면 고향에 미련을 두어 사방으로 흩어져 패망하게 된다'고 했습니다. 그런 처지에 우리 군대가 셋으로 나눠졌으니 한쪽만 격파되어도 두 편대의 군사들은 도망하기 십상입니다. 결코 서로를 구원할 수가 없다는 뜻입니다."

주길은 발칵 화를 냈다.

"네놈이 무얼 안다고 병법을 지껄여! 이겨보일 테니 앉아서 구경이나 해!"

주길은 부관의 권고를 듣지 않고 경포군과 맞닥뜨렸다. 경포는 과연 세 쪽으로 분산된 군대 중에서 무작위로 1개 군단 쪽으로 휘몰아쳐왔다. 그랬더니 다른 2개 군단은 싸워보지도 않고 도산(逃散)했다.

경포는 승승장구했다.

"이 여세를 몰아 유방의 군사까지 때려 엎는다!"

드디어 회추(會甀 : 안휘성)에서 유방의 군사와 처음으로 마주치게 되었다.

유방 쪽에서 바라보니 경포의 군사는 매우 정예로워 보였다. 용성(庸城)으로 진지를 옮긴 뒤 누벽을 쌓고나서 다시 경포의 군사를 바라보았다.

'그러면 그렇지! 항우가 즐겨 쓰던 진법으로 바꾸었구나. 그게 네놈의 한계지. 이제 너는 죽었다!'

유방은 경포를 우대했던 그만큼 경포의 반란이 분해서 견딜 수가 없었다. 멀리 바라보면서 경포에게 소리질렀다.
"무엇이 부족해 그래 모반까지 했느냐!"
경포는 기죽지 않고 대꾸했다.
"왕노릇은 해봤으니, 이제는 황제가 되고싶어서 그랬다!"
"아무나 황제가 되는 줄 아느냐."
"너같은 자도 황제가 되는데 나라고 해서 못할 건 또 무언가."
"무엇이!"
그것을 신호로 유방의 군사들이 함성을 지르며 쏟아져 나갔다.
경포의 군사는 쉽게 무너졌다. 회수를 건너와 경포의 독려로 몇 차례 유방한테 도전했지만 번번히 패하고는 도망쳤다.
"안 되겠다. 일단 피했다가 다시 와서 도전하겠다!"
경포는 백여 명의 군사만 거느리고 강남으로 달아났다.
경포는 원래 파양의 성주 오예(吳芮)의 딸과 결혼했었다. 장사왕(長沙王)으로 있는 오예의 아들 오신(吳臣)에게 도움을 청하기 위해 그쪽으로 달려갔던 셈이다.
오신은 난처했다. 결코 경포가 반가운 손님일 턱이 없었다. 그러나 드러내놓고 그를 박대할 수는 없었다.
"유방이 들이닥치면 우리도 안심할 수가 없습니다. 함께 월나라 쪽으로 도망쳤다가 사태가 진정될 때를 기다려 뒷일을 다시 도모합시다."
오신은 경포를 꾀어 파양(番陽)으로 데려갔다. 경포는 그를 믿고 멋모르고 따라간 것이다.
경포는 자향(玆鄕)의 시골 농가에 신분을 숨기고 숨어 지냈다. 그런데 한 때 경포 밑에서 종군한 적이 있는 농부 하나가 경포를 알아보았다.

"여러분, 저자가 바로 경포요. 폐하의 군대가 이쪽으로 들이닥치면 그를 숨겨준 우리까지 피해를 보게 되오. 그러니 우리 고향 사람들이 의논해 경포를 처리해야 할 거요!"

그날 따라 경포는 기분이 울적했다. 마을에서 외진 주막으로 나가 혼자서 술을 마시고 있는데 누군가가 문을 열고 썩 들어왔다.

"여기 계셨군요."

오신이었다. 오신의 등 뒤로 몇 개의 그림자가 일렁거렸지만 오신의 호위병이겠거니 하고 경포는 개의치 않았다.

"벌써 많이 드셨군요."

"괜찮소. 그런데 오늘따라 기분이 유난히 뒤숭숭하구려."

"그야 쫓겨오신 몸이니 평온할 리야 있겠습니까. 하오나 유방의 군사가 이쪽의 싸움을 포기하고 회군한다는 소문이 들려오니 조금만 더 기다리시면 재기의 기회가 올 듯도 싶습니다."

"그런데 유방이 제 아들 유장을 데리고 와서 회남왕으로 삼았다고 들었는데 그게 사실이오?"

"사실이면 어떻고 아니면 어떻습니까. 그까짓 애송이는 대왕께서 한 번만 밀어부치면 털썩 무너질 텐데요."

"그건 정말이오. 그런데 말이오. 이제 생각해 보니 내가 지내온 과정이 역경 투성이었다는 생각이 드는구려."

경포가 갑자기 비감스러워하는 것을 오신은 눈치 챘지만 짐짓 모른 척했다.

"그렇습니다. 몸에 형벌을 받으시고도 시골에서 일어나시어 그토록 왕의 지위라는 갑작스런 성공을 하신 것만 보아도 말씀대로 다사다난하셨습니다."

"또 있소. 항우가 구덩이에 묻어죽인 사람만도 이루 헤아릴 수 없소. 그럴 때마다 항상 선두에서 그 일을 해치운 사람이 바로 나요."

"그렇게 하셨기에 왕이 되실 수 있지 않았습니까."

경포는 술이 너무 취했는지 앉은 자리에서 스르르 넘어졌다. 오신은 혼잣말로 중얼거렸다.

'그토록 악한 일을 많이 했으니 그대 자신도 온전하게 죽지 못하는 게 아닌가! 또한 화근은 총희인 애희한테서 일어났고 질투는 우환을 낳았으며 끝내 그대는 나라까지 잃고 말았어!'

오신은 주막을 나서며 손으로 신호를 보내자 함께 온 자객들이 우루루 안으로 몰려 들어갔다. 자객들은 자향의 농부들이었다.

얼마 후 목이 잘린 경포의 시체가 실려 나왔다.

"됐다. 이자를 들고 폐하 앞으로 가도록 하자."

경포의 목을 확인한 유방은 아무 말도 없이 얼굴을 돌려버렸다.

유방은 다시 황자 유장이 회남의 왕이라는 사실을 주지시키고 비혁을 들어 기사후(期思侯)에 봉했다.

또한 공적으로 봉을 받은 장수들도 여럿 있었다.

6. 평정 이후

유방은 기분이 몹시 언짢았다.

'이게 무슨 놈의 나라 꼴인가! 무뢰배들의 집단이지!'

가슴을 쾅쾅 쳤다. 천하가 통일되어 나라는 안정되었지만 그동안 공을 세운 신하들은 술에 취하면 턱없이 큰 목소리로 전공(戰功)을 다투고, 칼을 빼어 궁중의 기둥을 찍는 등 난장판이 되는 일이 허다했다. 그렇지만 이제까지 생사 고비를 수없이 함께 넘긴 신하들의 입장을 생각하면 그토록 만류만 할 수도 없는 일이었다.

'아예 궁중에서는 연회를 없애버려?'

황제의 불만을 제일 먼저 눈치챈 사람은 숙손통이었다.

숙손통은 설(薛 : 산동성)땅 사람인데 진(秦)나라 때부터 학문에 뛰어났다하여 조정으로 불려갔다. 박사관으로 임명될 예정으로 출사하고 있었는데, 그 때 진승이 산동에서 봉기했다.

놀란 2세황제가 박사관들과 유자(儒者)들을 불렀다.

"초나라 수비병 놈들이 기(蘄)땅을 공격하고 진현(陳縣)까지 이미 쳐

들어왔다고 하는데 사실이오? 승상 조고한테서도 아무 보고도 없고 아무도 그런 사실이 없다고만 하는데 궁녀들 말로는 그 때문에 모두 불안에 떨고 있으니 짐으로서는 궁금하기 이를 데 없구려. 그대들은 모두 순수한 선비들이니 눈치보지 말고 제발 정직하게 말 좀 해 주구려!"

그러자 박사들과 유자들은 저마다 나서서 멋모르고 떠들기 시작했다.

"그렇습니다. 그것은 분명히 반란입니다. 신하된 자로서 반란이라니 될 법이나 한 일입니까. 폐하께선 급히 군사를 동원해 반란군들을 치십시오!"

"반란 정도가 아닙니다. '반란'을 생각했다는 그것만으로도 이미 반역입니다. 잡아서 사형을 처해야죠!"

돌아가는 분위기가 심상치 않다고 생각한 숙손통이 얼른 나섰다.

"여러 유생들의 설명은 모두 잘못입니다. 이제 천하는 통일되어 한 집안처럼 되었고 군현의 성벽 역시 허물어진 지 오래이며 무기 역시 녹여 버려 아무도 두 번 다시 사용하지 못하도록 천하에 명시한 일 역시 옛날입니다.

뿐만 아니라 명철하신 폐하께서 백성들 위에 굳건히 군림하시며 법령 또한 잘 완비되어 있습니다. 백성 또한 각자의 직분에 충실하며 이런 정치를 사모해 모두가 사방으로부터 모여드는데 반란을 도모할 자가 과연 어디에 있겠습니까. 있다면 틀림없이 쥐나 개처럼 좀도둑질이나 하는 그런 떼거리에 지나지 못할 것입니다. 거론할 가치조차 없는 소문입니다. 이제 군수들이 도둑 잡는 위관들을 시켜 곧 좀도둑들을 잡아들일 것이니 폐하께서는 근심하실 필요가 도무지 없습니다."

2세황제는 숙손통의 명쾌한 설명이 그토록 기분 좋을 수가 없었다.

"그대에게 비단 20필과 옷 한 벌을 하사하겠소! 그리고 당장 박사관으로 임명하오!"

숙손통이 궁에서 퇴청해 박사관사로 돌아오자 여러 유생들이 빈정거렸다.

"아하, 선생. 그 참 잘도 아첨하십디다. 그토록 새빨간 거짓말을 입술에 침도 바르지 않고 폐하께 그렇게 말씀드립니까!"

그러자 숙손통의 표정이 엄숙하게 바뀌었다.

"모르는 소리. 오늘 나 아니었으면 그대들은 모두 호랑이 이빨 속으로 들어가 아무도 살아 나오지 못했소. 잔소리 그만 하고 빨리 도망들이나 치시오. 참말이든 거짓말이든 그게 문제가 아니란 얘기요. 곧 궁중 어사반(御史班)들이 이쪽으로 달려와 '반란'이란 말을 사용한 그대들을 붙잡아 즉시 형리에게 넘길 것이오. 반발해도 소용없소. 그것은 말해선 안 될 것을 말해버린 그대들의 잘못일 뿐이오!"

그렇게 말한 숙손통은 보따리를 싼 뒤 얼른 박사관으로부터 도망쳐버렸다.

설땅으로 도망쳐 갔을 때 항량이 그곳을 점령하고 있었으므로 숙손통은 별 수 없이 항량을 따르기로 했다.

그 후 항량이 정도(定陶 : 산동성)에서 패한 후 초의 회왕을 따랐고 회왕이 의제 칭호를 받고 장사(長沙)로 옮겨가자 그대로 남아 항우를 섬겼다.

다시 유방이 그 후 팽성으로 입성했을 때 숙손통은 유방에게 완전히 항복해 버렸다. 그 후 유방이 항우에게 패해 서쪽으로 퇴각했지만 배반하지 않고 그 때부터 유방을 계속 섬기고 있었던 것이다.

원래 숙손통은 유복(儒服)을 입고 있었는데 유방의 신하 중 하나가 이렇게 귀띔해 주었다.

"아직 그것도 모르고 있었소? 한왕(漢王 : 유방)께선 선비 복장이면 질색하시는 분이란 말이오!"

그 때부터 숙손통은 자신뿐만 아니라 백여 명의 제자들에게도 초풍(楚風)의 짧은 옷으로 바꿔 입도록 했다. 유방이 흡족해 한 것은 말할 필요도 없었다.

유방은 어느날 숙손통에게 말했다.

"그대가 마음에 들었소. 그래서 부탁하는 건데 수하에 쓸 만한, 재능 있는 인물이 있거든 추천해보시오."

"예, 있고말고요."

그런데 막상 숙손통이 추천한 인물을 보면 학문이 뛰어난 제자들은 한 명도 없었고 왕년에 떼도둑이었거나 아니면 주먹깨나 쓰던 자들뿐이었다.

숙손통의 처사에 그의 제자들은 불평하지 않을 수가 없었다.

"아니, 선생님. 저희들은 오직 선생님만 믿고 이제까지 따라다니지 않았습니까. 그런데 대왕께 저희들을 추천해 주시지는 않고 엉뚱하게도 도둑놈들과 사기꾼들과 주먹패들만 소개시켰으니 이건 어떻게 된 일입니까?"

숙손통은 잠깐 생각에 잠겼다가 대답했다.

"불평할 일이 조금도 아니다. 모르면 가만 있기라도 해라. 지금 천하가 돌과 화살과 칼과 창으로만 다투고 있는 이 때에 너희들의 학문적 재능이 무슨 소용이 있다는 말인가. 너희들보다 저 쓰잘 데 없어 보이는 저놈들이 적장의 목을 베어오고 적의 깃발을 훔쳐내오는 데에는 훨씬 유용할 뿐이다. 그래서 그런 위인들만 추천했던 것이다. 내가 너희들을 잊지 않고 있으니 좀더 기다려라."

그제서야 제자들은 승복했다.

"선생님. 그토록 깊은 뜻이 계신 줄 몰랐습니다!"

어쨌건 한나라로 천하가 통일된 이후 유방은 숙손통에게 직사군(稷嗣君)이라는 칭호는 주었으나 나라의 체통을 세우기 위하여 무슨 일을 어떻게 시켜야 하는지는 까마득히 모르고 있을 뿐이었다.

바로 이 때 숙손통이 어전으로 나아가 아뢰었던 것이다.

"폐하, 대체로 유생들이란 진취하는 데에는 도움이 못되나 이미 이룬 것을 지키는 데에는 도움이 됩니다. 신이 지금 제자들과 함께 노(魯)나라 학자들까지 불러 조정의식을 제정코자 하는데 허락하여 주시겠습니까?"

그런데 유방의 대답은 뜻밖이었다.

"의식이니 예법이니 그런 건 짐은 딱 질색이오. 그 공연히 번거롭기만 하지 않겠소?"

"그렇다고 해서 궁중에 법도도 없이 폐하의 신하들을 무뢰배 집단들로 그냥 두시겠습니까."

"사실은 그게 고민이오."

"쉽게 만들어 보겠습니다. 다소 번거롭더라도 의례는 있어야 국가의 체통이 서는 것입니다. 소신은 고대의 예를 근거로 하고 진대(秦代)의 예의도 섞어서 새로운 것으로 완성해 보겠습니다."

"시험삼아 한 번 만들어 보기는 해보시오. 그러나 무엇보다 짐이 쉽게 알아듣고 쉽사리 행할 수 있는 예법을 염두에 두고 만들어야 할 거요."

"충분히 염두에 두겠습니다."

가까스로 허락을 받아낸 숙손통은 공자의 나라 노나라로 가서 유명학자 30명을 초청했다. 그러나 그들 중 딱 두 사람이 거절했다.

"우리는 귀공께서 하려는 시도가 정통에 어긋난다고 생각하기 때문에 동참할 수가 없소."

노나라 유생의 대꾸에 숙손통은 화가 났다.

"참으로 한심하고 비루한 유생들이구려. 그건 옛적 얘기요. 시대의 변천이란 걸 그대들은 모르고 있소!"

어쨌건 숙손통은 참가를 희망하는 노나라 유생들과 황제의 측근들 중에서 학문하는 자들과 제자 백여 명을 궁중 예법을 만드는 일에 참여시켰다.

예법이 만들어지자 이번에는 실제로 해보기로 하고 모두를 야외로 데리고 나갔다.

참억새를 묶은 금줄에 석차를 적은 표지를 어깨에 두르고 모두 들판에 도열시켰다. 예식의 예행연습은 한 달 동안이나 거듭되었다.

어지간히 연습이 되었다고 생각한 숙손통은 그제서야 황제 유방한테 아뢰었다.

"나오셔서 한 번 보시지요. 폐하께서도 보실 만한 정도가 되었습니다."

친림해 예식의 진행을 보고난 유방은 흡족한 듯이 말했다.

"좋소! 장중한 느낌이 들 뿐만 아니라 우선 쉬워서 좋소. 그 정도라면 짐도 쉽게 따라 할 수가 있겠소!"

맹렬한 연습이 끝난 시월 첫 조회가 열리던 날이었다. 마침 장락궁이 완성된 날이기도 해서 축하 겸 궁중의식을 시도해 보기로 했다.

날이 밝자 의례집행관인 알자(謁者)가 참례자들을 데리고 차례로 궁 정문으로 들어가게 했다.

궁정 뜰에는 전차 기병 보졸이 의관을 갖추어 무기를 들었고 그 전후 좌후에서는 수많은 깃발들이 바람에 펄럭거렸다.

참례자들이 궁정으로 들어서자 전령이 갑자기 소리질렀다.

"모두들 뛰어!"

주위의 엄숙함에 놀란 참례자들이 엉겹결에 걸음을 빨리해서는 정해진 자리로 가서 도열해 섰다.

궁정 아래에는 낭중(郎中 : 시종)들이 각 계단마다 수백 명씩 양쪽으로 늘어섰다.

공신들과 열후들과 장수들이 서열에 따라 서쪽에 늘어서서 동쪽을 바라보았다.

승상 이하 문관들이 역시 서열에 따라 동쪽에 늘어서서 서쪽을 바라보았다.

빈객을 관장하는 대신인 대행(大行)이 9계급[公・侯・伯・子・男・孤・卿・大夫・士]을 일렬로 배치해 상의(上意)가 하달되게 하고 하의가 상달되도록 했다.

드디어 황제가 봉연(鳳輦)을 타고 침궁으로부터 나오면 백관들은 치(幟)를 들고서서 엄숙하게 예를 올린다.

다음에는 제후와 여러 왕들과 봉록 6백석 관료에 이르기까지 순차적으로 인도되어 어전으로 나아가 황제에게 하례를 올리는 것이다.

예식이 그토록 정숙한 가운데서 엄숙하게 진행되자 제후들과 여러 왕들과 신하들은 그 숙연함에 짓눌려 공경심을 드러내지 않거나 두려워 떨지 않는 사람들이 없었다.

이런 하례가 끝나면 큰 주연이 베풀어진다. 마구잡이로 먹고 마시는 술자리가 아니다. 일단은 모든 신하들이 꿇어 엎드려 고개를 숙이고 마시는 것이다.

서열에 따라 일어나서 황제에게 축수를 해야 한다. 술잔은 아홉 차례까지 돌아야 했다.

그런데 문제는 그 때쯤 일어났다. 한수(韓秀)라는 장수가 큰 소리로 떠들었기 때문이었다.

"이렇게 재미없는 술자리는 처음이네!"

그럴만도 했다. 모두가 적당히들 취해 있을 즈음이었다. 다른 경우 같으면 벌써 신하들끼리 싸우느라고 멱살을 쥐든가 칼로 전각 기둥을 찍든가 했을 만큼 취할 때였다. 그런 상태에 비하면 대단히 양호했지만 이미 궁중 법령이 엄하게 정해진 처지에서는 그것이 용서되지 않았다.

어사(御史)가 소리질렀다.

"저자를 밖으로 끌고 나가라!"

무사들이 달려와서 발버둥치는 한수를 가차없이 끌고 나가버렸다.

주연은 다시 계속되었다. 그러나 아무도 떠들거나 무례하게 소리치는 자는 다시 없었다. 예식에 완전히 압도되어 버린 것이다.

유방은 기뻤다. 그래서 감회를 말했다.

"짐이 오늘에사 황제가 고귀한 존재라는 사실을 알았소!"

그런 다음 숙손통을 가까이 불렀다.

"수고가 많았소. 그대에게 태상(太常 : 예법·제사를 주관하는 대신) 벼슬을 내림과 동시에 상으로 황금 5백 근을 하사하겠소."

일단 감사하면서 받은 숙손통은 그 기회를 놓치지 않았다.

"저를 따라 고생한 제자들이 많습니다. 의례 역시 저 혼자 만든 것이 아니라 함께 일했습니다. 폐하께서는 그들에게도 관위(官位)를 내려주십시오."

"오, 잊을 뻔했구려! 그들 모두에게도 낭관(郎官) 벼슬을 주겠소."

숙손통은 퇴청하자마자 제자들이 모여있는 곳으로 갔다.

"자, 내가 상으로 황금 5백 근을 하사받아 왔다. 너희들의 생계비로 나누어 써라. 그리고 너희들 모두가 낭관에 임명되었다!"

제자들은 환호작약했다.

"진정으로 우리 선생님께서는 성인(聖人)이시다. 당세에서 무엇이 가장 중요한 것인가를 알고 계시는 분이란 말일세!"

그런데 숙손통이 황태자의 태부(太傅)가 되었을 때였다.

고조 유방은 여전히 지금의 황태자를 폐하고 어린 조왕(趙王) 여의(如意)를 황태자에 앉히고 싶어했다. 그래서 숙손통을 불러 의례 절차를 밟으라고 지시했다.

숙손통은 깜짝 놀랐다.

"아니 되십니다!"

숙손통의 완강한 저항에 유방도 놀랐다.

"어째서 아니 된다는 말씀이오?"

"옛날 진(晉)나라 헌공은 여희에게 빠진 나머지 그녀의 아들 해제를 태자로 세웠다가 그로 인해 진나라는 수십 년 동안이나 난리를 겪어 천하의 비웃음거리가 되었습니다."

"그건 옛날 얘기요."

"가까운 예도 있습니다. 진(秦)의 시황제는 장자인 부소를 일찌감치 황태자로 정해두지 않았기 때문에 환관 조고는 막내 호해를 속임수로 이끌어 황태자가 되게 했습니다. 그 결과가 어땠습니까. 결국 진나라는 조상의 제사를 끊게 하는 불행을 당하지 않았습니까."

"지금의 황태자는 너무 유약하오. 여의는 짐을 닮아 활달하오. 그래서 활달한 여의를 황태자로 삼고자 하는 것이오."

"지금은 난세가 아닙니다. 법도로 천하를 지키는 시대입니다. 거두절미하고 황태자를 폐해선 안 된다는 이유 딱 두 가지만 말씀드리겠습니다. 지금의 태자께서는 인효(仁孝)하십니다. 이것은 천하가 다 알고 있습니다. 그렇기에 태자를 폐할 수가 없습니다. 둘째로는 여황후께서는 폐하와 동고동락해 오신 조강지처입니다. 그렇기에 여후의 아들인 태자를 어떤 명분으로든 폐할 수가 없는 것입니다. 만일 그래도 적자를 폐하고 소자(少子 : 여의)를 태자로 세우시려거든 먼저 소신을 주살하시어 목에서 흐르는 피로 대지를 적셔 주십시오!"

유방은 숙손통의 완강한 질책이 귀찮았다.

"아, 알았소. 그만두시오. 농담일 뿐이오."

"농담이라니오! 황태자는 천하의 근본입니다. 근본이 한 번 흔들리면 천하가 진동합니다. 어찌 천하대사를 가지고 농담을 하십니까!"

"아아, 알아 들었소! 그대의 말대로 하겠소!"

대답은 그렇게 했지만 유방은 여전히 황자 여의에 대한 미련을 버리지 않았다.

마음이 울적했다. 궁전에서 주연을 베풀도록 지시했다.

궁중 잔치에 많은 신하들이 초대되었다. 그런데 유방은 태자가 생면부지의 인물들을 데리고 들어오는 것을 보고는 의아하게 생각했다.

"저들은 누구요?"

네 명의 노인 모두가 하얗게 센 수염과 눈썹을 하고 있었기 때문에 유방의 눈에 유별나게 띄일 수밖에 없었다.

장량이 곁에 있다가 유방한테 대답했다.

"저분들이 바로 그 유명한 '상산의 사호(四皓)'입니다."

"무엇이? 저분들은 짐이 몇 해 전부터 그 인물됨을 듣고 여러 번 불러들이지 않았겠소. 그 때마다 더욱 멀리 도망치던 그들이 무엇 때문에 태자를 따라 갑자기 입궐했단 말이오!"

"그야 태자는 유덕하기 때문이지요. 저 노인들은 벌써 태자의 스승이며 친구입니다."

"아아, 그렇다면 다 틀렸다!"

장량은 유방이 무엇 때문에 탄식하는지를 짐작했지만 모른 척하고 계속했다.

"폐하께서 저들을 몸소 불러 하산하게 된 동기를 물어보십시오. 태자의 유덕함이 더욱 두드러질 것입니다."

동원공·녹리선생·기리계·하황공이 유방 앞으로 불려왔다. 와서는 한결같이 절을 공손히 하고는 뒤로 물러섰다.

유방이 물었다.

"짐은 몇 해 동안이나 그대들을 불렀소. 그러나 그럴수록 그대들은 더 멀리 깊숙이 은둔해 버렸었소. 그런데 지금에사 내 자식을 따라 입궐까지 했으니 도대체 어찌된 일이오?"

동원공이 한 발짝 앞으로 나서며 대답했다.

"폐하께서는 선비들을 가볍게 보시어 걸핏하면 꾸짓고 욕하십니다. 저희들은 그런 폐하한테서 욕을 당해서는 안 되겠다는 생각이 들어 멀찍이 숨어버렸던 것입니다."

"짐은 아니되고 결국 태자의 부름은 괜찮다는 얘기 아니겠소?"

"그렇습니다. 태자의 사람됨은 인효공경(仁孝恭敬)하며 선비를 사랑하시어 천하 사람들이 태자를 위해서라면 목을 늘어뜨려 죽기를 원하는 자 부지기수입니다. 그래서 저희들도 태자를 따라 쾌히 입궐했던 것입니다."

유방은 한참 동안 고개를 떨어뜨리고 있다가 탄식하듯이 말했다.

"아, 귀공들이 아무리 번거로울지라도 짐으로선 부탁을 다짐해 둘 수밖에 없겠소. 부디 태자를 잘 지키고 보좌해 주시오!"

네 노인은 유방의 장수를 축원하고는 태자 곁으로 물러갔다.

유방은 즉시 척부인을 가까이 불렀다.

"그대도 저 노인들의 말을 들었소. 짐으로서는 태자를 갈아치우려 했으나 저 네 노인이 태자를 돕고 있는 한 여의를 새 태자로 책봉할 방법이 없소. 저런 경우를 두고 이미 태자라는 새가 날갯짓을 시작했다 할 것이오. 이제부터 그대의 주인은 여황후이니 그를 참 주인으로 모시도록 하오!"

유방의 설명을 듣고난 척부인은 울음부터 터뜨렸다.

"여황후를 뫼시는 일이 어려워서가 아닙니다. 폐하께서 돌아가시고 난 뒤에는 저희들은 죽습니다!"

"방도를 마련해 볼 테니 과히 걱정 마시오. 자, 그렇게 울고만 있지 말고 초나라 춤이나 한 번 추어보시구려. 짐은 그대를 위하여 초나라 노래를 불러주겠소."

척부인이 춤출 것을 거절하고 울기만 하자 유방은 악사들에게 거문고를 뜯게 하고는 직접 노래를 지어 불렀다.

홍곡(鴻鵠)이 높이 날아, 단숨에 천 리 가네
우익(羽翼)이 생기더니, 사해(四海)를 횡단하네
궁시(弓矢)는 있다마는, 어디에다 쏠 것인가!

물론 태자가 너무 커버렸다는 암시를 담은 가사였다.

그래도 척부인이 계속 흐느끼고 있자 유방은 기분이 언짢았는지 일어나서 나가버렸다. 주연 역시 끝나고 말았다.

유방의 병이 다시 도졌다. 전날 경포를 징벌할 때 맞은 화살 때문이었다. 그것은 유방의 기분이 좋지 않을 때마다 극심한 통증을 동반해 오며 덧나는 병이었다.

여후는 병에 시달리는 유방을 만나기 위해 의원 안기(安其)를 데리고 들어갔다.

"폐하, 명의 안기를 데리고 왔습니다. 진찰해 보시지요."

그러자 유방은 안기쪽을 흘낏 바라본 뒤에 소리부터 질렀다.

"그대가 짐의 병을 고치겠다고?"

"물론입니다. 어떤 상처든 고쳐드릴 수가 있습니다."

유방은 더욱 경멸어린 표정을 띠었다.

"여보게. 짐은 일찍이 서민의 신분에서 일어나 삼척의 검으로 천하를 약취한 몸일세. 이것이 어찌 천명(天命)이 아니겠나. 그래서 짐은 명(命)이란 하늘에 있는 것으로 알지. 설사 편작(扁鵲)이 살아온들 고칠 수 없는 병을 고치겠는가. 부질없는 짓이지. 그만두게. 황금 50근을 줄 터이니 가지고 그냥 돌아가게. 짐의 병을 고치겠다는 그대의 성의는 고맙네."

안기가 하릴없이 물러나간 뒤 여후는 여전히 버티고 앉았다가 가만히 입을 열었다.

"혹시 말입니다. 폐하께서 붕어한 후에 소(蕭)상국마저 서거한다면 다음에는 누구를 상국으로 대신하면 좋겠습니까?"

"조참이 좋겠지."

"그 다음에는요?"

"왕릉이 옳을 듯하오. 그러나 왕릉은 우직해 진평이 그를 도와주지 않으면 안 되오. 진평의 재지(才智)는 상국으로서 남음이 있지만 그에게만 의지하는 일도 어려울 거요."

7. 불신

"그러니까 왕릉도 진평도 상국으로서는 부적당하다는 말씀입니까?"

여후가 묻자 유방은 가타부타 없이 하던 말만 계속했다.

"주발 역시 중후하긴 하지만 문재(文才)가 없소. 그런데 유씨(劉氏)를 안태하게 할 사람은 반드시 주발일 것이오. 태위에는 그를 앉혀야 될 거요."

여후는 끈질겼다.

"그런데 그들 말고는 상국의 자리에 앉을 만한 인물이 또 없겠습니까?"

그제서야 유방은 화를 냈다.

"그 다음에는 당신도 알 바 아니잖소!"

여후 역시 찔끔해서 물러가버렸다.

"마차를 놓아라! 갑자기 딸아이가 보고싶다. 이대로 누워 있자니 상처의 통증이 더욱 심하구나!"

유방은 벌떡 병석에서 일어나며 소리쳤다. 유방이 말하는 딸아이란 노원공주를 말함이었다.

　노원은 장오(張敖)에게 시집가 있었다. 유방은 전날 장이를 조나라 왕으로 봉했으나 이태 후에 죽었으므로 아들 장오에게 왕위를 잇게 했고 또한 노원까지 장오에게 주었던 것이다.

　유방은 조나라 왕이며 사위인 장오의 궁궐에서 오랫동안 머물렀다. 장오는 황제이며 장인인 유방을 정성을 다해 모셨다. 장오는 왕이면서도 아침저녁으로 몸소 소매를 걷어붙이고 식사를 거들어 올리기까지 했다.

　그럼에도 유방은 반찬 투정에다 밥상 위에 두 다리를 올려놓기도 하고 조나라 신하들 보는 앞에서 사정없이 사위를 꾸짖고 모욕주기 일쑤였다. 아무리 사위라지만 유방의 행동은 지나치기 그지없는 행패였다.

　조나라 재상은 관고였다. 조오(趙午) 등과 함께 선왕 장이의 빈객이었으며 평소에도 기개가 있던 육순의 노인이었다.

　유방의 태도를 본 그들은 분개하지 않을 수가 없었다.

　"해도 너무한다! 아무리 제 사위라지만 그래도 일국의 왕이 아닌가. 신하들 앞에서 그런 모욕을 주어도 괜찮다는 말인가!"

　"우리 왕께서 너무 비굴하시지. 황제를 대접할 신하들이 수두룩한데 아무리 장인에 대한 사위의 대접이라지만 저토록 저자세일 것은 또 무언가!"

　"아무리 생각해도 우리 왕의 신하로서 이대로 있어선 안 되겠다. 저 오망방자한 유방을 죽이자!"

　"좋다! 그렇게 하자!"

　그렇게 되어 신하들은 조왕 장오한테 몰려갔다. 조오가 대표로 말했다.

"대왕, 아직은 천하의 호걸들이 저마다의 능력을 가지고 황제가 되겠다며 봉기하고 있는 때입니다. 그런데도 왕께서는 무엇이 부족해 저토록 오만불손한 폐하를 그토록 공손하게 섬기는 것입니까!"

조오의 말을 듣고난 조왕 장오는 깜짝 놀랐다.

"그대들 지금 무슨 소릴 하는 거요!"

쉽게 물러설 조오가 아니었다.

"분하고 원통해서 신들은 참을 수가 없습니다. 청컨대 왕을 대신하여 황제 유방을 죽이겠으니 굽어 살펴주소서!"

장오는 더욱 대경실색했다. 곧장 자신의 손가락을 깨물어 피를 내어 보이면서 소리질렀다.

"공들은 무슨 그런 그릇된 말씀을 하시는 거요!"

"어디 저희들 말이 잘못되기라도 했습니까!"

"잘 들으시오! 선왕〔장이〕께서 나라를 잃으셨을 적에는 폐하의 힘을 입고 나라를 되찾을 수 있었소이다. 그 덕은 후손에까지 미쳐 오늘날까지 이토록 영광스럽지 않았겠소. 사실 말해서 이 모든 것이 폐하의 은공을 입지 않은 것이 하나도 없소이다. 나 또한 사위로서 장인어른에 대한 예의를 다하는 것이어늘 어찌 그까짓걸 가지고 그토록 고깝게 생각한단 말이오. 그러하니 원컨대 공들께서는 다시는 이와 같은 말을 입 밖에 내지 마시오. 지금 올린 귀공들의 건의는 전연 없었던 일로 덮어두겠소!"

어전을 물러나온 조나라 대신들은 관고의 집으로 다시 모였다. 관고가 말했다.

"우리가 왕께 아뢴 것 자체가 잘못이오. 덕이 있는 우리 왕께서 남의 은덕을 배신하지 않을 것이라는 사실을 몰랐던 점이 우리의 불찰이란 얘기요."

조오가 반박했다.

"그러나 우리의 임금이 모욕당하는 것을 가만히 보고 있지 않는 바도 바로 의(義)인 것이오."

장연(張延)이 참다 못해 소리쳤다.

"결론은 하나요! 유방을 죽입시다. 일이 성공되면 그 공을 왕께 돌리고 실패하면 그 죄를 우리가 뒤집어쓰면 되는 거요. 됐소?"

"이의 없소!"

이듬해 유방이 동원(東垣)땅에서 돌아오는 길에 다시 조나라로 들린다는 연락이 왔다. 그동안 조나라 대신들은 유방을 죽이기 위한 완벽한 준비를 이미 끝내놓고 있었다.

유방은 박인(柏人 : 하북성)에서 묵기로 돼 있었다. 숙소의 이중벽 속에는 일당백의 칼잡이들을 숨겨놓고 유방의 일행이 오기를 기다리는 중이었다.

한편 유방은 박인이 가까워지면서부터 어쩐 일인지 가슴이 뛰기 시작했다. 오랜 여행의 피로 때문이겠거니 생각하면서 수행자들을 돌아보며 무심코 물었다.

"여기가 어딘가?"

"박인이란 곳입니다."

어사 하나가 막연히 대답했다.

"무어 박인? 박인이라면 사람에게서 핍박받는다(迫於人)는 뜻이 아닌가!"

유방이 화들짝 놀라며 소리지르자 어사도 엉겁결에 대답했다.

"그런 것 같습니다."

"불길하다. 박인에서는 묵지 않겠다. 그냥 지나친다."

그런 줄도 모르고 만반의 준비를 끝내놓고 유방을 기다리던 관고 일당 앞으로 가신 하나가 달려들어왔다.

"주인님. 큰일났습니다! 조장(趙蔣)이 변절했습니다!"

"무엇이라고? 조장이 누구냐?"

실은 재상 관고로서도 가신의 이름을 모두 알지 못하고 있었기 때문에 그렇게 되물었던 것이다.

"나라의 양곡을 이유없이 축내었다 해서 전날 재상께옵서 그를 옥에 가두고 매질한 적이 있습니다. 아마 그 때문에 앙심을 품고 폐하께 기왕의 음모를 일러바친 듯합니다."

"무엇이라고! 모의가 들통났다고!"

대신들 모두가 똑같이 소리질렀다.

"아마 폐하의 호위군사들이 머잖아 이리로 들이닥칠 것 같습니다."

관고는 그래도 침착했다.

"나 일찍이 남에게 억울한 해를 한 번도 가한 적이 없거늘 그런데도 의로운 거사를 모의한 나를 두고 방해하는 자가 있으니 이는 첫째 내 부덕의 소치이며 또한 하늘이 우리의 거사에 동의하지 않는 바라고 짐작된다!"

대신들은 사태의 심각성을 인식하고는 모두들 새파랗게 질려 있었다.

장연이 불쑥 나섰다.

"그렇다면 우리가 갈 길은 단 하나요! 왕께서 해를 당하시기 전에 우리들이 먼저 목숨을 끊어버림으로써 이 음모의 근거를 없애버립시다!"

"좋소! 우리 모두 단검으로 자신의 목을 찔러 자살해 버립시다!"

조오의 동의에 관고가 얼른 말렸다.

"아니 되오! 대체 누가 애초에 이런 음모를 꾸몄소. 우리들 자신이 아니오. 왕께서는 지금까지 아무 영문도 모른 채 체포되실 게 아니겠소. 우리 모두가 죽어버린다면 누가 왕의 무고함을 증명한단 말이오!"

조오가 반발했다.

"그건 하나의 허망한 기대에 지나지 않소. 우리가 깨끗이 사라짐으로써 왕께서는 혐의가 풀릴 것이오!"

말을 마친 조오가 단검으로 제 목을 찌르자 장연이 그 뒤를 따랐고, 음모에 연루되었던 대신들 모두가 앞을 다투어 죽고 말았다.

재상 관고만 죽어 넘어지는 여러 대신들을 허망한 눈으로 바라보고 있었다.

"어리석은 인간들!"

한 마디 내뱉고 있을 때 황제 유방의 호위군사들이 관고의 집으로 몰려들어 왔다.

관고는 조왕 장오와 함께 죄수 수송 수레에 실려 장안으로 끌려갔다.

특히 관고에 대한 옥관(獄官)의 문초는 지독했다. 곤장을 쳤다가 쇠꼬챙이로 살을 찔러댔으며 뼈를 부수고 거꾸로 매달아 물동이 속으로 집어넣었다. 그래도 정신을 차린 관고의 대답은 한결같았다.

"저희들끼리만 한 짓입니다. 정말입니다. 저의 왕께서는 까마득히 모르시는 일입니다. 이것은 진실입니다."

조왕 장오의 대답도 한결같을 수밖에 없었다.

"도대체 무슨 근거로 우리가 폐하를 모해하려 했다고 그러시오! 우리는 전연 그런 모의를 한 적이 없단 말이오!"

"그렇다면 박인의 이중벽 속에 숨겨두었던 칼잡이들은 누구요! 자객들을 폐하의 숙소에 숨긴 이유가 도대체 뭐란 말이오!"

장오로서는 정작 알 길이 없었다.

불신 133

"속절없구려! 그러나 우리는 폐하를 해칠 이유를 가지고 있지 못하기 때문에 음모를 꾸민 적이 결코 없소!"

유방의 부인 여후가 그 소식을 들었다. 사위가 고문당하고 있다는 사실은 여후에게는 끔찍한 사건이었다. 곧장 유방한테로 달려갔다.

"폐하, 어째 그런 어리석은 판단을 하십니까! 도대체 천하에 장인에게 반기를 드는 사위가 어디에 있답디까!"

"그 모르는 소리 마오! 그대는 자기 딸 귀한 줄은 알지만 만일 장오 저 자가 천하를 손아귀에 쥐었다고 생각해 보시오. 그대 딸을 거들떠나 볼 것 같소! 듣기 싫으니 어서 나가시오!"

유방은 여후의 말에는 귀도 기울이려 하지 않았다.

관고에 대한 문초 결과서장이 올라왔다. 유방은 고개를 갸웃했다.

'스무장의 보고서 내용이 한결같다? 그토록 얻어맞고서도 혐의를 부인한다면 그 이유가 있을 게 아닌가? 더구나 육순의 노인이 천하장사도 아니면서 그토록 끈질기게 버티는 걸 보니 필시 이번 모의에는 어딘가 수상쩍은 데가 있겠다?'

어전회의가 열렸을 때였다. 유방은 대신들을 굽어보며 지나가는 말처럼 입을 열었다.

"혹시 누가 관고에 대해서 아는 사람 있소? 물론 사적인 일로 물어보는 것이오."

뜻밖에도 중대부 설공이 앞으로 나섰다.

"소신이 그를 잘 알고 있습니다. 신과 어려서부터 동향이기 때문에 너무나 그를 잘 알고 있습니다."

유방의 눈이 번쩍 떠졌다.

"그를 잘 안다고? 도대체 그는 어떤 인물이오?"

유방의 물음에 설공은 차분한 음성으로 대답했다.

"관고는 조나라를 몹시 사랑하며 본래부터 의(義)를 매우 중하게 여기는 인물입니다. 또한 남에게 모욕당하는 일을 몹시 부끄럽게 여기는 성격이며 무엇보다 신의를 무겁게 간직해 그것을 위해서는 목숨이라도 내던질 만한 인품을 지녔습니다."

"그대가 그토록 그에 대해 칭찬을 아끼지 않고는 있으나 너무나 막연하기만 하오. 그대가 관고와 친하다고 하니까 하는 얘긴데 친구로서 옥중의 관고를 한 번 방문해 주겠소?"

"기꺼이 다녀오겠습니다."

설공은 그날 저녁 절(節 : 군령을 받드는 표지)은 받았지만 짐짓 뒤로 감춘 채 관고를 만나러 갔다.

관고는 온몸이 고문에 일그러져서 옥사 바닥에 나뒹굴어져 있었다.

"아, 여보게. 날세. 설공이네. 자네 어쩌다가 이 모양이 됐는가!"

"그대가 설공인가? 반가우이. 그런데 무슨 일로 나를 만나러 왔는가?"

설공은 황제의 밀명을 받고 왔노라는 사실은 말하지 않았다. 그 대신 세상의 이런저런 얘기들을 나누던 끝에 지나가는 말처럼 물었다.

"세상 소문으로는 자네가 폐하를 죽이기 위해 조왕 장오와 함께 사전 모의한 것으로 돼 있네. 우정으로 묻겠네만 진짜 내용은 어떤 것인가? 나한테만 살짝 귀띔해 주게나."

"옥관한테는 수십 차례 진실을 밝혔지만 한 번도 믿어주지 않았네. 내일 고문은 다시 계속될 테지만 그 대답은 똑같다네. 우리는 조왕과 더불어 음모를 꾸민 적은 없네."

"그런데도 불구하고 옥관은 왜 자네 말을 믿지 않지?"

"믿지 않는 걸 난들 어쩌겠나. 내가 이대로 죽더라도 자네만은 내 말을 진실로 믿어주길 바라네. 그런데 사실 말이지만 인간의 정으로 자기 부모처자를 아끼지 않는 사람이 있겠는가. 나 지금 삼족이 멸하는 선고를 받고 있는 몸으로서 아무리 충성을 다하는 마음이 있다한들 육친과는 바꿀 수야 없겠지. 그래서 역모는 왕이 꾸몄고 나는 전연 모른다는 한 마디면 나와 가족은 풀려나버리네. 그토록 간단하고 쉽게 사는 길을 난들 어찌 선택하고 싶지 않겠는가. 그렇지만 그건 진실이 아니네. 다시 말하거니와 음모는 우리들끼리 꾸몄고 조왕께선 도무지 모르시는 일이네."

그런 다음 관고는 사건이 일어나게 된 이유와 역모가 들통나게 된 과정과 조왕이 역모사건을 모를 수밖에 없게 된 배경 따위를 설공에게 샅샅이 얘기해 주었다.

"아하. 일이 그렇게 진행되었구나!"

친구 관고의 말에 감동한 설공은 궁으로 서둘러 들어가 황제 유방에게 일의 자초지종을 상세히 보고했다.

"무어라고? 그런 사정이 있었다고!"

"예에. 폐하. 관고는 그런 인물입니다."

"기특하다! 짐의 판단도 그러하오. 관고는 사람됨이 정작 신의를 무겁게 지키는 인품이구려. 그런 인물은 죽여서는 안 되오. 그를 풀어주겠소. 더불어 조왕 장오도 혐의를 벗었구려."

"감사합니다!"

설공은 대신 절했다. 퇴청해서는 옥으로 쏜살같이 수레를 몰았다.

"관고. 기뻐하게! 드디어 자네는 용서받았네!"

"용서라니? 무엇 때문에 내가 용서를 받는가?"

"자네의 인품이 스스로를 살린 걸세."

"내가 바라는 건 조왕의 무혐의란 말일세."

"조왕은 이미 석방되셨네."

"정말인가? 우리 왕이 확실히 석방되셨단 말인가?"

"확실히. 말했듯이 그것 역시 자네의 소행이 훌륭하여 그대와 그대의 왕까지 풀린 걸세."

설공은 관고가 전연 기뻐하는 기색이 없다는 사실을 괴이쩍게 생각했다.

"자네 왜 그러나? 기뻐하는 기색이 도무지 없으니?"

관고는 씁쓰레한 웃음을 입가로 떠올리더니 천천히 입을 열었다.

"자네는 이내 몸이 성한 데라곤 한군데도 없을 정도로 모진 매를 맞으면서도 아직도 죽지 않고 살아있는 이유를 알고 있는가."

"아직도 숨쉴 힘이 남아 있기 때문이겠지."

"아닐세. 그것은 오로지 우리 왕의 무혐의를 입증하려는 일념 때문이네."

"무슨 뜻인가?"

"내 숨은 이미 끊어졌네. 그래도 살아서 말할 수 있는 것은 내 생명이 아니라 나의 혼일세. 알겠나. 이제사 왕의 혐의가 풀렸으니 내 책임은 끝났네."

"책임이 끝났다는 뜻은?"

"죽어도 한이 없다는 뜻일세. 신하들 모두가 왕의 무혐의를 증명하려고 줄줄이 목에 칼을 대었지만 끝까지 내가 살아 있었던 건 왕께서 혐의를 완전히 벗는 걸 보고나서 벗들에게 돌아가 그런 사실을 전하려고 이제까지 참았던 것일세."

"이제는 모든 진실이 밝혀졌지 않았는가."

불신 137

"그렇지만 폐하에 대한 시해자란 오명을 남겼으니 우리 왕을 섬기는 면목도 없어졌네. 폐하께서 나를 죽이지 않더라도 살아있는 내 마음은 부끄러운 법일세."

그런 후 관고는 제 머리를 옥사의 벽에 부딪쳐 죽고 말았다. 그로 인해 관고의 명성은 천하에 떨쳐졌다.

연왕(燕王) 노관은 머리를 굴린 뒤 신하 장승(張勝)을 불렀다.

"진희가 대(代)땅에서 반란을 일으켰소. 지금 폐하께서는 몸소 한단으로 진희를 치러 나가셨소. 우리 역시 대땅의 동북쪽을 치고 있지만 진희의 군세가 자못 강하기에 승패가 어떻게 될지 예측할 수가 없소. 그런데 문제는 진희가 흉노와 친하다는 사실이오. 만일 진희가 흉노에게 구원을 청해 군사라도 빌려오게 되면 그 군대는 더욱 막강하게 된단 말이오."

장승 역시 잔머리를 굴린 뒤 책략을 아뢰었다.

"그렇다면 소신이 흉노로 가서 진희를 구원하지 못하도록 하면 되지 않겠습니까."

"바로 그거요! 그런데 흉노가 진희를 돕지 않도록 하려면 어떤 책략을 써야 할지 그게 아직 생각나지 않는단 말이오."

"한 가지 계책이 있습니다. 흉노의 구원병 도착을 늦출 수 있게만 해도 진희에게는 타격이 되겠지요. 그동안 한나라와 연나라가 힘을 합해 구원병 없는 진희를 토벌하면 되지 않겠습니까."

"흉노의 구원병 도착을 늦추려면 어떤 식으로 일을 꾸며야 되겠소?"

"소신이 흉노로 가서 '진희는 이미 격파되었다'고 말하겠습니다. 그렇게 되면 흉노도 그걸 확인하느라 시일을 늦추게 될 것입니다."

"지금으로서는 그게 최선책이구려. 어서 흉노로 가시오."

한편 실제로 다급해진 진희는 부하 왕황을 흉노로 보내 구원병을 요청해 놓고 있었다.

그런 와중에서 장승이 사신으로 흉노에 도착했다. 그런데 아직 흉노의 왕을 만나기 전이었다. 객사에 머물고 있는데 뜻밖에도 전날의 연왕 장도의 아들 장연(臧衍)이 찾아들었다.

"아니, 당신이 어쩐 일이오?"

"예에, 머물 곳이 없어 이곳으로 도망와서 눌러앉아 버렸습니다."

"그런데 무슨 일로 나를 찾아왔소?"

"저는 당신이 무슨 일로 이곳에 왔는지를 잘 알고 있습니다. 그러나 그 '무슨 일'이라는 게 위험천만이라는 사실을 알려드리러 왔습니다."

"무슨 뜻이오?"

"전날의 연왕인 제 아버지 장도께서 모반하셨다가 고조에 의해 정벌당하지 않으셨습니까."

"그래서?"

"그 때 태위로 있던 지금의 연왕 노관을 왕의 자리에 앉혔습니다."

"어서 핵심을 말하시오."

"왕은 계속 바뀌었지만 당신이 여전히 연나라에서 중용되는 이유를 생각해 보신 적이 있습니까?"

장승은 장연의 말뜻을 이해할 수 없었다.

"무슨 얘기인지 짐작도 못하겠소."

"말씀드리지요. 그것은 당신께서 오랑캐 사정에 밝다는 그 쓸모 때문에 왕이 바뀌어도 계속 연나라에서 중용되는 것입니다. 이유는 그것뿐입니다."

장승은 기분이 나빴다.

"그래서?"

"잘 생각해 보십시오. 연나라가 그나마도 오래 존속되는 까닭은 제후들이 수시로 반란해 천하가 아직 안정되지 않았기 때문입니다. 그런데도 당신은 연나라를 위하여 진희를 멸망시키려 하십니까."

"글쎄?"

"진희가 멸망했다고 칩시다. 그 다음에는 연나라라는 사실을 왜 모르십니까. 연나라가 망하면 당신도 끝장입니다. 나라가 없어졌으니 중용은 커녕 한나라 포로가 되었다가 주살되겠지요."

장승이 곰곰 계산해 보자 장연의 말이 그럴듯하다고 생각됐다. 그러자 덜컥 겁이 났다.

"그렇다면 어떻게 하는 게 옳겠소?"

"연왕 노관에게 진언하시오."

"어떻게?"

"진희의 공격 속도를 짐짓 늦추고 흉노와 화친하는 뒷거래를 하시오."

"이건 내가 사신으로 온 목적과는 완전히 상치되는 얘긴데. 그런데 말이오. 그런 진언을 연왕 노관께서 들을 것 같소?"

"설득해야지요."

"어떤 식으로?"

"연왕의 지위를 더욱 오래 보전하려면 이런 사태 역시 오래 끌수록 유리하다고 말입니다."

그래도 자신이 서지 않아 한숨만 쉬고 앉아 있자 장연이 덧붙여 말했다.

"더구나 한나라에서 급변이라도 생겼다고 가정해 보시오. 또한 그럴 개연성은 얼마든지 있고요. 그로 인해 연나라는 더욱 편안해지는 뜻밖의 소득도 얻게 되지요."

장승은 기어코 설득되고 말았다.

"당신 말대로 하는 게 오히려 연나라에 충성하는 길인 것 같소. 차라리 계략을 바꾸어 흉노로 하여금 진희를 도와 연나라를 슬쩍 치게 하겠소."

한편 연왕 노관은 사신 장승은 돌아오지 않고 오히려 진희가 흉노와 합세해 연나라를 공격해 오자 장승이 분명히 배반했다고 판단했다.

노관은 서둘러 유방에게 상서했다.

──장승은 오랑캐와 공모해 연과 한을 배반하였습니다. 그자의 일족을 멸하고자 하오니 허락하여 주십시오.

유방의 칙서를 기다리던 중이었다. 그런데 바로 그 때 장승이 돌아왔다.

"네, 이놈, 배반하더니 뻔뻔하게도 무슨 낯짝으로 다시 돌아왔느냐!"

노관은 호령부터 했다. 그러자 장승은 일의 자초지종과 자신이 그런 결심을 하게 된 배경을 자세히 설명했다.

"그대 말은 그럴듯하오. 하지만 폐하께 그대를 이미 논죄했으니 어떻게 하면 좋겠소!"

실상 논죄의 근거를 잃어버렸기 때문에 노관이나 장승 역시 난감하기는 마찬가지였다. 또한 노관 역시 그런 배경설명을 유방한테 귀띔할 수도 없는 일이었다.

그래서 내친 걸음에 밀고 나갈 수밖에 없었다.

"이렇게 하면 어떻겠습니까. 기왕 일이 이렇게 벌어진 이상 저의 가족과 함께 흉노로 탈출해 아예 흉노의 간첩이 되는 것이."

"그 좋겠소. 그렇게 하시오. 한편으로 나는 범제(范齊)를 진희에게 몰래 보내 우리끼리 싸우는 척하면서 전쟁의 승패는 결정짓지 말자는 약속까지 해두겠소."

그러나 세상 일이란 노관의 생각대로는 되지 않았다. 일이 잘못되어도 크게 잘못되어 가고 있었다.

유방은 동쪽으로 가서 경포부터 쳤고 번쾌를 시켜서 대땅의 진희를 잡아오도록 보낸 것이다. 그 때 진희의 부장 범보(范甫)가 번쾌에게 투항하면서 이렇게 실토했다.

"잘 살펴보시기 바랍니다. 연왕 노관은 범제를 진희에게 보내어 싸우는 척하면서 승패는 결정짓지 말자는 약속을 했습니다."

번쾌는 곧장 유방에게 그런 사실을 보고했다.

'아니다! 노관이 그럴 리가 없다. 일찍이 노관은 나와 같은 마을에서 같은 날에 태어나 정답게 함께 자랐다. 그로 인해 부친끼리도 사이가 무척 좋지 않았던가. 더구나 노관은 나의 침실을 마음대로 드나들 수 있는 유일한 신하일 만큼 신임을 준 인물이 아닌가. 그가 무엇 때문에 나를 배신한단 말인가!'

유방은 노관의 배반을 도무지 믿으려 하지 않았다.

그를 왕으로 삼을 때만 해도 그랬다. 천하를 평정한 후 제후들 중에서 왕위에 오른 자는 일곱 명이었다. 노관 역시 왕으로 삼고 싶었지만 유방은 군신들이 개인적인 친분으로 노관을 왕으로 삼는다는 불평을 할까 보아 감히 그러지 못하고 있었다.

바로 그 때 노관은 연왕 장도를 잡았으며, 유방은 후임 연왕으로 추천할 만한 인물을 찾아보도록 재상·열후·장군들에게 조칙을 내렸었다.

신하들은 유방의 속마음을 알아차렸다. 그들은 이구동성으로 말했다.

"노관은 폐하께서 천하를 평정하실 때 가장 측근에서 모셨습니다. 연왕으로 추천하기에는 노관의 공로가 가장 큽니다."

유방이 그토록 애틋한 정을 쏟아부은 노관이었다. 그런 노관이 배반을 했을 것이라고는 꿈에서라도 상상하기 싫었다.

그런데 노관하고 내통한 진희는 어떤 자인가.

완구(宛朐 : 산동성) 사람인데, 한왕 신(信)을 치러 나갔던 유방이 마침 조나라 재상으로 있던 진희를 장군으로 삼아 조나라와 대땅 변경의 군사를 감독하게 했던 것이다. 그러자 동쪽 변경 군사들 모두가 진희의 수중에 들게 되었다.

조나라 재상은 주창(周昌)이었다. 마침 진희가 조나라에 들렀다. 부하 하나가 헐레벌떡이며 재상 관저로 뛰어들어와 보고했다.

"승상, 아뢰옵니다. 진희의 행차가 심상치 않습니다. 그를 추종하는 빈객들의 수레가 천여 대를 넘습니다!"

"그게 어쨌다는 얘기냐?"

"그로 인해 수도 한단의 숙사가 동이 나버렸으니 하는 말입니다. 객관까지 만원이 돼버린 건 처음 있는 일입니다."

변경을 지키는 일개 군사 감독관의 행차가 그토록 호사스럽다는 사실은 문제가 있다고 생각됐다. 그래서 주창은 진희가 묵고 있는 숙사로 변장한 채 살피러 나갔다.

'진희는 겉으로 소탈한 인간관계를 유지하고 있구나. 자기 몸을 굳이 낮추어 빈객들을 대접하는 행태도 지나치게 의도적이다. 저것은 문제다. 저런 행동의 내면에는 반드시 어떤 의도가 도사리고 있다!'

그렇게 판단한 주창은 곧바로 유방을 만나러 갔다.

"진희를 따르는 빈객들의 숫자는 말할 것도 없고 그 호화스럽기 또한 그지없습니다."

불신 143

유방도 덜컥 의심이 생겼다.

"그 이유가 어디에 있다고 생각하오?"

"외지에서 오로지 홀로 병권을 쥐고 흔들었기 때문에 자연히 그 위세가 대단해졌기 때문이 아닐까요. 혹시 변란을 일으키지 않을까 두렵습니다."

"몰래 사람을 보내어 진희의 비위사실을 조사케 하겠소. 축재과정을 탐문해 보면 틀림없이 법에 저촉되는 일이 발견될 거요."

은밀히 자신의 비위사실을 캐고 있다는 소문이 진희의 귀에도 들어갔다.

'무어! 아예 나를 잡을 작정을 세웠구나! 그렇다면 나도 대비책을 세워두어야 되겠지!'

진희는 왕황과 만구신에게 가만히 사람을 보내어 내통해 두었다.

유방은 마침 부친 태상황이 별세했으므로 그것을 구실로 진희를 입조토록 했다.

그러자 진희는 역시 병을 핑계대고는 내조하지 않았다.

"이런 발칙한 놈이 있나!"

유방이 화를 내면서 어떤 조처를 취할 것인가를 두고 고민하는 동안 진희는 벌써 한나라에 대한 배반을 확실히 선언했다.

왕황과 만구신을 거느리고 나가 조나라와 대나라 땅을 빼앗고는 스스로 대왕(代王)이라 칭했다.

"무엇이라고! 진희가 기어코 반란을 일으켰단 말이지!"

분노한 유방은 친정길에 나섰다.

한단에 이르자 반란에 가담했던 조나라·대나라의 관리들과 백성들이 유방 앞으로 끌려나왔다.

"너희들은 본심에는 없으면서도 진희가 협박하는 바람에 일시적으로 넘어갔던 거지."

진희에 가담했던 자들은 유방의 뜻밖의 심문에 옳지 됐구나 하고 대답했다.

"실상 그렇습니다!"

"그렇다면 모두 용서해 주겠다."

유방의 결단에 신하들이 의아스런 표정을 지었다. 터무니없는 용서라 생각했기 때문이었다. 유방은 이를 눈치챘다.

"진희가 오래 못갈 것이라 생각했기 때문이오. 그 이유는 나라 남쪽인 장수(漳水)에 의존하지도 않고 수도인 북쪽 한단도 지키지 않았으니까 말이오. 이로 미루어 그가 대단한 일을 이루지 못할 것이란 사실을 알았지."

주창이 곁에 있다가 간했다.

"그렇지만 상산(常山 : 하북성) 군수와 군위(郡尉)만큼은 처단하셔야 합니다."

"그건 왜 그렇소?"

"상산의 25개 성읍 중에서 20개 성읍을 진희가 모반하자마자 그들이 그냥 주어버리듯이 빼앗겼습니다."

"그렇지만 애초부터 군수와 군위가 진희의 모반에 가담한 것은 아니잖소."

"그야 그렇지요."

"그렇다면 진희보다 힘이 모자라 성읍을 빼앗긴 게 틀림없소. 용서할 테니 그대로 직위를 유지하오!"

일단 말을 막은 유방은 주창에게 다른 질문을 했다.

"우리에게 협조한 조나라 장사들 중에서 장군으로 삼을 만한 인물들이 혹시 없겠소?"

"있긴 있습니다만 위인이 그토록 뛰어나지는 않습니다."

"일단 데려오시오."

주창은 네 명의 허술한 인물들을 데리고 들어왔다. 유방은 약간 깔보는 태도로 물었다.

"너희들 같은 인간들이 감히 장군이 되겠다고?"

놀란 그들이 동시에 대답했다.

"아닙니다! 저희들은 멋모르고 폐하 앞으로 끌려나왔습니다. 부끄럽습니다. 용서해 주십시오!"

네 명의 조나라 사람들이 벌벌 떨고 서 있자 유방은 다시 재촉했다.

"짐의 말은 장군직을 주면 잘해 보겠느냐고 묻는 거다."

한 자가 아무렇게나 대답했다.

"신명을 바칠 뿐입니다."

"좋다. 각각 천호(千戶)에 봉하고 장군으로 삼겠다."

유방의 전격적이며 터무니없는 인사조치에 좌우 신하들이 들고 일어났다.

"폐하, 폐하를 따라 죽음을 무릅쓰고 촉땅과 한중까지 들어갔던 신하도, 초나라 정벌에 천신만고를 겪었던 신하들도 아직 논공행상을 못받은 숫자가 부지기수입니다. 그런데 아무 공로도 없는 이자들에게 봉읍도 주고 장군까지 삼는 이유는 무엇입니까?"

그제서야 유방은 이제까지 참아왔던 분통을 터뜨리듯이 소리쳤다.

"그대들이 모르면 가만 있기라도 하오! 진희가 모반하자 한단 이북은 모조리 진희의 땅이 되었소. 짐이 천하에 격문을 띄워 병사를 요청했건만 아직까지 달려온 자는 아무도 없었소. 심지어 믿었던 노관까지 코빼기도 보이지 않소. 차제에 짐이 지금 누구를 믿고 안 믿고 하겠소. 그래도 달려온 병사들은 일단 진희에게 넘어갔던 한단 성중의 병사들뿐이었지 않았나 말이오. 이런 판국에 지금 짐이 4천 호를 아껴 무엇에 쓰겠소. 네 사람을 후하게 봉한 것은 조나라 사람들을 위로하고 격려하기 위함이 아니었겠소!"

그제서야 신하들은 감탄하는 표정들을 지으며 고개를 끄덕거렸다.

분을 얼마만큼 삭인 유방은 다시 좌우를 둘러보며 물었다.

"그래, 진희 밑에 있는 장수들은 어떤 자들이오?"

"왕황과 만구신입니다."

"아, 짐도 그자들이 누구인가를 짐작하오. 예전에는 모두 장사꾼들이 아니오?"

"그렇습니다."

"그런 자들을 대하는 방법을 짐은 잘 알지. 그자들의 목에 천 금의 상을 걸겠소. 즉시 격문을 붙여라!"

유방이 드디어 공격개시를 하자 한군은 곡역(曲逆 : 하북성) 부근에서 진희의 장수 후창(侯敞)의 목을 베며 승기를 잡았다. 요성(聊城 : 산동성)에서는 장군 장춘(張春)을 격파했다. 주발이 대나라로 쳐들어가 평정하자 진희의 군대는 궤멸상태였다.

아니나다를까 천 금의 상금이 탐이 난 왕황과 만구신의 부하들이 그들의 장군들을 사로잡아 묶어 왔다.

번쾌가 진희를 끝까지 추격해 가서 영구(靈丘 : 산동성)에서 베어죽였다.

즈음에 노관은 유방이 자신을 의심하기 시작했다는 소문을 듣고는 격정에 몸을 떨고 있었다.

연왕 노관은 유방으로부터 소환장을 받고는 더욱 겁을 내어 숨어 버렸다.

'가는 날이 죽는 날이다! 나는 가지 않겠다!'

얼마쯤 끙끙 앓고만 있는데 한나라로부터 사자가 왔다는 기별이 왔다.

"벽양후 심이기와 어사대부 조요(趙堯)께서 대왕을 만나뵈러 오셨습니다."

노관은 소스라치게 놀랐다.

"무엇이! 폐하의 사자가 왔다고! 죄송하지만 병이 깊어 만날 수가 없다고 전해라!"

노관은 더욱 두려워져서 문을 꼭꼭 걸어 잠그고 숨어버렸다. 그는 어둔 골방에서 혼자 중얼거렸다.

'유씨가 아니면서 왕이 된 자는 나와 장사왕(長沙王 : 오예)뿐이지 않는가. 그렇기에 나도 지금 위태롭단 말이다. 지난해에는 한신을 멸족시키고 여름에는 팽월을 베어 죽였지. 지금 폐하께서는 병이 들어 모든 정사를 여후에게 맡기고 있지 않은가. 그렇기 때문에 이 모든 사태는 여후의 계략 때문에 일어난 게다. 그 잔인한 여자는 성이 다른 왕과 공신들을 하나씩 하나씩 죽이고 있지. 그러니 내가 왜 그 여자 손에 죽으러 스스로 찾아갈 것인가!'

그런데 심이기와 조요가 화를 내면서 한나라로 돌아가자 노관의 좌우에 있던 신하들까지 나중에 심문 당하지 않으려고 벼슬자리를 팽개친 채 도망쳐버렸다.

한편 한나라로 돌아간 심이기와 조요는 유방에게 연나라에서 있었던 일의 자초지종을 자세히 고했다.

"그렇지만 그가 아직 배반했다는 확실한 증거는 없지 않소. 정작 중병이 들어 누워있는지도 모르고."

심이기가 대답했다.

"그렇게 노관의 배반을 믿고싶지 않으시다면 흉노에서 항복해 온 자가 하나 있는데 그자를 폐하께서 직접 심문해 보시지요."

"그런 자가 있다고? 어서 내 앞으로 대령시키라 하오!"

흉노인이 끌려왔다.

"사실대로 말해다오. 네가 진실을 말해준다면 큰 상을 주겠다. 노관이 과연 배반을 했더냐?"

흉노인은 머뭇거리지도 않고 대답했다.

"사실을 말씀드리지요. 장승이 연나라로부터 도망해 흉노에 와 있는데 실상은 대접 받으며 사신 신분으로 있습니다. 이는 한으로부터 공격을 받을 경우 흉노의 도움을 받기 위한 뒷거래인 것으로 알고 있습니다."

"아아, 그렇다면 노관의 배반은 확실하구나!"

유방의 충격은 컸다. 탄식하면서 병석에 눕고 말았다.

번쾌는 노관을 응징하러 연나라로 떠났다.

8. 여태후의 비수

유방은 심기가 불편했다. 사소한 일에도 신경질을 내고 고함을 질러 댔다. 그러나 황제 유방이 무엇 때문에 그토록 초조해 하는지를 알지 못했다.

바로 그럴 때에 낭관 전수(田秀)가 들어와 유방한테 귀띔했다.

"지금 폐하께서는 번쾌에게 연왕 노관을 응징하러 군사를 주어 보내셨지만 번쾌는 황후의 여동생 여수의 남편이니 결국 여씨 일당이라는 사실을 유념하십시오."

"그래서?"

"폐하께서 붕어하시는 날 번쾌는 즉시 군사를 이끌고 되돌아와 조왕 여의와 척부인을 살해할 것입니다."

"아아, 그 사실을 내가 왜 몰랐을까! 즉시 진평과 주발을 불러라!"

뜻밖에도 유방은 전수의 귀띔에 민감하게 반응했다.

멋모르고 진평과 주발이 불려왔다. 유방은 우선 진평에게 말했다.

"그대는 즉시 장군 주발을 데리고 가서 번쾌와 장군직을 교체시키시오!"
 "아니, 폐하! 갑자기 무엇 때문에 장군 교체를 하명하십니까!"
 "설명하고 싶지 않소! 그리고 진중에 닿거든 즉시 번쾌의 목을 베어버리란 말이오!"
 별 수 없이 진평과 주발은 그대로 물러나왔다. 난감했다. 주발이 물었다.
 "폐하의 엄명이 서슬퍼렇긴 하지만 번쾌를 비호하고 있는 여황후의 세력도 두렵습니다."
 "나도 그렇게 생각하오. 그렇지만 번쾌를 살려낼 방법이 없으니 답답할 뿐이오."
 "이렇게 처리하면 어떻겠습니까. 일단 번쾌를 체포한 뒤 수레에 실어 장안으로 데리고 오지요."
 "오. 그거 기막힌 묘안이오! 우리가 그를 처치하지 않고 폐하께서 직접 번쾌를 처리하시도록 하자는 얘기 아니겠소!"
 "그렇습니다. 번쾌를 목베는 시간을 끌다 보면 그가 살아날 방법도 생기겠지요."
 "그렇게 합시다!"
 진평과 주발은 그렇게 약속한 뒤 번쾌가 있는 진중을 향해 느릿느릿 수레를 몰았다.
 한편 황제 유방이 실성한 상태에서 일처리를 하듯하는 사정을 곁에서 가만히 지켜보던 신하가 있었다. 옥새를 담당하는 부새어사 조요(趙堯)라는 인물이었다.
 조요는 젊지만 영리했다. 혼자 중얼거리며 투덜대는 유방에게 조용히 말했다.

"폐하께서 요즘 많이 불편해 하시는 이유를 소신은 알 것 같습니다."

"무어라고?"

"조왕 여의께선 연소하시고 여황후와 척부인께서는 사이가 좋지 않으시지요."

뜻밖의 조요의 말에 유방은 깜짝 놀랐다.

"네가 그걸 어떻게 알았느냐?"

"폐하께서 아무리 근심하셔도 그건 소용이 없습니다."

"실은 그렇다. 그래서 짐은 그 때문에 몹시 고통스럽구나."

"그렇지만 조왕 여의와 척부인을 살릴 수 있는 방법이 딱 한 가지가 있지요."

유방의 눈이 크게 떠졌다.

"방법이 있다고?"

"폐하의 신하들 중에서 재상이든 대신이든 장군들이든 모두가 어려워하는 신하가 대체 누구지요?"

"글쎄?"

"딱 한 사람밖에 없습니다. 바로 어사대부 주창입니다."

"그렇지."

"어찌하여 폐하께서는 주창에게 어린 조왕 여의를 부탁하지 않습니까."

유방의 얼굴에는 갑자기 화색이 감돌았다.

"아아. 짐이 왜 그걸 몰랐을까!"

형양에서 유방이 전날 항우한테 포위당해 사태가 위급하게 되자 유방은 형양성을 탈출하면서 주가를 시켜 대신 성을 굳게 지키도록 했다. 그러나 주가의 능력으로는 형양성을 지킬 수가 없었다. 결국 항우에게 성을 함락당하고 말았다.

항우는 주가의 인물됨을 알아보았다. 그래서 초나라 장군으로 삼으려 했다. 그 때 주가는 소리쳤다.

"나더러 항복을 해서 네 밑으로 들어오라고? 네놈이야말로 얼른 한왕 유방한테로 달려가 항복하라고! 그렇지 않으면 너는 곧 포로가 되는 수치를 당할 것이다. 이놈아!"

격노한 항우는 주가를 삶아죽였다.

이 소식을 들은 유방은 몹시 슬퍼했다. 그래서 주가의 아우인 주창을 어사대부로 삼아 주가의 충성심에 보답했다. 주창도 그 사람됨이 형처럼 기개가 있었다. 누구에게든 거침없이 직언했다. 그런 탓으로 소하·조참 등도 주창 앞에서는 어려워했다.

그런데 주창은 말더듬이었다. 아무리 강경발언을 해도 그가 말을 더듬었기 때문에 대충 웃고 넘어가곤 했다.

그날도 유방은 태자를 폐하고 척희의 아들 여의를 태자로 세우려는 안건을 조정에서 거론하고 있었다.

"아아아 아니 됩니다. 저저저는 말은 못해도 기기기필코 옳지 않다는 것만은 마말씀드릴 수 있습니다. 폐하께서 태자를 폐하시려 해도 저는 기기기필코 바바반대합니다."

엄숙한 제안이었으나 주창의 말더듬 때문에 유방은 웃고 넘어갈 수밖에 없었다.

여황후가 정전의 동실(東室)에서 주창이 주장하는 소리를 엿들었다.

퇴청하는 주창을 기다렸다가 여황후는 그에게로 다가갔다.

"고맙습니다. 이 은혜는 잊지 않겠습니다. 그대가 아니었다면 태자인 내 아들은 폐출되었을 것입니다."

그러자 주창은 정색을 하고는 대꾸했다.

"처처천만의 말씀입니다. 그그그렇더라도 저는 황후를 위하여 폐폐폐하게 그런 직언을 올린 것은 아아아니었습니다!"

척후의 아들 여의는 겨우 열 살이었다. 유방은 자신의 사거 후에 여의가 결코 안전하지 못할 것이라는 사실을 잘 알고 있었다. 그래서 고민하고 있었는데 뜻밖에도 조요가 주창에게 여의를 맡기라는 방법을 제시하자 유방은 뛸 듯이 기뻤다.

"어서 주창을 불러오너라!"

전날 방여공(方輿公)이 어사대부 주창에게 조요를 추천할 때 이렇게 말했다.

"아직 어리지만 대단히 영리한 인물입니다. 우대해 쓰시면 그대를 배반하지는 않을 것입니다."

그렇지만 주창이 조요를 평가하는 기준은 따로 있었다.

"죽간(竹簡)에 글이나 새기는 아이가 알면 얼마나 알겠소."

그러나 방여공의 추천을 받아들여 조요를 제 밑에 두었다.

주창이 황제 유방한테 가만히 불려왔다.

"부탁이오. 조왕 여의한테로 가서 재상이 되어주시오!"

주창은 깜짝 놀랐다. 그러나 내색않고 생각을 가다듬은 후에 조용히 대답했다.

"싫습니다."

"매우 어려운 부탁이라는 사실인 것은 짐도 잘 아오. 물론 지위로는 좌천이 분명하오. 그러나 여의를 살리려면 이 방법밖에 없지 않소."

"그렇지만 폐하께서 붕어하신 뒤에는 저 역시 죽습니다."

"그래도 어쩔 수가 없소. 억지로라도 가 주시오."

유방은 눈물까지 흘렸다.

황제가 눈물을 흘리며 부탁하는데야 주창도 별 수가 없었다. 할 수 없이 주창은 조나라로 떠났다.

유방은 주창을 귀띔해 준 조요가 고마웠다. 조정에서의 조회 때 짐짓 후임 어사대부 자리를 거론했다.

"누가 알맞겠소."

이미 황제의 의중을 짐작하고 있던 대신들은 아무도 입을 열지 않았다.

"조요가 좋겠지."

역시 대꾸하는 신하가 없었다.

"조요를 어사대부에 임명하오!"

유방은 단언했다.

한편 번쾌가 자신을 응징하러 떠났다는 소식을 듣지 못하고 있던 노관은 장성(長城) 아래에 머물며, 황제의 병이 나으면 죽을 각오로 들어가 사죄할 기회만 노리고 있었다.

황제 유방이 갑자기 장락궁에서 붕어했다. 그러나 여황후는 나흘 동안이나 붕어를 발표하지 않고 있었다. 장군들의 반응이 심상치 않을 것이라는 우려 때문이었다.

여황후는 심이기를 불렀다.

"여러 장수들은 황제와 함께 서민에서 일어났으나 폐하만이 황제가 되고 그들은 신하가 되어 있소. 그래서 저들은 평소에 속으로 불만을 품고 있을 것이오. 그런데 이제부터는 그들이 어린 군주를 섬겨야 하는데 과연 저들이 새 황제의 말을 들을 것 같소?"

"그래서 황후께서는 어떤 조처를 취했으면 좋겠습니까?"

"차제에 여러 장수들과 그 일족을 몰살시켜 천하를 편안케 하는 게 어떻겠소."

"글쎄요."

심이기는 여황후의 의견에 자신이 없었다. 그러고 있는데 둘이 나눈 얘기가 밖으로 새어나갔다. 그 소문은 곧장 역상의 귀로 들어갔다.

놀란 역상이 심이기한테로 달려갔다.

"여보시오. 황제께서 붕어하고 나흘이나 지났는데도 이를 발표하지 않고 있는 이유가 뭐요?"

"여황후께옵서……"

"뿐만 아니라 여러 장수들을 죄없이 주살하려고까지 한다니 도대체 어찌된 일이오?"

심이기는 난감한 표정만 지은 채 대꾸를 못했다.

"그렇게 되면 천하는 참으로 위태롭소. 지금 진평과 관영은 10만 병력으로 형양을 지키고 있고 번쾌와 주발 역시 20만 병력을 가지고 연나라 대나라를 평정 중이오. 그들의 귀에 황제께서 붕어하고 또한 모든 장수들은 모조리 주살한다는 소문을 들었다고 생각해 보시오. 과연 그들이 가만히 앉아 있을 것 같소."

"글쎄 말이오."

"지체 없이 군사를 이끌고 관중으로 치고 들어올 것이오. 뿐만 아니라 대신들은 안에서 등돌릴 것이고 제후들은 밖에서 배반할 것이오. 이쯤 되면 나라가 멸망하는 것은 하루 아침의 일이 될 것이오. 그래도 여황후의 계책에 동의할 참이오?"

듣고 보니 심이기도 역상의 주장이 옳다는 생각이 들었다. 그래서 즉시 궁으로 달려들어가 여황후에게 역상의 말을 자세히 전했다.

여황후는 불만스럽다는 기색을 얼굴 가득히 담고 있더니 마지못한 듯 내뱉았다.

"알겠소. 장군들의 제거 문제는 없었던 일로 합시다. 곧 발상하고 천하에 대사령을 내리겠소."

고조 유방이 붕어했다는 소식을 들은 노관은 사죄의 기회가 없어지자 여황후의 보복이 두려워 흉노로 도망치고 말았다.

한편 번쾌는 자신의 죄질도 모른 채 죄인을 태우는 수레인 함거(檻車)에 실려 장안으로 오고 있었다.

번쾌의 아내인 여수가 언니인 여황후에게로 쪼르르 달려갔다.

"언니, 세상에 이런 일이 있을 수가 있습니까! 진평 따위가 뭔데 내 남편을 폐하께 음해해서 목을 베도록 한답니까! 진평을 목베게 해주세요!"

여황후는 번쾌가 묶이게 된 사정을 어렴풋이는 짐작으로 알고 있었다. 그러나 진평에게 직접적인 음모가 있었다고는 생각하지 않았다. 그래서 잠시 궁리한 뒤에 여수에게 대답했다.

"때를 기다릴 뿐이다. 그러나 지금은 그를 벨 때가 아니다."

진평은 장안으로 돌아오는 도중에 풀어놓았던 첩자로부터 고조가 붕어했다는 소식을 들었다. 뿐만 아니라 여황후가 자신을 응징하려고 벼르고 있다는 소문도 들었다.

'어떻게 한다? 어떻게 해야 이런 비상시국에서 살아남을 수가 있지? 내용도 모른 채 분격한 여황후와 여수가 나를 참소할 생각만 하고 있을 터인데!'

한동안 진평은 궁리에 궁리를 거듭했다. 드디어 좋은 생각이 떠올랐다.

'좋다! 번쾌를 태운 함거보다 앞서 장안으로 달려가 폐하의 영구 앞에서 조명(詔命)을 받는 형식을 취하자!'

그런데 진평이 역전거를 바삐 몰아 달리다가 도중에서 황제의 조칙을 받았다.

──진평은 관영과 함께 형양성으로 가서 거기에 주둔하라.

진평은 사자에게 물었다.

"그대는 폐하께서 붕어하셨다는 사실을 알고 떠났소?"

사자는 대답을 못하고 우물쭈물했다. 그래서 진평은 재빨리 말했다.

"옥새가 찍혔으니 폐하께서 내리신 칙서인 것만은 분명하오. 그러나 국상을 당했다는 소식을 듣고서 장안으로 아니갈 수는 없소. 일단 이 칙서는 접수한 것으로 하겠으니, 그대의 임무는 끝난 것이오."

진평은 말을 끝내자마자 뒤도 돌아보지 않고 역전거를 더욱 바삐 몰아 장안으로 내달렸다.

장락궁으로 달려들어간 진평은 유방의 시신 앞에서 다짜고짜 대성통곡했다. 그러면서 누군가가 말릴 틈새도 주지 않고 영구 앞에서 조명을 받는 형식을 취하면서 갔다온 경과를 상주했다.

가만히 듣고 있던 여황후가 지나가는 말처럼 물었다.

"그럼 번쾌장군의 목은 베지 않았단 말이오?"

진평은 좋은 기회라 생각하고 여황후에게 대답했다.

"그렇습니다. 번쾌는 신하로서 공로도 많지만 한편으로는 폐하의 친구였습니다. 친족관계에 있어서도 신분이 고귀합니다. 폐하께서 일시적으로 분노하시어 그를 베고자 하셨으나 아마도 후회하실 게 틀림없겠다 싶어 베지 않고 함거에 실어 장안으로 오던 중에 저는 폐하의 붕어 소식을 들었습니다."

여황후는 안심했다는 듯 숨을 길게 내쉬었다.

"정말 잘 하셨소. 그대는 피로해 있으니 퇴청하여 쉬도록 하오."

"아니 됩니다. 굳이 청원하오니 궁중에서 숙위(宿衛)하도록 황후께서 허락하여 주십시오. 폐하를 받들어 모시던 그 모질고 숱한 날들을 생각하면 저로선 이대로 돌아가 쉴 수가 없습니다!"

여황후는 드디어 감동하는 표정을 지었다.

"그렇다면 그대를 당장 낭중령에 임명하겠소. 뿐만 아니라 사부(師傅)가 되어 새 황제도 잘 가르쳐주시오. 궁중의 숙위도 허락하겠소."

진평은 속으로 외쳤다.

'난 살아남았다! 이렇게 되면 여수의 참소도 이루어질 수 없게 되지!'

태자 효혜가 유방의 뒤를 이어 새 황제로 즉위하자 여황후는 유방의 죽음을 기다리고나 있었다는 듯이 척부인을 사로잡아 영항(永巷 : 죄진 궁녀를 가두는 곳)에다 가두었다.

'요년, 이젠 죽어봐라!'

척부인이란 존재가 여황후로서는 견딜 수 없는 여인이었다. 미색이 시든 자신에 비해 총애를 독차지한데다 틈만 나면 효혜를 폐하고 제가 낳은 여의를 새 태자로 책봉할 것을 눈물로 애소한 여자였기 때문이었다.

태후가 된 여황후는 즉시 조왕 여의에게 입궐하라는 명령을 내렸다.

그러나 조나라 재상 주창은 여태후의 사자에게 이렇게 말했다.

"그것은 받들 수 없는 명령이오. 선제(先帝)께서 제게 말씀하시기를, '조왕 여의는 아직 어리니 그대가 잘 지켜주라' 하셨소. 소문에는 태후께서 척부인을 몹시 미워하시어 영항에다 가둔데다 또 어린 조왕까지 끌어내어 함께 참수하실 작정이라 하는데, 이를 뻔히 알고서야 어떻게 조왕을 보내드리겠소. 그냥 돌아가시오. 더구나 사실 지금은 조왕께서도 병이 나시어 거동하실 수가 없소."

사자의 전언을 들은 여태후는 격노했다.

"그래! 그렇다면 주창 그자가 대신 출두하라고 하라!"

별 수 없었다. 주창은 얼마만큼 미적거리다가 단단히 결심을 하고 장안으로 올라갔다.

그런데 여태후의 계략은 주창도 모르고 있었다. 주창이 장안으로 올라온 사이에 조나라로 사람을 보냈다.

"왕께서는 이제 안심하시고 장안으로 올라오시랍니다. 주창승상께서 하시는 말씀입니다."

그러나 아무리 어린 조왕 여의였지만 부친같은 주창의 친서 없이는 움직이지 말라는 다짐을 받고 있던 터였으므로 여태후의 사자에게 여의는 의연하게 말했다.

"그렇지만 주승상의 허락 없이는 한나라로 입궐하지 않겠소이다."

그러자 여태후의 사자는 재빨리 한 통의 편지를 품속에서 꺼내놓았다.

"그러실 줄 알고 이렇게 서신을 간직해 왔습니다."

"누구의 편지란 말이오?"

"읽어보십시오. 주창승상의 서신이옵니다."

──기왕에 걱정했던 대왕의 신변에 닥칠지도 모르는 위험은 이제 걱정하지 않아도 되었습니다. 새 황제폐하께서 대왕을 보호하시겠다는 확답을 주셨기 때문입니다. 급히 드리고자 하는 말씀은 지금 대왕의 모친께옵서 신병이 나서 내일을 모르는 처지에 계십니다. 안심하고 상경하

셔서 언제 돌아가시게 될지 모르는 모친에게 효도하시기를 바랍니다.

여의는 여태후 측에서 만든 가짜 편지인 줄도 모르고 신하들에게 즉시 명령을 내렸다.

"모친이 위독하시다는 승상의 서신이 왔소. 떠날 준비를 해주길 바라오."

한편 장안에 도착한 주창은 여태후를 만나기 전에 새 황제 효혜에게 먼저 면회를 신청했다.

황제 알현 허락은 금새 이루어져 주창은 곧바로 궁으로 들어갔다.

"폐하, 소신 주창은 태후의 명령을 거역한 죄로 곧 주살될지도 모릅니다."

효혜는 깜짝 놀랐다.

"아니, 주승상이 어떤 잘못을 저질렀기에, 더구나 짐의 허락도 없이 태후한테 주살당한단 말씀이오!"

"선제께옵서 소신을 조나라로 보내실 때의 엄명은 '어린 조왕의 목숨을 잘 지켜라'는 것이었습니다. 그런데 태후께옵서는 조왕의 모후 척부인을 미워하시어 기회만 있으면 조왕까지 해칠 생각을 가지신 것 같습니다. 그런 위험에서 소신이 조왕을 지키기 위해서 태후의 엄명을 받들어 조왕 대신 장안으로 상경했으니 소신이 죽을 것은 뻔하지 않습니까."

효혜는 잠깐 생각에 잠기더니 굳어졌던 얼굴을 풀었다.

"짐의 생각으로는 그 정도 일로 주승상을 주살할 것으로는 생각지 않소."

"실상은 제가 주살되는 것쯤은 걱정거리도 안 됩니다. 조왕께서 결국은 해를 입지 않으실까 그것만이 걱정입니다."

"그렇다면 주승상께서는, 짐의 아우이기도 하며 선제께서 특별히 부탁하신 조왕 여의의 목숨을 지키기 위해서 짐이 어떻게 하는 게 좋다고 생각하시오?"

황제 효혜가 직접 물었으므로 주창은 이토록 좋은 기회가 없다고 생각했다.

"소신의 생각으로는 태후께옵서 폐하의 거짓 조서를 보내어서라도 조왕 여의를 불러올리지 않으실까 그게 걱정입니다."

"설사 태후께서 불러올리시더라도 짐이 여의를 보호하면 그뿐 아니겠소."

"폐하께서는 조왕을 어떤 식으로 보호하시겠다는 말씀입니까?"

"짐과 더불어 기거를 같이 하겠소. 그쯤이면 아무도 조왕을 해칠 수가 없을 것이오."

"그렇다면 안심입니다. 소신의 능력으로서는 조왕을 지키는 데에 한계가 있으니 폐하께서 부디 사랑하는 이복동생을 지켜주소서!"

주창은 여태후를 이튿날 만나뵙기로 작정하고 곧장 객사로 돌아왔다.

그런데 그날 밤이었다. 마악 잠자리에 들려는데 갑자기 바깥이 소란스러워졌다.

"조나라 재상 주창을 뵈러 왔소이다."

나를? 이 밤중에 누가 나를 만나러 왔단 말인가! 내가 이곳에 묵고 있는 것을 누가 또 안단 말인가?

옷을 다시 주섬주섬 주워입은 주창은 밖으로 나갔다. 어둠 속에서 찾는 사람을 바라보니 여태(呂台)였다. 태후의 죽은 큰오빠 여택의 아들이었다.

'저자가 무슨 일로?'

주창이 여태 앞으로 다가가려는 순간 문득 그의 허리춤에서 불빛에 반짝 하는 것이 보였다. 단검이 분명했다.

주창이 도망칠 곳을 찾고 있는데 어둠속으로부터 또 다른 자의 음성이 들려왔다.

"주창은 이곳에 묵고 있는가. 친구 관영이 찾아왔네. 이사람아, 먼 조나라 한단으로부터 왔으면 친구부터 찾았어야지!"

주창은 반가웠다.

"자네가 어쩐 일인가! 어떻게 날 찾아냈는가!"

"자네는 내가 고조황제를 모실 때부터 비밀 별동부대의 책임자였던 사실을 알잖는가. 그래서 자네를 쉽게 찾아낼 수 있었지. 그런데?"

관영이 여태의 눈과 마주쳤다. 여태는 뜻밖의 장소에서 관영을 만나자 흠칫했다.

"아, 역후(酈侯 : 여태)가 아니시오. 여긴 웬일이시오?"

"드릴 말씀이 있어 잠깐 주승상을 뵈러 왔습니다만, 친구분이 오셨으니 저는 그만 돌아갈까 합니다."

여태는 미처 말도 끝내기 전에 어둠속으로 꽁무니를 빼고 말았다.

"자네, 봤지?"

관영이 말하자 주창은 고개를 끄덕였다.

"나를 죽일 작정이었던 것 같애."

"그 때문에 내가 뒤쫓아온 걸세. 물론 폐하께서 자네의 신변에 유념하라 하셨기에 달려온 거지만."

"그런데 태후는 왜 나까지 죽이려 하는 것일까?"

주창의 물음에 관영은 얼마만큼 난감한 표정을 짓고나서 대답했다.

"그대가 있음으로써 여러 모로 방해가 되겠기에 그렇겠지."

"그렇다면 앞으로 나는 어떻게 처신해야 옳단 말인가?"

"돌아가게. 어서 한단으로."
"그건 누구의 뜻인가?"
"나의 충고이네."
"내가 이곳에 온 건 조왕을 안전하게 뫼시기 위해서네."
"바보같은 소리! 자네가 있음으로써 조왕은 위태하네."
"그건 무슨 소린가?"
"자네같은 인물이 조왕을 지킴으로써 조왕의 존재가 크게 보이네."
"내가 없어지면 조왕께서 안전하실까?"
"폐하의 그늘 밑에서 어리광이나 부리고 있을 테니 그런 애송이한테 태후께서 무슨 적개심을 가지시겠나."
"그럴듯하이."

관영의 설득은 충분히 이유 있다고 생각한 주창은 그길로 조나라로 돌아가고 말았다.

한편 황제 효혜는 비밀리에 첩자를 풀어 조왕 여의가 과연 장안으로 출발했는가를 살펴보도록 엄명을 내려놓고 있었다.

그러던 얼마 뒤였다. 첩자가 황급히 돌아왔다.

"드디어 조나라 왕께서 한단을 떠나 장안으로 들어오시는 중입니다."

효혜는 태후의 계략으로 여의가 멋모르고 출발한 사실을 눈치채고는 재빨리 수레를 놓도록 했다.

"패상(覇上)으로 조왕을 마중하러 가겠다."

태후는 그날 이후로 조왕 여의를 죽일 기회가 없었다. 황제 효혜가 여의와 함께 기거를 하면서 잠시도 곁을 떠나지 않고 있었기 때문이었다.

그런데 그 해 겨울이었다. 효혜는 겨울 사냥을 나가기 위해 새벽같이 여의를 깨웠다. 그러자 여의는 몸이 불편했는지 동행을 거절했다.

"감기 기운이 있는 듯합니다. 저는 빠지겠습니다."
효혜는 걱정스런 표정으로 말했다.
"그렇다면 조심해라. 아무래도 태후의 동태가 심상치 않다. 거실 밖으로 한 발짝도 나가지 말게."
일단 주의를 준 효혜는 다른 신하들과 함께 사냥길로 나섰다.
'설마 그새 변이야 있을라고!'
저녁때가 되었다. 효혜는 그제서야 여의가 걱정되었다.
"서둘러 궁으로 돌아가자!"
효혜는 신하들을 독려하며 수레를 전력 질주해 달렸다.
궁으로 돌아온 효혜는 어린 여의가 새벽에 누워있던 침실 쪽으로 먼저 뛰었다.
그러나 어린 조왕 여의는 이미 침실에 있지 않았다.
"여봐라! 이리 오너라! 누구 거기 없느냐!"
황제 효혜가 소리지르자 환관 하나가 달려왔다.
"부르셨습니까?"
"조왕은 어디 계시냐?"
"서궁으로 가셨습니다."
"무어라고?"
"척후께서 계시는 서궁에서 사람이 왔기에 조왕께서는 아침부터 그쪽으로 납시었습니다."
"아아, 결국은 이런 일이! 미리 너희들에게 이런 일이 없도록 일러두었을 것을! 어서 수레를 놓아라!"
효혜는 서궁으로 수레를 몰아갔다. 그러나 서궁에는 조왕 여의는커녕 여의의 모친인 척후도 보이지 않았다.

궁녀들 몇 명이 머리를 숙이고 서 있기에 효혜는 큰 목소리로 물었다.

"조왕께서는 지금 어디 계시냐?"

궁녀 하나가 대답했다.

"이곳으로 오신 적이 없습니다."

"무어? 그럼 척후께서는?"

궁녀는 한동안 머뭇거리다가 간신히 대답했다.

"지금 영항에 계십니다."

"무어라고? 영항이라면 여관(女官)들의 감옥이 아니더냐!"

"여태후께옵서 척후를 거기에다 가두신 지가 벌써 한 달이 넘습니다."

"무어야! 짐도 모르는 사이에 그런 일이 일어났단 말이냐!"

소리만 지르고 있을 때가 아니었다. 효혜는 다시 수레를 몰아 여태후가 있는 미앙궁(未央宮)으로 달렸다.

효혜는 친모 여태후를 보자마자 소리질렀다.

"조왕 여의는 지금 어디에 있습니까?"

여태후는 효혜의 고함소리에 잠깐 흠칫하더니 곧 시퍼렇게 표정을 바꾸면서 맞받아 소리쳤다.

"아니. 폐하. 아무리 여의가 폐하한테는 귀하신 손님인지는 모르지만 그래 모처럼 친어미인 태후를 찾아왔으면 먼저 안부라도 묻는 게 순서가 아니겠소!"

효혜는 내친김에 더욱 소리질렀다.

"어찌되었건 여의는 지금 어디에 있습니까!"

"모르겠소이다. 이곳으로는 오지 않았으니까. 모르긴 해도 제 어미한테로 갔겠지요."

"그러시다면 척후께선 지금 어디 계십니까?"

"나도 모릅니다."

"태후께서 척후를 영항에다 가두셨다고 들었습니다!"

"나는 그런 적이 없소이다. 폐하께서 직접 찾아보시지요."

효혜는 모친 여태후와 다투고만 있을 때가 아니라고 판단했다.

황제 효혜가 허둥거리며 되돌아 나오는데 미앙궁에서 근무하는 환관 주손(周孫)이 쪼르르 효혜를 뒤쫓아 나왔다.

"폐하, 아뢸 말씀이 있습니다."

"무어냐?"

효혜는 험악한 얼굴로 주손을 되돌아보았다.

"태후의 명령으로 소신이 장락궁으로 가서 조왕을 모시고 왔습니다."

"그래서! 그래, 지금 조왕은 어디 계시냐?"

"돌아가셨습니다."

"돌아가다니? 어디로?"

"서거하셨습니다."

"아아!"

효혜는 체신불구하고 섬돌 위로 엉덩방아를 찧었다.

"누구의 짓이더냐!"

주손이 머뭇거리자 효혜는 더욱 큰 목소리를 내질렀다.

"어서 대답하라니까!"

"태후께옵서……"

"아아!"

"조왕께 짐독(鴆毒)을 억지로 마시게 했습니다."

효혜의 정신이 반쯤이나마 돌아온 것은 한참 후였다.

"시신은?"

"미앙궁 뒤뜰 매화나무 밑에다 묻었습니다."
"모든 것이 끝났구나! 어찌 그럴 수가 있단 말이냐……!"
효혜는 혼이 나간 사람처럼 궁전 뜰을 터벅터벅 걸어나갔다.
"폐하."
주손이 효혜를 뒤따르며 불렀다. 그러나 효혜는 대답하지 않았다.
"폐하!"
"시끄럽다! 더 듣고싶지 않다!"
결국 효혜는 주손이 더 하고자 했던 말을 듣지 못했다.
한편 여태후는 효혜와 실랑이를 벌이다가 헤어지고 나서도 분을 풀지 못했다.
'이래선 안 되겠다! 나를 반대하는 자들은 상대가 누구이든 제거해야겠다!'
급히 주손을 찾았다. 주손은 태후가 찾는다는 소식을 듣고는 덜컥 겁이 났다. 여의의 피살 경위를 황제에게 일러바친 일이 꺼림칙했기 때문이었다. 살아남을 궁리를 해야 했다.
'옳지! 바로 그 사실을 여태후에게 일러바쳐야 되겠구나!'
"그대는 내 가까이 있지 않고 어디로 싸돌아다니다가 이제 오는가!"
기회는 지금이라고 생각했다.
"태후께옵서는 조왕 여의의 자리를 굳게 안정시키려던 계략을 누가 세운 줄 아십니까."
태후는 어리둥절해졌다.
"그야 선제께서 주창과 짜고 한 일이 아닌가?"
"아닙니다. 진짜 범인은 따로 있습니다."
"범인?"

"범인이라면 어폐가 있지만 아무튼 조왕의 권력을 안정시키려고 계략을 세운 자는 따로 있습니다."

"그자가 누구인가?"

환관 주손의 대답에 여태후는 서슬 퍼렇게 물었다.

"조요입니다."

"조요라면 지금 어사대부가 아닌가!"

"그렇습니다."

"그자를 당장 불러들여라!"

"태후께옵서는 어사대부라는 자리가 막중하다는 사실을 아셔야 합니다. 함부로 그를 해칠 수도 없습니다. 또한 조요를 죄 주려 해도 선제께서 판단하시고 조요의 계략을 받아들인 것이니 섣부른 호출은 자칫 엉뚱한 화를 자초할 수도 있습니다."

"아무리 어사대부라지만 제깐 게 태후인 나한테 감히 어쩔 것인가! 그렇지만 그대의 의견에 일리는 있다. 그러나 그런 자를 그 자리에 둘 수는 없지. 그대는 조요를 어떻게 처리하면 좋겠는가?"

"억지로라도 죄를 뒤집어 씌우면 최소한 조요가 면직은 될 수 있을 것입니다."

"좋다. 그렇게 하자. 조요에게 어떤 죄목을 씌우는 게 좋겠느냐?"

"조왕을 잘 보필하라며 주창을 선제께 추천한 자가 조요이니, 조왕이 지금 죽은 마당에 주창을 잘못 천거한 조요에게 죄가 있다면 있는 것이 되지요."

"오오, 그대는 나의 충신이오!"

여태후의 입이 귀밑까지 찢어졌다.

"그렇다면 차기 어사대부에 누구를 앉힐 것인가도 미리 고려하셔야 할 것입니다."

여태후는 그 순간 임오(任敖)를 떠올렸다.

임오는 전날 패(沛)땅의 옥리(獄吏)였다. 유방과도 무척 친한 사이였다.

유방이 죄를 짓고 도망쳐버리자 관가에서는 유방 대신 유방의 처 여안(呂安 : 여태후)을 대신 옥에 가두었다. 그 때 여안을 담당한 옥리가 그녀를 몹시 거칠게 다루었다. 임오는 그게 싫었다.

"가만히 다루게."

"무엇 때문에?"

"글쎄, 그렇게 하라니까. 유방이 문제이지 그자의 부인이 무슨 죄가 있나."

"여안이 유방의 소재를 알고 있는 것 같아서 그래."

"그럴 리가. 설사 안다 해도 그러는 법이 아닐세. 알았나?"

"싫어. 나한테 몸이라도 바치면 혹시 모를까."

"이자식이!"

"뭐야?"

임오는 동료 옥리를 실컷 패주었다. 그런 다음 도망쳐서 숨어버렸다. 즈음에 유방이 봉기했고, 임오는 유방을 추종하다가 어사가 되어 풍(豊 : 강소성)땅을 지켰다. 나중에는 상당(上黨 : 산서성)의 군수로 있었고, 진희가 모반했을 때에도 상당을 견고하게 지켰으므로 그 공으로 봉을 받아 후(侯)가 되어 있었다.

여태후는 젊은 시절 결국 임오한테 빚을 지고 있는 셈이었다. 그런 속마음을 주손에게 슬쩍 내비쳤다.

"임오를 어사대부에 천거하고 싶다. 폐하께서도 임오를 거절하지는 못할 것이다."

그런데 여태후가 환관 주손을 찾은 것은 그 때문이 아니었다. 죽은 조왕 여의의 모친 척부인의 근황을 알고싶어서였다.

주손이 불려왔다.

"요즘 척부인은 어떻게 지내고 있더냐?"

주손은 어떻게 대답할까 잠시 궁리한 뒤에 입을 열었다.

"여항에 갇혀 있습니다. 자신의 죄를 인정하기는커녕 태후의 조처를 원망하면서 복수할 날만 기다리고 있습니다."

"나에게 복수를?"

"척후의 입장에서는 당연하지요."

"그년이 나에게 복수하겠다고! 그렇다면 내가 먼저 그년에게 응분의 벌을 내리겠다. 전날 폐하께서 생존해 계실 때 내가 그 년한테 당한 수모를 생각하면 지금까지도 이가 갈린다. 어서 여항의 옥리를 불러라!"

며칠 후였다. 모처럼 황제 효혜가 여태후를 문안하러 왔다.

"폐하, 마침 잘 오셨소. 꼭 보여드릴 게 있어서 그렇소."

"보여주실 게 있다고요? 대체 무엇이기에 모후께서는 그토록 유쾌한 표정을 지으시며 저에게 자랑하고 싶어 하십니까?"

"사람같기도 하고 귀신같기도 한 짐승이 있기에 폐하께 꼭 보여드리고 싶었소이다."

여태후의 입가에는 잔인한 미소가 흘렀다.

황제 효혜는 멋모르고 여태후를 따라갔다.

"여기는 여항의 측간이 아닙니까."

"하도 괴상망칙한 괴물이라 마땅히 가두어둘 곳이 없기로 이곳에서 키우고 있소이다."

분뇨 냄새가 진동했기 때문에 효혜는 코를 막으며 태후가 가리키는 짐승을 이맛살을 찌푸린 채 찬찬히 살펴보았다.

"참으로 괴상한 짐승입니다. 이런 동물은 생전 처음 보는데 대체 이 짐승을 어떻게 부릅니까?"

"인저(人豬)라 부르오."

"'사람돼지' 란 뜻입니까?"

여태후는 눈 한 번 깜짝 않고 대답했다.

"그렇소이다. 사람돼지지요."

황제 효혜는 더욱 궁금했다.

"희귀한 동물이라면 마땅히 깨끗한 장소에다 가두어 키울 것이지 하필 측간에서 키웁니까?"

"폐하의 눈에는 혹시 사람처럼 보이지 않습니까."

"실은 사람같기도 합니다."

"잘 보셨소이다. 원래 이년은 인간이었습니다. 그러나 심성이 워낙 짐승처럼 욕심이 많고 또한 악독하기로, 아예 짐승으로 만들어버렸소이다."

"원래는 인간이었다고 하셨습니까?"

"멀쩡한 인간을 우선 손발을 자르고, 눈알을 빼내어 장님으로 만들고, 귀를 지저서 귀머거리로 만들고, 음약(瘖藥)을 먹여 벙어리로 만든 뒤 뒷간에 처넣자 저토록 꿀꿀거리기만 하니 흡사 사람돼지가 아니고 무엇이겠습니까."

효혜는 그것이 원래 사람이었다는 말을 듣자 갑자기 전신이 떨려왔다.

"저 인간이 도대체 무슨 죄를 지었기에 그토록 악독한 형벌을 내리셨습니까?"

여태후의 입가에는 다시 잔인한 냉소가 흘러갔다.

"무슨 죄를 지었느냐고요! 이 첩년은 한 남자의 총애를 독점해 조강지처를 원수로 삼았으며, 그나마도 부족해 조강지처의 적자를 떠밀어내고 제년의 아들을 상속자로 삼으려고 온갖 음모를 다 꾸몄던 년이올시다. 그런 악독한 년에게 어떻게 사람 대접을 하겠습니까!"

효혜는 그제서야 얼른 짚이는 게 있었다.

"혹시 이분이 척후가 아닙니까!"

"잘 보셨소이다."

"아아! 어떻게 선제의 부인에게 이토록 악독한 일을!"

그런 뒤 효혜는 충격으로 잠시 실신했다. 얼마 후 다시 깨어난 효혜는 한바탕 대성통곡한 다음 친모인 여태후를 증오심이 가득한 눈으로 노려보았다.

"조왕 여의를 모후께서 죽이시더니 또한 그의 어미까지 이런 잔인한 복수를 하십니까!"

"복수가 아니오. 저년은 자기가 저지른 죄값을 달게 받을 뿐이오."

"모후께서 선제를 도와 천하를 통일한 공로는 잘 압니다. 그렇다면 모름지기 어짐과 덕을 만민에게 베풀어 천하의 인심을 얻어야 하거늘 선제께서 붕어하시자마자 이런 모진 짓으로 실덕을 자행하고 계시니 이 일을 어떻게 하면 좋다는 겁니까!"

"나로선 반성할 일이 하등 없소. 폐하께서도 이 어미 아니었다면 오늘의 이 자리에 계시지도 않소!"

여태후가 조금도 물러설 기미가 없자 황제 효혜는 더욱 독이 올랐다.

"좋습니다. 이런 참혹한 짓은 인간으로서 할 일이 아니라고 생각합니다. 저는 이런 일을 저지른 태후의 아들로서 천하를 다스릴 수 없습니다."

"마음대로 하시구려!"

효혜는 그 날로 몸져 누웠다. 병상에 누워 어떻게든 모후의 행위를 이해하려고 애썼으나 뜻대로 되지 않았다.

"에라, 모르겠다! 황제 노릇하면 무엇하나. 이 더러운 세상을 하루 빨리 하직하는 게 내게 있어서는 최선이다!"

가까스로 일어난 효혜는 그 날부터 주연을 베풀며 술을 퍼마시기 시작했다. 날마다 후궁을 바꿔가며 음락에 빠져들었다. 병이 들 수밖에 없었다.

그런 상황에서 제나라 왕 도혜가 입조했다. 도혜(悼惠 : 유비)는 효혜의 이복형이었다. 조왕 여의가 피살된 후 깊은 외로움에 빠져있던 효혜로서는 도혜의 입궐이 그토록 기쁠 수가 없었다.

"어서 오시오! 우리끼리 황제니 왕이니 그따위 허울은 모두 걷어치우고 호형호제하며 서민의 예의로 놉시다. 형님, 잔치상이 준비된 곳으로 가시지요."

그런 소식은 곧장 여태후의 귀로 들어갔다.

"무어라고? 황제께서 일개 제후왕과 호형호제하며 놀고 계신다고? 세상에 이런 변이 있나!"

소리친 여태후는 다시 곰곰 생각에 잠겼다.

"그렇구나! 효혜는 내가 미운김에 아예 죽을 작정을 하고 있구나! 그럼으로써 내 몸에서 태어난 사실을 부끄럽게 여겨 이복형인 도혜에게 제위를 넘기려하는 구나. 이건 위험하다! 가만히 보고만 있을 수야 없지!"

이튿날이었다. 태후궁에서 연락이 왔다. 도혜왕의 내조를 환영하는 잔치를 베푼다는 내용이었다.

효혜와 도혜는 내키지는 않았지만 태후궁으로 들어갈 수밖에 없었다.

여태후는 효혜와 도혜 앞에 궁녀를 시켜 각각의 잔을 놓도록 했다. 그런 다음 냉정한 목소리로 말했다.

"제나라 도혜왕은 들으시오. 보아하니 폐하께서는 도혜왕을 서민의 예로 형님 대접하여 상좌에 앉혔지만 그래도 아우님은 황제인 거요!'

도혜는 등골이 오싹해졌다.

"지당하신 말씀입니다!"

"잔을 그 앞에 놓았으니 사과하는 의미에서라도 술을 따라 황제에게 축수하시오. 그것이 신하된 자의 예의인 듯하오."

"지당하신 분부이십니다."

여태후의 명령에 따라 제나라왕 도혜는 두 개의 잔에다 술을 가득 따른 뒤 황제 효혜에게 장수를 축원하는 건배를 요청했다.

그런데 한편 효혜는 술잔을 가만히 내려다 보다말고 갑자기 의심이 생겼다.

'태후의 태도가 수상쩍다! 도혜를 죽이려 하는구나! 차라리 내가 마셔 버리는 게 낫겠다!'

효혜는 벌떡 일어나 도혜 앞에 놓인 술잔을 얼른 집어들었다.

"제나라 도혜왕의 축수를 받겠소. 건배합시다."

당황한 쪽은 여태후였다. 이미 도혜의 술잔 속에는 짐독이 발라져 있었는데 그 잔을 황제가 집어들었으니 여태후로서는 놀라지 않을 수가 없었다.

"더불어 나도 폐하께 축수하겠소!"

황급하게 뛰쳐나오던 여태후는 실수하는 척 효혜의 술잔을 쳐서 떨어뜨렸다.

술은 속절없이 쏟아졌다. 도혜는 그 때까지만 해도 태후의 실수인 것으로만 이해했다.

효혜의 술잔은 다시 날라져 왔고 술은 다시 부어졌다. 건배는 화기애애한 가운데 이루어졌다.

얼마후였다. 태후궁에서 키우던 고양이 한 마리가 쪼르르 걸어나오더니 효혜가 엎질러놓은 바닥의 술을 핥기 시작하는 것이었다.

그런데 그런 고양이의 행동에 우연히 도혜의 눈길이 갔다.

"앗! 바닥을 핥던 고양이가 갑자기 부들부들 떨더니 넘어졌습니다!"

모두의 눈길이 이미 죽어버린 고양이 쪽으로 쏠렸다. 효혜는 깊은 생각에 잠긴 듯했으며, 여태후는 모른 척 얼굴을 돌려버렸고, 전후사정을 계산해 보던 도혜의 얼굴은 갑자기 사색이 되었다.

잔치에 흥이 날 리가 없었다. 도혜 살해에 실패한 여태후도 태도가 시들해졌다.

"오늘 잔치는 이것으로 그치겠소!"

태후가 서둘러 내전으로 들어가버리자 주연은 곧 끝나버렸고, 초대된 손님들도 뿔뿔이 헤어지고 말았다.

한편 도혜는 걱정이 태산같았다.

'내가 이대로 무사히 장안을 빠져나갈 수가 있을까!'

숙사로 돌아온 도혜가 걱정으로 한숨만 토하고 있는데 제나라에서 올 때 수행자로 따라온 내사(內史)인 서사(徐士)가 먼저 계략을 꺼내는 것이었다.

"왕께선 그토록 근심하시지 않아도 될 것입니다. 여태후만 달래놓으면 만사 해결되는 게 아니겠습니까."

"그렇다면 무슨 살아날 묘책이라도 있다는 얘기요?"

제나라 왕 도혜의 되물음에 서사는 회심의 미소를 지으며 대답했다.

"물론입니다. 대왕께서 땅을 아까워하지만 않으신다면 살아서 무사히 제나라로 회귀하실 수 있습니다."

"무슨 얘기요?"

"태후한테는 오로지 효혜황제와 노원공주만 있을 뿐입니다."

"그래서?"

"지금 대왕께서는 제나라 70여 개 성시를 가지고 계시지 않습니까. 그렇지만 노원공주께서는 겨우 몇 개의 성시밖에는 없지요."

"제나라 땅을 베어주라고?"

"장안을 무사히 벗어나려면 그 방법밖에 없습니다."

"음, 그 방법밖에 없다? 얼마나 베어주면 만족할 수 있을 것 같소?"

"공주의 탕목읍(湯沐邑 : 목욕 비용에 충당하는 땅)으로 사용하라며 일개 군(郡)을 태후께 헌상하시면 태후께서는 반드시 기뻐하시며 대왕을 해치지는 않을 것입니다."

도혜는 한동안 궁리한 뒤에 말했다.

"살아서 돌아가려면 그 방법밖에 없겠소. 그렇다면 성양(城陽)에 있는 1군을 헌상하면서 공주를 왕태후로 높여 부르면 태후는 더욱 좋아하시겠지. 그대가 즉시 태후한테 다녀오시오."

서사가 태후궁인 미앙궁으로 달려갔다가 얼마 후에 돌아왔다.

"됐습니다! 태후께서 몹시 기뻐하시며 저택(邸宅 : 漢制에서는 수도에 각각의 제후들 저택이 있었음)에서 매일 주연을 베풀며 즐겁게 노시다가 귀국하라십니다!"

여태후의 비수 177

도혜는 그제서야 떨리던 가슴을 쓸어내렸다.

어쨌건 조정의 분위기는 심상치 않았다. 태후와 사이가 나빠진 황제 효혜는 자포자기가 되어 정사(政事)에서 손을 떼어버리자 여태후가 서서히 정권을 잡기 시작했기 때문이었다. 제실(帝室)인 유씨(劉氏)가 위태로워지는 건 자명한 사실이었다. 여씨의 시대가 오고 있었다.

우승상 진평 역시 그런 사태를 우려했으나 여씨 일족과 다툴 힘이 미약하다고 판단되어 몸에 화가 미치지 않도록 언제나 조용히 들어앉아 있었다.

그러던 어느날 육가가 진평을 찾아왔다. 진평은 무슨 문제를 두고 심사숙고하고 있던 중인지 육가가 앞좌석에 앉아 있는데도 진평은 여전히 육가의 출현을 모르고 있었다.

"뭘 그토록 골똘히 생각하고 계시오?"

그제서야 진평도 화들짝 놀라 고개를 들었다.

"어? 언제 오셨소?"

"한참 전이오. 난 승상의 그런 태도를 보면서 승상이 무슨 생각을 하고 있었는가를 계산해 보았소."

9. 선택

　육가의 말에 진평은 다시 놀랐다.
　"내가 무슨 생각을 하고 있었는지 그대가 눈치를 챘다는 얘기요?"
　"물론이오. 그대의 지위는 재상이오. 폐하 다음으로는 최상의 직위요. 식읍이 3만 호나 되니 부귀 역시 극에 달했구려. 인간으로서 이상 더 바랄 게 아무것도 없는데도 불구하고……"
　"불구하고?"
　"그럼에도 불구하고 근심이 있다면 딱 한 가지밖에 더 있겠소."
　"맞소! 딱 한 가지요!"
　"폐하를 걱정하는 일일 거요."
　"맞았소! 여씨들의 움직임이 걱정스럽소. 이 일을 도대체 어떻게 했으면 좋단 말이오!"
　"너무 걱정하지 마시오. 나한테 한 가지 계략이 있소."
　육가는 초나라 사람이었다. 빈객으로 유방을 따라다니며 천하평정하는 일을 도왔다. 구변이 능해 사람들은 그를 변사(辯士)라 했다. 그런 재능을 살려 그는 제후국을 부지런히 돌아다니며 사신 역할을 했다.

유방이 천하를 통일하고 나서였다. 즈음에 남월(南越)에는 위타(尉他)라는 자가 그곳을 평정한 뒤 왕노릇을 하고 있었다.

"그자가 한제국을 넘보지 못하도록 미리 단속해 둘 필요가 있소. 인장을 가지고 가서 남월왕으로 삼아 한의 속국이 되도록 잘 타일러놓고 오시오."

육가가 남월에 도착하자 위타는 남만(南蠻)의 풍습대로 북상투를 한 채 거만한 자세로 두 다리를 뻗고서 육가를 맞았다. 육가는 모른 척하고 위타에게 말했다.

"그대는 중국사람이오. 친척과 형제와 조상의 분묘도 모두 진정(眞定 : 하북성)에 있소. 그런데도 그대는 지금 본성(本性)을 어겨가며 중국의 의관과 속대를 버린 채 구구한 월나라를 믿고 천자와 맞상대해 적국이 되고자 애쓰고 있소. 정말 가소롭기 짝이 없소."

"뭐요? 내가 그까짓 한나라 쯤을 겁낼 줄 아오!"

위타가 벌컥 화를 냈지만 육가는 역시 모른 척했다.

"진(秦)나라가 정치에 실패하자 천하 제후들과 호걸들이 일시에 봉기했으나 오직 한왕 유방만이 먼저 관중으로 돌입해 함양을 점령했소."

"그게 어쨌다는 얘기요!"

"항우는 약속을 어기고 스스로 초패왕이 되어 천하 제후들을 귀속시켰으니 그 위세는 막강했다고 볼 수 있소. 그러나 한왕은 천하를 채찍질해 제후들을 정복하고 드디어 막강 항우까지도 주멸했소. 불과 5년 동안에 이룩해낸 위업이오."

육가의 변설에 남월왕 위타는 신경질을 내었다.

"어서 요점이나 말하시오!"

"그런 위업은 인력으로 된 것이 아니라 하늘이 일으켜 세운 위업인 거요. 지금 폐하께서는 천하의 폭도와 반역자를 쳐 무찌르실 때 당신은 남월의 왕으로서 조금도 협조하지 않았다 하여 많이 섭섭해 하고 계시단 말이오. 대신들과 장군들이 그런 당신을 주멸하라고 다투어 주장했으나 폐하께서는 백성들이 새삼 고통 당할 것을 불쌍히 여겨 토벌을 중단하고 대신 당신에게 왕인(王印)을 주고 할부를 갈라 평화롭게 살자고 이같이 사절을 보내게 된 게 아니겠소."

"나를 왕으로 인정한다는 얘기요?"

위타의 태도가 갑자기 수그러들었으나 그 점 역시 육가는 모른 척했다.

"그렇다면 당신은 황제의 사절인 나를 마땅히 교외까지 마중나와 환영하며 북면(北面)하여 신하로서의 예를 갖추어야 옳았단 얘기요. 그런데도 이제 갓 세운 허약한 남월이 제 능력도 모른 채 강대한 한나라에 대해 이토록 강경하게 나오니 당신은 웃겨도 예사로 웃기고 있는 게 아니오. 만일 이런 사실이 한나라에 알려지면 한에서는 즉각 당신네 조상의 분묘를 파헤치고 일족을 몰살한 뒤 장군까지 출정할 것 없이 부장 정도 한 사람에게 십만 병력을 주어 남월을 쓸어버릴 것이란 말이오."

위타의 얼굴에는 두려워하는 기색이 역력했다.

"예의를 갖추지 못했던 건 용서하시오. 오랫동안 오랑캐 나라에 와서 살다보니 이렇게 예의를 까맣게 잊었던 거요. 그런데 한 가지 묻겠소. 한나라의 소하와 조참과 한신을 나와 비교해서 누가 더 현명한 것 같소?"

육가는 잠깐 계산한 뒤에 대답했다.

"당신이 더 현명하오."

위타는 입이 찢어져라 좋아했다.

"좋소, 좋소! 그럼 황제와 비교해서는 어떻소?"

"황제는 포악한 진을 치고 강력한 초를 멸한 후 천하의 폐해를 제거한 뒤 이익을 가져왔을 뿐 아니라 삼황·오제의 대업을 계승해 중국을 통치하고 계신거요. 그 백성은 억(億)을 헤아리며 영역은 사방 만 리이고 천하에서 가장 비옥한 땅을 차지하고 계시오. 인구는 조밀하고 수레는 들끓고 만물이 풍성한 데다 정치는 황제의 손으로 좌우되니 이런 일은 천지개벽 이래 지금까지 없었던 일이오. 그런데 고작 인구 수십 만에 모두가 미개한 오랑캐인 데다 산과 바다 틈새에 끼어 구차한 생활을 하고 있는, 기껏 한제국의 일개 군(郡)밖에 되지 않는 나라의 왕이 어찌 한제국의 황제와 비교해 보겠단 말이오!"

그래도 위타는 여전히 육가에게 호기를 부렸다.

"내가 중국에서 일어나지 않았기 때문에 여기서 왕이 된 것이오. 내가 중국에서 일어났다면 어찌 한의 황제만큼 못했겠소."

"물론 농담이겠지요."

그제서야 위타는 기분이 풀렸다.

"그렇소. 농담이오. 난 그대가 몹시 마음에 드오. 몇 개월이라도 좋으니 여기 머물면서 즐기다 가시기 바라오. 실은 이곳에서는 함께 얘기를 나눌 만한 상대가 없소. 선생에게 유익한 얘기들을 많이 듣고싶소."

육가가 돌아갈 때가 되자 위타는 육가에게 수천금이나 되는 재보를 선물했다.

육가가 돌아와 남월에 사신갔던 사정을 황제 유방에게 보고하자 몹시 기뻐하며 태중대부(太中大夫)의 벼슬을 주었다.

육가는 때때로 유방 앞으로 나아가 고전(古典)의 훌륭함을 역설했는데 그럴 때마다 유방은 짜증을 냈다.

"짐은 마상(馬上)에서 천하를 얻었소. 『시경』『서경』 같은 게 짐에게 무슨 소용이 있단 말이오!"

"천하는 마상에서 얻었지만 마상에서 천하를 다스릴 수는 없습니다. 탕왕과 무왕은 역도(逆道 : 무력)로 천하를 얻었지만 순도(順道 : 문덕)로 이것을 지켰습니다. 문무를 병용하는 것이 국가를 장구히 유지하는 길입니다. 옛날 오왕 부차나 진(晉)의 지백은 무(武)를 극도로 사용해 멸망하였고, 진(秦)은 형법 일변도로 일관하다가 자멸했습니다. 만일 진나라가 통일한 뒤 인의(仁義)의 정치를 행하면서 성천자(聖天子)를 모범으로 삼아 탄탄한 국가로 살아남았다면 어떻게 폐하에게 천하를 얻을 수 있는 기회가 있었겠습니까."

가만히 듣던 유방은 약간 부끄러운 기색을 띠며 입을 열었다.

"그대의 생각이 옳소. 그런데 짐을 위하여 책을 지어 주겠소?"

"어떤 책을 필요로 하십니까?"

"진나라가 천하를 잃은 이유와 짐이 천하를 얻은 이유를 서술해 보는 것이 어떻겠소?"

"하겠습니다. 옛 고대국가가 성공하고 실패한 사례들까지도 아울러서 원인분석을 해보겠습니다."

그래서 육가가 고조 유방을 위해 책을 지어 이름을 『신어(新語)』라 해서 올렸다. 국가 흥망의 특징을 12편으로 약술한 저서를 받아본 유방은 무릎을 치지 않을 수가 없었다.

"과연 육가는 인재다!"

육가는 그런 인물이었다. 육가 역시 여태후 일족이 정권을 잡고 왕위에 오르려는 음모가 치열하게 진행되고 있다는 사실을 모를 리가 없었다.

 그러나 육가는 자신의 능력만으로는 여태후와 싸워 이길 자신이 없다고 판단했다. 그래서 병을 핑계로 벼슬을 사직하고 집 안에 들어앉아버렸다.

 육가는 전답이 비옥한 호치(好畤)에다 집을 짓고 일단 정착했다.

 육가에게는 아들이 다섯 있었는데 남월에서 얻어온 재보를 풀어 천금을 받고 팔아 아들들에게 각각 2백 금씩을 주어 생업을 유지하도록 했다.

 육가는 언제나 안락한 사두마차에다 배우와 무희들을 태워 가무를 즐겼으며 거문고와 비파 타는 시종까지 거느리고 백 금짜리 비싼 보검을 허리에 차고 다녔다.

 그러던 어느날 그런 호사도 시들하다는 생각이 들었다. 아들 다섯을 모두 집으로 불렀다.

 "앞으로 내가 너희들 집에 번갈아 방문을 할 터인데 너희들은 내 일행에게 주식(酒食)을 주고 말에게는 먹이를 주어라. 결코 한 집에 열흘 이상씩은 머물지 않겠다. 그리고 내가 죽음을 맞이하는 집에서는 보검과 수레와 말 그리고 시종들을 소유해라. 그러나 내가 유람도 떠날 것이고 친구 집으로도 방문할 터이니까 너희들 집을 찾는 일은 고작 두어 서너 번 밖에 되지 않을 테니 너무 긴장할 건 없다. 오래 묵으면서 너희들을 번거롭게 할 생각도 없고 또 자주 만나면 싫증도 나겠지."

 얼마 지나지 않아서였다. 문득 우승상 진평을 만나야 되겠다는 생각이 들어 서둘러 집으로 방문했던 것이다.

 육가에게 계략이 있다는 말에 진평은 육가 앞으로 바짝 다가앉았다.

 "어서 방법을 말씀해 보시오."

"말씀드리겠소. 천하가 안온하면 사람들은 재상을 주목하고, 천하가 위급하면 사람들은 장군을 주목하오. 장군과 재상이 화친하면 선비들이 사모하여 따르고 일단 선비들이 따르면 천하에 이변이 생긴다 하더라도 권력은 분산되지를 않소. 국가의 대계(大計)는 오직 두 분에게 달렸소."

"두 분이라면 누구요?"

"승상과 장군 주발이오."

"그렇지만 우린 친한 사이가 못되오."

"물론 그건 알고 있소. 그렇기 때문에 승상께서 주발장군과 친교해 깊은 우정을 쌓아두란 얘기요."

"우정을 이야기한다면 그대가 주발장군과 농치고 지낼 만큼 친한 사이가 아니겠소."

"그렇지만 재상은 내가 아니오. 더구나 너무 친한 사이라 그런 의논을 하려 해도 내말을 진지하게 듣지 않을 것이오."

"결국은 내가 주발과 친교하라는 얘기 아니겠소. 그럼 어떻게 해야 강후(絳侯 : 주발)와 내가 친밀해질 수가 있겠소?"

진평의 되물음에 육가는 진지한 표정을 지었다.

"우선 5백 금을 푸시오. 그런 뒤 주발의 장수를 비는 축하연을 승상께서 마련하시오."

"그토록 호화롭게?"

"승상께선 부자요. 주발은 몹시 기뻐할 것이오."

진평은 곧 육가가 일러준 대로 주발을 초청한 뒤 푸짐한 주연을 베풀었다.

"승상, 고맙소! 나 역시 이대로 가만히 받아먹고 있을 수만은 없지!"

주발 역시 가만 있지 않았다. 며칠 뒤 주발 쪽에서 주연상을 차려놓고 진평을 초청했다.

"우리가 이토록 우의를 나누니 조정의 공경들조차 모두 좋아하며 부러워들 하는구려."

"이 우정 영원히 변치 맙시다!"

육가의 계략은 그것으로 끝난 게 아니었다. 부자인 진평에게 부탁했던 노비 백 명, 거마 50승, 돈 1백만 전이 도착하자 그것으로 조정의 공경들과 교제하기 시작했다.

"공신들이 화기애애하게 똘똘 뭉쳐있으니 보기에도 좋고 듣기에도 좋구려. 특히 진승상과 주발장군의 교제는 조정의 부러움을 살 만도 하오!"

육가는 그런 식으로 조정의 대신들에게 진평과 주발의 사귐을 떠들고 다녔다.

한편 이런 분위기를 어처구니 없다는 눈으로 바라보는 사람들이 있었다. 바로 여씨 일족이었다.

"재상과 장군이 한편이고 조정 대신들 모두가 저들을 중심으로 똘똘 뭉쳐있으니 우리들로선 술수를 부려볼 방법이 없구먼!"

여씨 일족은 당분간 닭쫓던 개 지붕 쳐다보는 꼴이 되어 있었다.

'이젠 안심이다. 이렇게 되면 여씨 일족의 음모도 위축될 수밖에 없겠지.'

어느날 넷째아들 집에서 본가로 돌아온 육가는 주건(朱建)의 모친상 소식을 들었다.

주건은 초나라 출신이었다. 한때 회남왕 경포의 재상이었다.

경포는 반기를 들려할 때 신하들에게 가부를 물었다.

"황제는 작년에 한신을 주살하더니 이번에는 소금 절인 팽월의 시체를 내게 보내왔소! 다음에는 내 차례라는 암시 아니겠소. 그래서 나는 살기 위해 모반하려는 거요. 여러분들의 생각은 어떻소?"

주건이 대번에 반대했다.

"저는 반대합니다."

"어째서 반대하는 거요?"

경포가 벌컥 화를 내었다.

"성공할 수 없는 모반은 시도하지 않는 것이 옳습니다."

"어째서 성공할 수 없다는 거요?"

"실력으로도 상대가 되지 않습니다."

경포는 주건에게 더욱 큰 목소리로 소리질렀다.

"그건 유방 그 늙은이가 이제는 기력이 다해 싸울 능력이 없다는 사실을 그대가 모르고 하는 소리요. 더구나 한신과 팽월이 죽었는데 유방 밑에 나보다 유능한 장군이 어디 한 놈이라도 있겠소? 모반은 확정적이오!"

결국 경포는 반기를 들었고 모반은 실패했다. 경포가 주살될 때 주건 역시 연루되어 체포되었으나 모반에 끝까지 반대했다는 사실이 드러나 간신히 죽음만은 모면했다.

주건은 변설이 능란하면서도 엄정하고 강직하며 또한 청렴했다. 의리에 어긋나는 일이라면 절대로 가담치 않는 성격이라 각박한 성격으로 오해받아 남과 잘 어울리지를 못하고 있었다.

그런데 벽양후 심이기는 여태후의 애인이었다. 마음에 둔 여자는 어떤 수단을 써서라도 수중에 넣는 재주가 있었던 심이기로서는 세력가 여태후를 가만둘 리가 없었다. 끊임없이 여태후를 유혹하여 결국은 총애를 받기에 이르렀다.

그런 심이기도 인물됨을 알아보는 안목은 있었던지 주건과 몹시 사귀고 싶어했다. 그러나 주건은 심이기를 단번에 거절했다.

"어리석은 인간!"

어쨌건 평소에 주건과 친했던 육가가 문상을 갔다. 그랬는데 주건의 집은 너무도 가난했던 탓으로 아직 상(喪)도 발표하지 못하고 있었다. 게다가 상구(喪具)까지 남의 집 것을 빌려야 되는 처지였다.

육가는 기가 찼다. 한참을 궁리하고 궁리한 뒤에 상주 주건에게 말했다.

"걱정말고 우선 상부터 발표하게."

주건을 일단 안심시킨 후 육가는 곧장 심이기를 찾아갔다.

"축하하오. 주건의 모친이 돌아가셨소."

심이기는 의아스런 시선으로 돌아보았다.

"별일이군. 주건의 모친이 돌아가셨는데 왜 날 보고 축하한다 그러시오?"

"전날 당신은 주건과 몹시 사귀고 싶어 했잖소."

"그건 사실이오. 그러나 단번에 문전박대 당하고 돌아왔소."

"당신이 왜 주건과 사귀지 못했는지 그 사실을 아오?"

"모르겠소. 아니오. 알 것도 같소. 내가 여자들한테 많은 흠모를 받으니 남자들이 질투해서 잘 사귀지 못했는데, 주건 역시 그런 축에 드는 사내 아니겠소."

"천만의 말씀. 그건 주건을 모욕하는 발언이오. 실상 주건이 당신과 사귀고 싶어도 사귈 수 없었던 사정이 따로 있었소. 그건 주건의 모친이 아들에게 당신같은 인간과는 교제하지 말라는 엄명을 내리셨기 때문이오."

육가의 말에 심이기는 뜻밖이라는 표정을 지었다.

"주건의 모친이 주건과 나 사이를 갈라놓았다는 얘기요?"

"그렇소. 이제는 주건의 모친이 돌아가셨으니 당신은 이제 주건과 사귀어도 되는 거요."

"그럼 내가 주건과 교제하려면 어떻게 하면 되는 거요?"

"마침 기회가 좋지 않겠소. 주건에게 당신이 정성껏 조의를 표하면 주건은 당신을 위해 죽음도 사양치 않을 거요."

옳은 얘기다 싶었다. 심이기는 수레를 몰아 주건의 집으로 달렸다. 정중한 조문을 한 뒤 부의금 백 금을 내놓았다.

"아니, 이토록 많은 부의금을!"

주건은 계면쩍은 표정을 지으면서도 감격해 마지않았다.

심이기가 주건에게 거금의 부의금을 내놓았다는 소문은 금새 퍼졌다. 심이기는 태후의 애인이기도 하며 그로 인해 세력가이기도 했다. 열후와 귀인들이 주건에게 관심을 보이지 않을 수가 없었다. 결국은 심이기의 체면을 보아 주건을 조문하고 후한 조의금을 내었다.

도합 5백 금이나 걷혔다. 그것으로 주건은 모친의 장례를 후하게 치를 수가 있었다.

즈음에 환관 조청이 효혜제에게 심이기를 비방했다.

"폐하, 황실의 처지에서는 너무나 너저분한 사건입니다. 어떻게 태후에게 그런 불경스런 행동을 하지요!"

"무어? 그게 사실이냐!"

"많은 사람들이 쑥덕거리고 있습니다."

"어떻게들 알고 있던가?"

"아뢰옵기 황송하오나 심이기는 밤낮을 가리지 않고 태후궁에 무상으로 드나든다고 합니다."

 태후를 이가 갈리도록 미워하던 효혜는 마침 잘 됐다 싶었다.

 '어디, 태후가 어떻게 나오는가를 두고 보자!'

 효혜는 조청에게 소리질렀다.

 "어서 형리에게 연락해 심이기를 잡아서 엄히 다스리라고 해라!"

 심이기가 체포되리라는 소문은 삽시에 퍼졌다. 그런 소문이 여태후의 귀에도 들어갔지만 자신과의 난행에 관한 사안이라 아무 말도 못했다. 심이기를 살리는 조처 역시 어떻게 취할 수가 없었다.

 "태후께서도 주인님을 살릴 수 있는 방법을 찾지 못하고 계시답니다."

 태후궁으로 바삐 다녀온 가신의 보고였다. 심이기는 절망적이 되었다.

 얼마 있지 않아 심이기는 감옥에 갇히고 말았다. 그는 거기서 감옥으로 찾아온 가신으로부터 더욱 절망적인 소식을 들었다.

 "대신들 모두가 주인님을 위해 나서기를 꺼려하고 있습니다."

 가신의 보고에 감옥 안의 심이기는 기가 찰 수밖에 없었다.

 "그래, 내 목숨을 구하려고 애쓰는 인간이 조정에 한 놈도 없더란 말이냐!"

 "애쓰는 게 다 무업니까. 주인님의 평소 행실을 미워해 차라리 주살되기를 바라고 있다던데요."

 심이기는 분한 생각으로 가슴을 쳐댔지만 소용이 없었다. 태후조차 손 쓸 처지가 못된다면 속절없이 죽는 일만 남는 것이었다.

 "그런데요, 길거리에서 우연히 엿들은 얘긴데, 평원군 주건 어른이 폐하께 간청하는 길만이 주인께서 살아날 수 있는 유일한 방법이라고들 쑥덕거리던데요."

가신의 말을 음미해 보던 심이기는 갑자기 무릎을 쳤다.
"오, 그렇구나! 청렴·강직으로 소문난 주건이 폐하께 간청만 해 주면 난 살아날 수 있을 것인데! 무얼 꾸물거리고 서 있느냐! 어서 주건 어른 한테 달려가서 지금의 내 처지를 자세히 전하고 구명을 간청하더라고 해라. 그분은 결코 거절하지는 못할 것이다."
가신은 나는 듯이 감옥 밖으로 달려나갔다가 얼마 있지 않아 다시 돌아왔다.
"다녀왔습니다."
"어찌되었느냐? 주건 어른께선 물론 나를 살리는 일에 적극 나서 주시겠다고 했겠지."
"아닙니다. 그 반대입니다."
"무엇이라고?"
"깨끗이 거절하셨습니다. '이미 끝난 판결을 가지고 되지도 않을 일을 들쑤셔 봤댔자 무슨 소용이 있겠느냐'고 하시며 싹 외면하셨습니다."
"정 그렇게 나오더란 얘기냐! 세상에 주건이 그럴 수가 있는가! 제 모친상 때 나는 그토록 정성을 다해 조문을 했는데도 나의 생사에 관심도 없더란 말인가! 배은망덕도 유분수지!"
마지막 희망마저 무너져버린 심이기는 정작 절망적이 되어 말문까지 닫아버리고 말았다.
한편 주건은 효혜제의 총신 굉유(閎孺)를 찾아갔다. 굉유는 남창(男娼)으로 효혜의 동성연애 상대자였다. 그렇기 때문에 굉유는 황제한테서 대단한 사랑을 받았다. 그런데 그런 굉유를 하필 주건이 방문한다는 자체는 누가 보아도 엉뚱한 짓일 수밖에 없었다. 그러나 주건으로서는 나름대로 생각이 있었다.

굉유는 굉유대로 주건의 방문을 뜻밖이라 생각했다.

"평원군께서 무슨 일로 저같은 사람을 다 찾아주셨습니까?"

굉유가 어려워하며 몸둘 바를 몰라하는데도 주건은 더욱 강압적인 태도로 일괄했다.

"세상에 당신이 그럴 수가 있소!"

"무슨 말씀이신지요?"

"당신이 황제의 총애를 받고 있는 이유를 천하에서는 모르는 사람이 없소. 그런데 지금 심이기가 태후의 총애를 받았다 하여 형리에게 넘겨진 사실을 알고 있소?"

"소문을 들어 알고 있습니다."

"당신이 심이기를 중상하여 죽이려 한다면서?"

"결코 그런 일이 없습니다. 제가 무엇 때문에 심이기를 중상합니까. 더구나 그분은 태후의 총애를 받는데 제가 폐하한테서 받는 총애하고는 아무 관련도 없지 않습니까."

"그러나 세상에서는 당신의 짓이라고 손가락질하고 있소."

"하늘에 두고 맹세하지만 저는 심이기를 중상한 적이 없습니다."

"사실이든 아니든 그건 상관이 없소. 문제는 심이기가 정작 죽게 되면 당신도 온전할 수 없다는 게 문제란 말이오."

"제가요?"

"여태후는 무서운 사람이오. 무슨 방법으로든 당신에게 복수할 거요."

주건의 말이 단순한 협박이 아닐 수도 있다는 생각이 들었다.

"아, 어떻게 해야 제가 살아남지요?"

"심이기를 살려야 당신도 살아남소."

"심이기를 어떻게 살리지요? 더구나 제가 무슨 힘이 있어 심이기를 살립니까?"

"어째서 당신은 윗도리를 벗어버린 채 황제께 나아가 심이기를 위해 대신 빌지 않지?"

"그렇게라도 하면 과연 폐하께서 심이기를 살려주실까요?"

"당신이 간청하면 폐하께선 틀림없이 들어주실 거요. 어디 그뿐이겠소. 태후도 당신에게 몹시 감사할 거요. 결국 황제나 태후 모두가 당신을 총애하게 될 테니 당신의 부귀는 몇 배로 더 늘어나게 되지. 아, 글쎄. 당신 지금 생사문제가 걸린 중대한 순간에 그런 걸 따지고 있게 됐소!"

굉유는 주건의 계략에 따라 속절없이 황제한테로 가서 심이기의 죄를 빌었다.

얼마 지나지 않아 심이기는 석방되었다. 그러나 자신이 무엇 때문에 석방되었는지는 모르고 있었다. 그런 상태로 주건에 대해서는 여전히 원한을 가지고 있었다.

"어디 두고 보자! 언젠가는 그 위선자의 얼굴에다 침을 뱉어야지!"

심이기가 그렇게 노골적으로 욕하고 다닌다는 소문을 육가가 들었다.

"무슨 그런 어리석은 소리를! 심이기가 살아남은 건 모두 주건 때문인데."

심이기도 나중에사 그 사실을 알고는 몹시 놀라고 또 주건에 대해 감사했다.

10. 여씨천하

효혜제가 서거했다. 나이 불과 23세였다. 모후와의 갈등으로 고민하다가 술과 여자와 동성연애에 탐닉하면서 스스로 목숨을 단축시킨 결과였다.

예법에 따라 여태후는 대성통곡했다. 그러나 여태후의 그런 울음소리를 예의 주시하던 인물이 있었다. 바로 장벽강(張辟彊)이었다. 나이 겨우 15세였으나 부친 장량을 닮아 현명했다. 그 때 장벽강은 시중(侍中 : 궁중에서 황제를 모시는 관리)이었다.

장벽강은 승상 진평 옆으로 슬금슬금 다가갔다.

"승상, 태후한테는 효혜제 한 분뿐으로 그분만 끔찍이 사랑했습니다. 그 사랑의 방법이야 잘못되었더라도 어떻게 외아들을 잃고도 눈물 한 방울 흘리지 않으시지요."

"이상한 일이오. 그런데 그대는 그 이유를 알고 있소?"

"효혜제한테는 장성한 아들이 없습니다."

"장성한 아들이 없다는 것과 태후께서 눈물을 흘리지 않는다는 사실이 무슨 관계가 있다는 말이오?"

"관계가 있지요. 폐하께선 적자 없이 붕어하시지 않으셨습니까. 그렇게 되자 태후께선 조정의 중신들한테서 권력의 위협을 느꼈기 때문이지요."

진평은 그제서야 아차 싶었다.

"그렇다면 당장 어떤 조처를 취하는 게 가장 좋겠소?"

"어린 소견이지만 피비린내를 피할 수 있는 작금의 상황으로는 우선 태후의 집안 사람들인 여태(呂台) · 여산(呂産) · 여록(呂祿)을 장군으로 임명해 남북 양군의 병권을 맡기도록 하시고, 나아가 여씨 일족을 궁중으로 불러들여 확실하게 권력을 잡도록 조치하십시오."

"그건 무슨 뜻이오?"

"조정의 중신들에게 화가 미치지 않도록 하는 방법입니다."

"무어요?"

"그렇게 하셔야 태후는 중신들에 대해서 두려움을 풀 것이며, 따라서 여러 중신들은 안심하고 때를 기다릴 수가 있을 것입니다."

진평은 무릎을 쳤다. 장벽강의 제언을 즉각 실천에 옮겼다. 그러자 태후는 몹시 기뻐하는 기색을 띠었으며, 그 후로부터 효혜의 죽음에 대해 정작 슬퍼하는 분위기가 어렸다.

태자가 즉위하여 황제가 되었다. 그러나 황제는 너무 어렸다. 그 때부터 천하의 법령은 모두 태후에게서 나왔으며 자신이 내리는 호령(號令)을 제(制)라 했다. 사실상의 황제가 된 것이다.

원래 효혜제의 황후는 장오(張敖)의 딸이었는데 아이를 낳지 못했다. 여태후는 오래 전부터 그 점을 몹시 걱정하고 있었다.

'어쩔 수가 없다. 효혜의 후궁한테서 난 자식을 효혜의 실자(實子)라

속이고 제위에 오르도록 해야지!'

여태후는 일을 섣부르게 진행시키지는 않았다. 우선 효혜제의 황후에게 명령했다.

"모든 것이 너를 위해서이다. 일단 임신한 것처럼 세상을 속여라."

며느리를 닥달한 태후는 얼마 지나지 않아 효혜의 후궁한테서 태어난 사내아이를 황궁으로 데려왔다. 결국 빼앗아온 것이다.

'이런 사실이 들통나면 곤란하다. 태자의 생모를 죽여 영원히 입을 다물게 하는 것이 최선이다!'

어린 새 황제는 일단 효혜제의 황후가 낳은 것으로 공표됐다. 태후는 완벽하게 세상을 속인 것으로 짐작하고 안심하고 있었다.

한편으로 태후는 여씨 일족을 왕으로 세우기 위해 조정에서 회의를 주재했다. 먼저 우승상 왕릉(王陵)에게 물었다.

"여씨들도 고조께서 천하를 평정할 때 크게 도움을 주었으니 마땅히 왕위에 오를 자격이 있다고 생각되는데 그대 생각은 어떻소?"

왕릉은 전날 유방이 한중에서 되돌아나가 항우를 공격할 때 병사를 이끌고 유방에게 귀속한 인물이었다.

항우는 그런 왕릉의 모친을 잡아 군중에 두고 있었다. 마침 왕릉의 사자가 왔으므로 항우는 왕릉을 회유하기 위해 그의 모친을 융숭하게 대접하고 있는 것처럼 꾸몄다.

그러나 왕릉의 모친은 강직한 여인이었다. 아들의 사자가 떠날 때 몰래 말했다.

"내 아들 왕릉에게 전해주시오. '한왕(漢王 : 유방)을 삼가 섬겨라. 덕이 있는 장자이시다. 이 어미 때문에 두 마음을 품어서는 안 된다. 나는 죽어서 너의 사자를 돌려보내는 것이다'라고."

그러고는 칼에 엎드려 죽었다. 그 때부터 왕릉은 절치부심 유방을 도와 천하평정하는 일에 정성을 다했다.

왕릉 역시 강직한 인물이었다. 여태후의 하문에 머뭇거리지도 않고 대답했다.

"고조께서는 백마를 잡아 저희들과 함께 그 피를 입에 바르면서 맹세하셨습니다. '유씨 외의 다른 사람이 왕이 되거든 천하가 협력해 그자를 치겠다'고 말입니다. 이제 여씨를 왕으로 삼는 일은 분명히 그 맹약에 위배되는 일입니다!"

"……그으래요?"

태후가 속으로 좋아할 리가 없었다. 어쨌건 태후는 멋적었지만 내친 김에 옆의 좌승상 진평과 강후 주발에게 동시에 물었다.

"그대들 생각도 우승상의 것과 같으시오?"

진평이 나섰다.

"아닙니다. 저희들 생각은 우승상의 생각과는 상치됩니다."

태후는 그보란듯이 갑자기 기고만장해졌고 왕릉은 기가 찬 듯 진평과 주발을 노려보았다.

조정회의는 끝났다. 분개한 왕릉은 진평과 주발을 뒤따라 나와 물고 늘어졌다.

"여보게들! 고조께서 입에 피를 바르시며 맹세할 때 그대들도 옆에 있지 않았는가! 고조께서 붕어하신 후 태후가 황제가 되어 여씨들을 왕으로 삼으려 하는데, 글쎄 그대들은 태후의 비위를 맞추느라 고조와의 맹약을 헌신짝 버리듯 하니 도대체 무슨 면목으로 나중에 지하에서 뵙겠다는 말인가!"

이번에는 주발이 대꾸했다.

"그대가 이 자리에서 우리들의 그름을 따지고, 또한 조정에서 논쟁했을 때에도 우리는 그대를 반박할 여지가 없었을 만큼 그대가 옳았지만 글쎄, 조금만 더 신중히 생각해 보게."

"무얼 어떻게 생각하란 말인가!"

"한나라의 사직을 보호하고 유씨 자손을 안정시키는 데 있어서는 우리들 생각이 그대의 것보다 월등 낫네."

"무어? 그렇다면 내 판단이 옳지 못하다고?"

태후가 왕릉을 그냥 둘 리가 없었다. 우승상에서 파면시켜 버리고 어린 황제의 태부(太傅)로 전격 발령냈다. 물론 그의 실권을 박탈하기 위함이었다. 왕릉은 병을 핑계대고 두문불출했다.

진평이 우승상으로 옮겨앉고 뜻밖에도 심이기가 좌승상에 임명되었다.

심이기는 여태후의 애인이었다. 때문에 좌승상으로서의 국정은 돌보지 않고 황궁에 노골적으로 거주하면서 마치 자신이 황제나 된 것처럼 권력을 마음껏 휘둘렀다.

'이게 아닌데! 글쎄, 저자의 권력이 얼마나 오래 가는지 두고 보자!'

백관들은 생각을 그렇게 하면서도 아무도 입밖으로 그렇게 말하지는 않았다.

여수는 여태후의 동생이었다. 전날 진평이 남편 번쾌를 묶어 죽이려 했던 사실을 두고 아직 원한에 사무쳐 있었다.

"언니, 진평을 죽여줘요!"

여수가 참소한다는 소문을 진평도 들었다.

'가만 있자! 어떻게 해야 내가 살아남을 수가 있을까!'

문득 장벽강이 생각났다. 어리지만 부친 장량을 닮아서인지 영특했다. 여태후의 생각을 먼저 헤아려 여씨들을 중용하도록 계략을 준 것도 장벽강이었다.

진평은 밤을 선택해 장벽강을 방문했다.

"태후께서 나를 좋지 않게 생각하시는 것 같소."

"그야 진승상의 권세가 태후 자신을 능가할지도 모르는 불안 때문에 그렇지요."

"사실은 나로선 아무 힘도 없는데 그렇게 생각하는 태후가 문제 아니겠소."

장벽강은 가신에게 술상을 보아오게 한 뒤 진평을 대접하면서 조용히 물었다.

"그보다 제가 듣기로는 임광후(臨光侯 : 여수)가 진승상을 참소한다지요."

"승상이 되어 정사는 돌보지 않고 날마다 여인들이나 끼고 앉아 향기로운 술이나 마신다는 식으로 나를 비방한다는 구려. 그래서 내딴에 요즘 일체의 그런 즐거움을 끊고 지내지요."

"아닙니다. 그건 승상께서 잘못 판단하고 계시는 겁니다. 여태후를 안심시키려면 승상께서는 더욱 주색을 즐기시며 정사를 게을리하셔야 됩니다."

"무어요? 그게 무슨 논리요?"

"진승상한테 그런 너저분한 소문이 파다해야 태후께서 진평이란 인간이 두려워할 인물이 못된다는 식으로 안심하실 거거든요. 두고 보십시오. 여수의 참언이 심하면 심해질수록 승상께서는 안전해집니다. 아마 진승상을 안심시키느라고 곧 태후의 부르심이 있을 것입니다."

진평은 장벽강의 말이 믿어지지는 않았지만 일리 있는 설득이다 싶어

하던 짓거리를 더욱 심하게 요란을 떨며 지냈다.

과연 얼마 지나지 않아 여태후는 진평을 궁으로 불렀다.

"진승상. 소문에 듣자니 요즘 정사는 돌보지 않고 향기로운 술이나 마시며 부녀자나 희롱하고 지내신다면서요."

진평이 대꾸를 못하고 머리를 수그리고 서 있자 태후는 웃음끼를 머금은 목소리로 대신 말했다.

"속담에 '어린애와 부녀자의 고자질은 신경쓸 필요가 없다'고 했소이다. 그런 참소가 들어왔기에 내가 그대를 부르긴 했소이다만 굳이 신경쓸 건 없소이다."

"황공할 따름입니다."

"내가 그대를 어떻게 생각하느냐가 중요할 뿐이지 여수의 참언 따위는 두려워할 필요가 없다는 얘기요."

진평은 그 순간 이런 결과를 예언한 장벽강의 지혜에 감탄했다.

'과연 그 아비에 그 아들이다!'

어린 태자에게 얼마만큼의 소견이 생겼을 때였다. 태자가 창지(滄池)로 바람을 쐬러 나갔다가 우연히 전날의 유모를 만났다.

"마침 잘 만났소. 전부터 묻고싶은 게 많았는데 어디 유모를 만날 수가 있었어야지. 지금 유모는 어딜 다녀가시는 길이오?"

"미앙궁에 마침 잔치가 있어 초대되어 갔다가 돌아가는 길입니다."

유모도 술을 몇 잔 마셨는지 불그레한 얼굴에 적당히 비틀거리고 있었다.

"나에게는 왜 어머니가 없소?"

어린 태자의 느닷없는 질문에 유모는 후딱 술이 깨는 느낌이 들었다. 태자 출생의 비밀을 누설한다는 사실은 목을 내놓는 일과 다를 바 없었다.

"어머니가 없다니오. 그럼 지금 계신 모후는 어머니가 아니고 누구이십니까!"

"내가 모를 줄 알고! 선제의 황후는 내 생모가 아니오! 어서 바른대로 얘기해 주시오. 마침 이곳에 아무도 없지 않소. 비밀을 지켜줄 테니 슬쩍 귀띔해 주오. 내 생모는 어디 있소?"

"저는 말씀드릴 수가 없습니다. 태자의 모친은 지금의 장황후이십니다."

"저엉 이럴 건가! 장황후께서는 임신을 못한다는 사실을 내가 모르고 있는 줄 아오! 틀림없이 내 생모가 어디에 계실 거요. 어서 바른대로 대시오!"

유모는 태자의 질문으로부터 빠져나가고 싶었지만 방법이 없었다. 그러다가 한참만에 묘안을 짜냈다.

"결코 이 말은 밖으로 발설해선 안 됩니다. 태자께선 위험에 처해지게 되십니다. 생모께서는 돌아가셨습니다."

"어떻게?"

유모는 아무렇게나 대답해버렸다.

"태자를 낳으시고 산후 조리를 잘못하셔서 돌아가셨습니다."

"그렇다면 당시에 내 생모를 돌본 의관(醫官)은 누구요? 그리고 그 의관의 집은 어디 있소?"

태자는 집요했다.

"저는 모릅니다."

태자는 결국 이런 방법으로는 유모의 입에서 진실을 들을 수 없다고 판단했다.

"좋소. 그럼 내가 이렇게 하겠소. 그대의 입으로 사실을 고할 게 아니라 내가 묻는 말에 고개만 끄덕거려 주오. 그렇게 되면 내 생모 사망 비밀에 대해 어떤 소문이 나더라도 그대는 발설한 적이 없는 게 되오."

취했기 때문이었는지 유모는 고개를 끄덕거리고 말았다.

"나는 장황후 소생이 아니라 선제의 후궁한테서 낳은 아들이오. 맞소?"

유모는 고개를 끄덕했다.

"후궁은 나의 모친이며 내 생모는 병으로 사망하신 게 아니라 누구한테선가 살해되었소."

"제발 그것만은!"

"고개만 끄덕거리시오!"

유모는 마지못해 고개를 끄덕거린 뒤 비틀했다.

"내 생모를 살해한 배후는 바로 태후일 것이오. 맞소?"

갑자기 유모는 안색이 하얘지더니 통곡하는 얼굴처럼 일그러지며 땅바닥에 털썩 주저앉고 말았다.

"저는 아무것도 모르옵니다!"

드디어 어린 황제는 생모를 죽인 자가 여태후라는 사실을 감지했다.

"제아무리 태후라지만 내 생모를 죽인 뒤 나를 황후의 친 아들이라 거짓말 했단 말인가! 내 지금은 어리고 실권도 없는 처지이지만 때가 오면 태후를 그냥 두지 않겠다!"

"누구한테서 그런 얘기를 들었느냐!"

한 궁녀로부터 새 황제가 그렇게 중얼거리더라는 얘기를 들은 태후는 깜짝 놀랐다. 궁녀는 서슬퍼런 태후의 협박에 속절없이 대답했다.

"폐하께서 하신 말씀을 들은 궁녀들은 많습니다. 환관들도 들었답니다. 그것도 여러 번씩이나……"

"그 말에 거짓은 없겠지?"

"폐하께 직접 여쭤 보시지요."

궁녀의 뺨에 찰싹 대쪽 쪼개지는 소리가 났다. 화가난 태후가 뺨을 때린 것이다.

"그런 애길 어떻게 직접 물어본단 말이더냐!"

태후는 걱정이 되었다. 어리지만 황제를 그대로 두었다간 장래에 큰 화근이 될 게 틀림없다고 생각했다.

오랜 날이 지나도록 새 황제가 묘당에 나타나지 않았다. 태후가 쥐도 새도 모르게 황제를 영항에다 가두어버린 것이다.

대신들이 수군거리기 시작했다. 여태후도 무슨 조처를 취하지 않을 수가 없었다.

조회 때 태후는 여러 신하들 앞에서 일방적으로 선언했다.

"승상 이하 대신들이 몇 차례 알현하기를 요청했으나 폐하께선 그렇게 할 수 없는 상태라 나로서도 그 점을 허락할 수 없었던 바요."

"폐하를 뵐 수 없는 이유라도 설명해 주십시오."

좌승상 심이기가 시침 뚝 딴 표정으로 물었다.

"대체로 천하를 움직이는 권세를 장악하고 만민의 운명을 다스리고 있는 자는 그 덕량(德量)이 하늘을 덮고 만물을 포용할 수 있을 만한 인물이어야 하오. 위에서는 봉사하고 아래로는 마음으로 백성을 안태하게 하며, 또한 백성들은 기쁜 마음으로 위를 섬김으로써 위의 봉사하는 마음과 아래의 즐거운 마음이 교통해야 비로소 천하가 자연스럽게 다스려지는 게 아니겠소. 그런데 지금 황제께서는 오랜 병환에 시달리다가 급기야 정신착란까지 일으키게 됐으니 이래가지고서야 어떻게 천지가 화합하는 덕화로 다스려질 수가 있겠소. 한 마디로 황제의 위(位)를 계승해 종묘의 제사를 받들 만한 능력을 잃고 말았으니 부득이 황제를 교체해야 될 것 같소. 그에게 천하를 통치할 권력을 맡길 수가 없다는 얘기요."

여태후의 태도가 너무나 표독스러웠으므로 대신들 아무도 어린 황제의 폐위에 대해서 이의를 달지 않았다.

좌승상 심이기가 다시 나서서 여태후를 거드는 발언을 했다.

"듣고보니 태후께서는 천하 만민을 위해, 또 종묘 사직을 안태시키기 위해 헤아리는 바가 매우 깊으신 것으로 사료됩니다. 저희들 군신들은 머리 조아려 태후의 조칙을 무겁게 받들고자 합니다."

황제의 위를 폐하자마자 태후는 어린 황제를 유폐시킨 뒤 그를 굶겨 죽였다.

다음 황제가 필요했다. 여태후는 곰곰 생각하다가 역시 효혜제의 후궁에게서 태어난 다른 황자를 황제로 옹립하는 것이 옳다는 판단을 했다. 그가 유홍(劉弘)이었다. 여전히 여태후는 천하 정사를 제어하고 있었기 때문에 3대황제처럼 어린 유홍에게도 신제(新帝) 원년이라고 칭하지 않았다.

어느날 여태후는 막 나들이를 하려 하고 있는데 조나라 왕 유우(劉友)의 왕후이며 친정 조카인 여원(呂媛)이 징징 울면서 태후궁으로 달려들었다.

"아니, 네가 웬일이냐! 무엇 때문에 울고불고 법석을 떨며 멀리 조나라에서 여기까지 달려왔느냐?"

여원은 한차례 더욱 곡성을 높인 뒤 푸념하기 시작했다.

"들어보십시오. 조왕의 괄시가 심해 도무지 견디지 못해 이렇게 쫓겨

온 게 아니겠습니까."

"쫓겨왔다고? 괄시가 심해?"

"여씨 문중의 딸이니 괄시가 족히나 심하겠습니까."

"여씨 문중이라 괄시를 해?"

태후는 파르르 떨기까지 했다.

"왕후인 저를 후려치면서 '여씨 일족이 무슨 연유로 왕위에 오를 수가 있는가. 태후가 죽으면 난 반드시 여가들의 씨를 말려버리겠다'고 고래고래 소리까지 치지 않겠습니까!"

너무나 분했던지 여태후는 앉아있던 자리에서 튕겨지듯 일어났다.

"여봐라, 조왕 유우를 즉시 상경토록 해라!"

실상 여원의 남편 유우에 대한 무고는 질투 때문이었다. 유우가 여원은 거들떠보지도 않고 측실들만 사랑했기 때문에 여태후한테 거짓말을 꾸며댄 것이었다.

얼마 지나지 않아 속절없이 조왕 유우가 장안으로 불려왔다. 그러나 태후는 유우를 만나보지도 않고 위사(衛士)들을 불러 명했다.

"너희들은 즉시 장안의 조왕 저택으로 달려가 포위해라! 외부인의 출입은 물론 조나라 군신들의 출입까지도 철저히 봉쇄해라!"

여씨의 권력 장악을 방해하거나 비방하는 자까지도 여태후는 용서하지 않을 작정이었다.

조왕 유우는 굶어죽게 되었다. 태후궁의 위사들이 유우의 집을 포위해 출입을 불가능하게 만들었기 때문이었다.

밤을 택해 조나라 신하들이 탈출하여 음식을 훔쳐가지고 들어오다가 잡히면 위사들에게 끌려간 이후 다시는 돌아오지 않았다. 혹은 조왕이 굶는 것을 알고 누군가가 음식을 보내면 즉시 여태후에게 보고되어 음식 보낸 자는 죄인에게 음식물을 제공했다 하여 엄하게 논죄되었다.

속절없었다. 참다 못한 유우가 저택의 담장 너머로 소리질렀다.

"도대체 내가 무슨 죄를 지었길래 아예 굶겨죽일 작정을 했느냐!"

위사들이 멀뚱멀뚱 쳐다보다 말고 대꾸했다.

"그건 우리들이 알 바 아니오. 우린 태후의 명령으로 저택을 경비하고 있을 뿐이오."

살아날 방법이 없다고 생각했다. 유우는 그래서 원한에 사무친 목소리로 노래를 지어 불렀다.

여씨 일족이 정권을 잡더니
유씨가 위태롭다.
왕이라는 건 이름뿐.
나를 협박하여 계집을 맡기더니
계집은 질투하여 나를 팔아넘겼다.
계집의 무고가 나라를 어지럽혀도
황제는 깜깜 깨닫지 못한다.
나의 충신들은 어디 있느냐.
어찌하여 나를 버리고 떠나갔는가.
차라리 황야에서 자결한다면
하늘은 나의 올바름을 도와주겠지.
왕이 굶어죽는데 도와주는 자도 없으니
차라리 늦게나마 자살해버릴까.
하지만 무도한 여씨들이여.
하늘의 힘을 빌려 복수하고 말리라!

결국 조왕 유우의 군신들이 모두 끌려나간 후 유우 혼자 남겨진 채 아무도 지켜보지 않는 상태에서 굶어죽었다.

유우가 죽던 날에 일식이 있었다. 대낮인데도 천지가 깜깜했다. 여태후는 불길한 예감에 휩싸였다.

"이게 무슨 징조냐? 기분이 좋지 않구나!"

"죽은 자의 어떤 혼령이 태후의 심기를 어지럽히고 있습니다."

근신 하나가 아무렇게나 대꾸했다. 그러나 태후는 뜻밖에도 그 말을 진지하게 받아들였다.

"그럴 것이다! 내가 잘못해 천하에 어둠이 깔리도록 하는 것이다!"

태후는 여씨 중심으로 왕을 선임하는 방법은 나중을 위해서라도 좋지 않다는 판단을 했다. 그래서 죽은 유우의 후임으로 양왕(梁王) 유회(劉恢)를 옮겨 조왕으로 앉혔다. 그 대신 여산(呂産)의 딸과 강제로 혼인시켜 유회를 감시하도록 했다.

유회는 그런 여산의 딸이 고울 리가 없었다. 정비 여산의 딸은 거들떠보지도 않고 측실들을 총애하기 시작했다. 조나라 왕실에 다시 어둠이 깃들었다.

조왕 유회는 애첩 주매(朱妹)를 껴안고 정사도 돌보지 않은 채 벌써 며칠째 침실에서 뒹굴고 있었다.

"대왕, 소첩도 배가 고프옵니다. 이젠 일어나셔서 수라상을 받으시지요."

그래도 유회는 혼을 빼앗긴 사람처럼 대꾸없이 천장만 멀거니 바라보았다.

"어디 걱정스런 일이라도 있습니까?"

"무어라고?"

"식음을 전폐하시면 병이 됩니다."
"될 대로 되라지. 왕후인 여씨의 딸이 저토록 과인을 감시하고 있으니 속마음이 편할 리 있겠느냐. 그러니 입맛까지 떨어지지. 그런데 말일세. 그대가 위태롭다!"
"예에?"
"심복한테서 들었는데 여태후가 그대를 틈만 있으면 해친다더라!"
주매는 벗은 몸으로 벌떡 일어나 앉았다.
"소첩을 해친다고요?"
"과인이 그대를 사랑하니 태후의 친정조카이며 여왕후인 여귀(呂貴)인들 그대가 고울 리 있겠는가. 그게 걱정되어 이렇게 식음을 전폐하고 너를 살릴 궁리를 거듭하고 있는 게 아니겠느냐."
주매는 몇 번 까만 눈을 깜박거리며 생각에 골똘하더니 불쑥 말했다.
"대왕, 일어나십시오. 저는 살고 싶습니다!"
"과인이 일어나는 일과 그대가 사는 일이 관계라도 있다는 말이냐?"
"관계가 있습니다. 소첩을 잠시동안이나마 멀리하시고 여귀 왕후를 사랑하십시오."
"사랑하지 않는데 어찌 여귀를 사랑하란 말이냐."
"사랑하는 척이라도 하십시오. 그래야만 소첩이 살아남습니다."
잠시 궁리하던 유회가 고개를 끄덕거렸다.
"그대의 생각에도 일리가 있다!"
때마침 왕후궁으로부터 주매를 초청하는 연락이 왔다.
'마침 잘 됐다! 이런 기회에 왕후에게 사죄하고 살아날 방도를 찾아야겠다!'
주매가 들어서자 왕후 여귀는 싸늘한 표정을 짓고는 미동도 않고 앉아 있었다.

"때마침 대왕께옵서 옥체가 불편하시어 소첩이 간병하느라 이렇게 왕후를 뵙는 일이 늦었습니다."

연적의 관계로 한을 품고 있는 여귀로서는 주매의 그런 변명이 이쁠 리가 없었다. 그러나 시침 뚝 딴 표정으로 대꾸했다.

"고맙소. 대왕의 옥체를 돌본다기에 고마운 마음으로 그대와 더불어 차나 마실까 해서 이렇게 부른 것이오."

마침 그 때 여태후가 보낸 궁녀가 여귀의 옆으로 다가가 귓속말을 했다.

한편 조왕 유회는 애첩 주매가 왕후 여귀의 방으로 들어갔다는 소식을 듣고 전전긍긍하고 있었다.

"그래, 주매는 아직도 거기서 무엇을 하고 있다더냐!"

시중 드는 환관 하나가 대답했다.

"왕후와 화기애애한 분위기에서 함께 차를 마시고 있다는 소식입니다."

"화기애애라?"

그렇지만 조금도 안심이 되지 않았다. 그랬는데 조금 전의 그 환관이 밖으로 나갔다가 파랗게 질린 얼굴로 달려들어 오더니 소리치는 것이었다.

"대왕, 주미인께서 왕후궁에서 독살되셨다 하옵니다!"

"무어라고?"

"태후께옵서 짐독을 보내시어 몰래 찻잔 속에다 독을 풀어넣으셨다 하옵니다."

"아아, 다 틀렸다!"

유회는 그 자리에 털썩 주저앉았다. 너무나 갑작스런 일인데다, 생각할수록 어이가 없었는지 혼이 빠진 사람처럼 멍청하게 앉아 있었다.

'이토록 불의한 세상! 그토록 악독한 여태후! 이름만 왕일 뿐 실권도 없는 이 자리! 사랑하던 여인마저 뺏아갔으니 나 혼자 외롭게 어찌 살아가란 말인가!'

유회는 그 순간부터 말문을 닫아버렸다. 그러고는 사흘 후에 스스로 짐독을 마시고는 죽어버렸다.

한나라 대신들이 군데군데 모여서 쑥덕거렸다.

"이래도 좋단 말인가! 조나라 왕으로 책봉되었던 고조황제의 아들 여의·우·회 셋 모두가 하나같이 여태후의 손에 죽음을 당하지 않았는가 말일세!"

그런 분위기를 눈치챈 여태후는 재빨리 조정 회의를 열어 여론을 돌이켜보려는 시도를 했다.

"조나라에 왕이 없어서야 되겠소. 지금 대왕(代王)으로 있는 유항(劉恒)을 조왕에 앉히고 싶은데 대신들의 생각은 어떻소?"

조나라 왕으로 부임하는 족족 죽음을 맞는 사실을 가슴 아프게 생각한 승상 진평은 얼른 계책 하나를 마련했다. 그것은 유항을 죽음에서 구해내는 방법이기도 했다.

"황공하오나, 대(代)땅은 한나라 변경입니다. 그 중요성으로 보아 유항이 그대로 지키게 하는 일이 옳은 줄로 압니다. 그 대신 무신후 여록(呂祿)장군은 그 위차(位次)가 제일이오니 여록을 조나라 왕으로 앉히시지요."

여태후가 듣기에는 여씨를 왕으로 앉히자는 제의가 뜻밖이었지만 내심 기쁘지 않을 수가 없었다. 여씨 일족을 융성케 하기 위해서는 여씨를 한 명이라도 왕위에 오르도록 하는 게 유리하다고 판단했다.

"여록을 조나라 왕으로 삼자고?"

진평의 조언에 여태후는 입이 함지박만해져서 지체없이 그것을 받아들였다.

"좋은 의견이오! 여록을 조왕에 봉하도록 하겠소!"

즈음에 연왕(燕王) 유건(劉建)이 죽었다. 왕후한테서는 아들이 없고 미인(美人)한테서 태어난 아들이 있었다.

"없애버려라!"

여태후는 역시 비밀리에 사람을 보내어 유건의 아들을 죽여버렸다.

"유건한테는 후사가 없으니 여통(呂通)을 연왕으로 삼는다."

여씨를 왕으로 삼는 결단에 관한 한 여태후는 쾌도난마였다.

한나라 소제(小帝 : 유홍) 8년이었다. 여태후는 패수 기슭에서 액막이 제사를 지낸 뒤 장안으로 돌아오고 있었다. 수레에 몸을 싣고 지도정(軹道亭 : 섬서성)을 지나고 있는데 갑자기 검은색 개같은 괴물이 훌쩍 뛰어오르더니 여태후의 옆구리를 할퀴면서 사라져버렸다.

"앗! 이제 막 그 짐승이 무엇이더냐?"

수레 바깥을 내려다보며 시종관에게 물었으나 시종관은 어리둥절한 표정으로 되물었다.

"짐승이라니요?"

"시꺼먼 괴물 말이다! 내 옆구리를 물어뜯고는 이리로 지나쳤다!"

"꿈을 꾸셨나 봅니다. 이토록 경비가 삼엄한데 개미새끼 한 마리인들 태후의 마차를 침범하겠습니까."

"닥쳐라! 여기 이렇게 상처가 나 있지 않느냐!"

심상치가 않았다. 시종관의 설명도 일리가 있었다. 군사들이 겹겹으로 호위해 가는 백주 대로를 정작 쥐새끼라도 지나갔다면 수많은 자들의 시야에 잡혔을게 분명했으나 아무도 짐승같은 것을 본 호위사들은 없었다. 그렇다면 꿈을 꾼 것 같기도 했다.

"아니다! 그럴 리가 없다! 분명 시커멓고 커다란 개였어! 이렇게 물어뜯긴 자국만 보아도 그게 꿈이었을 턱이 없어!"

과연 여태후의 겨드랑이에는 금새 할퀸 상처가 있었다.

"심상치가 않다! 어서 점관(占官)을 불러라!"

결국은 점을 쳐보는 수밖에 없었다.

얼마 후에 수레 곁으로 다가온 점관은 이상한 보고를 했다.

"아뢰옵기 황송하오나 점괘에는 분명 그렇게 나와 있습니다. 죽은 조왕 여의가 태후께 앙갚음을 하고 있습니다!"

여태후의 얼굴에는 붉으락푸르락하는 기색이 엇갈렸다. 점관이 황송해서 어쩔 줄을 몰라하고 있는데 뜻밖에도 부드러운 대답이 여태후의 입에서 떨어졌다.

"점관의 점괘가 옳을지도 모르겠다. 그렇다면 나는 죽을지도 모르겠다."

여태후는 고개를 끄덕거렸다.

장안으로 돌아온 여태후는 조왕 여록과 여왕(呂王 : 梁王) 여산을 불렀다. 친정 조카들이었다. 일단 여록을 상장군으로 삼아 북군을 장악하게 하고 여산에게는 남군의 지휘를 맡긴 뒤 가만히 타일렀다.

"너희들 잘 듣거라. 고조가 천하를 통일한 뒤 신하들과 약속하기를 '유씨가 아니면서 왕이 되는 자가 있으면 그대들이 협력하여 그들을 치라'고 했다. 그런데 지금 여씨들이 여럿 왕이 되었으니 신하들의 마음이 평온하지 않을 게다. 결국 중신들은 마음 속으로는 복종하고 있지 않다는 얘기다. 더구나 지금의 황제는 어리니 내가 죽는 날에는 대신들이 틀림없이 반란을 일으킬 것이다. 그래서 내가 너희들에게 병권을 쥐게 한 것이다."

"그렇다면 태후께서 돌아가시면 어린 황제를 처치하라는 말씀입니까?"

여산의 대꾸에 여태후는 발끈했다.

"바보같은 소리! 황제를 철저히 보호함으로써 너희들의 권력도 지키라는 얘기가 아니냐!"

"무슨 뜻인지 자세히 이해할 수가 없습니다."

"내가 죽었을 때 장례를 치른답시고 정신을 빼앗기고 있다가는 반란군에 의해 제압되기 십상이란 뜻이다. 군사들을 동원해 황제가 있는 궁중을 철통같이 지키라는 얘기가 아니냐!"

유장(劉章)은 고조 유방의 손자이다. 유방이 젊었을 적 여태후와 결혼하기 전에 낳은 아들 제도혜왕(齊悼惠王) 유비의 아들인 셈이다.

유장은 나이 20세로 적극적이며 과감한 성격의 소유자였다. 그는 여록의 딸과 결혼했으므로 더욱 당당할 수가 있었고 그 때문에 여태후를 모신다는 평계로 동생 유흥거(劉興居)와 함께 장안에서 살 수가 있었다.

결국 여태후의 입장에서는 유장이 여씨집안의 사위였으므로 궁중연회에 자주 참여시키고 있었다.

여태후가 병으로 기력을 잃어가던 어느 날이었다. 유장은 그날도 궁중 연회장으로 불려갔다. 술잔치가 한창 무르익어가고 있을 때였다. 그때 유장이 일어나 여태후에게 청했다.

"저에게도 벼슬자리를 하나 주십시오!"

그런 간청에는 가시가 돋쳐 있었다. 여씨 일색인 틈바구니에서 그가 설 자리는 없었던 것이다.

어쨌건 태후는 유장의 당돌한 요청에 당황했다.

"벼슬자리를 달라니, 무슨 소리요?"

순간 유장은 술기운 때문에 실수하고 있는지도 모른다는 생각을 얼른 했다.

그래서 유장은 서둘러 말을 바꾸어서 말했다.

"저 역시 장군의 가계에서 태어난 놈이 아닙니까. 지금 술좌석의 질서가 엉망이오니 군법으로 술자리를 단속하는 벼슬을 주십시오."

여태후는 겨우 그까짓 벼슬이냐는 듯 크게 한바탕 웃고는 유장의 요구를 흔쾌히 승낙했다.

"좋소. 술자리를 군법으로 다스리는 벼슬자리에 임명하오."

주연은 더욱 흥겨워졌다. 유장은 옆의 사람들에게 술을 권하기도 하고 춤과 노래를 권하기도 하다가 갑자기 여태후에게 요청했다.

"태후를 위하여 경전(耕田)의 노래를 부르게 해주십시오."

여태후는 다시 웃고나서 유장을 어린애 취급하듯 말했다.

"그 참 놀라운 일이오. 그대 부친이야 미천한 출신이라 밭일을 알고 있었지만, 그대는 날 때부터 왕자가 아니던가. 어떻게 밭일할 때 부르는 노래를 다 알고 있지?"

"그렇지만 농부들의 수고를 곁에서 살피고 느꼈기에 밭노래를 익힐 수가 있었습니다."

"그렇다면 들어보도록 하지."

유장은 목소리를 길게 높이 뽑아 노래를 부르기 시작했다.

깊이 갈고 많이 심으세.

모는 성글게 그리고 단단히.

다른 종자는 모조리 뽑아버리네.

여씨 일족의 세력을 기르고 여씨 이외의 세력은 제거함을 풍자한 가사라는 것을 짐작했는지 여태후의 얼굴에는 불쾌한 기색이 역력했다.

그렇지만 유장은 태후의 그런 기분을 아랑곳하지 않았다.

얼마 지나지 않아서였다. 여씨 일족 중의 하나가 술자리를 피해 밖으로 나가는 것이 보였다.

'기회는 지금이다! 유씨가 죽어지내지만은 않겠다는 의지를 분명히 밝혀 보여주겠다!'

유장은 여씨를 뒤쫓아 나갔다. 전각 밖으로 여씨가 저만치 걸어가고 있었다.

"여보게, 여가놈아!"

여씨는 뒤돌아보았다.

"여가놈?"

"그래, 여가놈! 너는 술자리의 질서를 어겼다. 누가 마음대로 좌석에서 이탈하라 그랬느냐."

"그래서 어쩌겠다는 거냐?"

"넌 내가 군법으로 술좌석을 다스리는 직위에 있다는 사실을 알고 있는가."

"웃기고 있네! 그건 네 소청이 하도 귀여워서 태후께서 장난으로 내린 벼슬자리가 아닌가. 난 그냥 가 보겠네."

"꼼짝 말고 게 섰거라! 군법에는 말장난이 없는 법이다. 넌 벌을 받아야 한다!"

유장은 달려가 장검을 뽑아 여씨의 목을 뒤에서 베어버렸다. 눈 깜짝할 순간이었다.

유장은 얼마 뒤 다시 연회장으로 돌아와 태후에게 보고했다.

"술좌석을 피해 허락도 없이 이탈한 자가 있기로 뒤쫓아가서 제가 삼가 의법처단하고 왔습니다."

"의법처단이라니? 누가 누구를 어떻게 처리했다고?"

"분명 군법을 어겼기로 목을 베어버렸습니다."

"아, 어떻게 그토록 가혹한 일을! 죽은 자는 누구였던가?"

"여천(呂千)이라던가요."

"오, 맙소사!"

태후 좌우의 모든 술손님들이 크게 놀랐다. 그러나 태후가 이미 군법을 허락했던 터였으므로 유장에게 죄를 물을 수는 없었다.

주연은 중지되고 말았다.

유장은 그 때부터 눈엣가시였다. 표적으로 삼고 기회만 오면 살해하겠다며 벼르고 있었다.

"여보, 조심하세요. 여씨 일족들이 당신을 주살하려는 모의를 했답니다!"

유장의 부인은 여록의 딸이었다. 때문에 여씨들의 모략을 재빨리 알아내고는 남편에게 주의를 주었다.

"글쎄 말이오. 아직도 여씨들이 반란을 일으키지 않고 있는 이유는 고조황제의 중신들인 주발과 관영이 두렵기 때문이오. 그들만 없다면 나 정도가 아니라 유씨 일가들의 씨를 말릴 거요. 조심은 하고 있지만 유씨의 앞날은 짐작할 수가 없소."

그런데 마침내 여태후가 이듬해 죽었다. 유장은 기회를 놓치고 싶지 않았다. 친형이기도 하며 제나라 왕인 유양(劉襄)에게 밀사를 보냈다.

── 병사를 일으켜 장안으로 진격하십시오. 저와 홍거는 내응하여 여씨 일족을 주멸하는 일에 앞장서겠습니다. 형님이 황제가 되십시오.

제왕 유양은 즉시 외삼촌인 사균(駟鈞)과 낭중령 축오(祝午) 중위 위발(魏勃)과 함께 의논했다.

"그러나 여씨 사람인 재상 소평(召平)이 우리 계획에 동의하지 않을 것이오."

"일단 제의나 해보시지요. 그러나 말을 듣지 않을 땐 죽이는 길밖에요."

축오의 제안을 받아들여 즉시 소평에게 모의 결과를 통보했다. 그러나 여씨 세력인 소평이 제의를 받아들일 리가 없었다. 오히려 즉각 병사를 동원해 왕궁을 포위해버렸다.

군사동원권을 여씨들이 자기사람인 소평에게 준 이상 제나라 왕 유양도 방법이 없었다. 서둘러 사균과 축오와 위발을 다시 불렀다.

"소평이 오히려 과인에게 반기를 들었으니 어떻게 하면 좋겠소!"

위발이 대답했다.

"신에게 묘책이 있습니다. 소평은 아직도 신이 이번 모의에 참여한 사실을 모르고 있습니다. 신을 소평에게 보내주십시오."

"여부 있겠소. 어서 가 보시오."

위발이 재상 소평에게 달려갔다.

"왕이 군사를 일으키려 해도 한(漢)의 출병 증거가 되는 호부(虎符)를 가지고 있지 않으니 꼼짝 못할 것입니다. 아무쪼록 재상께서 왕궁을 포위하고 왕의 행동을 제약한 것은 잘하신 일입니다. 어차피 이렇게 된 마당에 중위(中尉) 직책에 있는 저에게 병권을 주시어 재상을 대신하여 왕궁을 포위할 수 있는 권한을 주십시오."

위발의 생각을 알 수 없는 소평은 즉시 위발에게 군사권을 준 뒤 재상부로 돌아갔다.

군사권을 쥐게 된 위발은 지체없이 행동으로 들어갔다.

"지금 곧바로 재상부로 달려가 포위하도록 한다! 소평의 죄는 왕명을 거역하고 왕궁을 포위한 것이다."

재상부가 포위되었다는 소식을 들은 소평은 소스라치게 놀랐다.

"아, 도가(道家)에 '바로 단행해야 될 때에 단행하지 않으면 도리어 해를 입는다'고 하더니 바로 이런 경우를 두고 한 말이로구나!"

소평은 왕을 즉각 처단하지 않은 것을 후회하면서 자살하고 말았다.

제왕 유양은 재빨리 사균을 재상으로 삼고 위발을 대장군으로, 축오를 내사로 삼은 뒤 국내의 병사를 모조리 동원했다.

한편 축오를 낭야왕 유택(劉澤)에게 보내어 그를 속이라고 했다.

"여씨가 반란을 일으켰습니다. 제나라 왕이 병사를 일으켜 서진하여 이를 주멸하려고 합니다. 그러나 제왕은 아직 나이가 어려 전쟁에는 익숙하지 못하다고 생각해 나라 전체를 대왕께 맡기려 하고 계십니다. 대왕께서는 고조황제 시대부터 장군이기에 전쟁에는 익숙하십니다. 제왕은 감히 병력을 떠나 낭야까지 올 수가 없어 대신 저를 보내어 대왕께 청원하도록 했습니다. 부디 대왕께선 임치로 가셔서 제왕과 상의하시고 제의 병력도 아울러 거느리십시오. 그리고 서진하여 관중의 여씨 난을 평정해 주셨으면 다행이겠습니다."

유택이 생각해 보니 매우 그럴듯한 제안이라는 판단이 섰다.

축오의 말을 그대로 믿고 제나라로 달려간 유택은 도착 즉시 억류되고 말았다. 제왕 유양이 말했다.

"당신은 이제 속절없이 붙잡힌 몸이오. 축오에게 당신의 명령서를 주어 낭야국의 병력을 총동원할 수 있도록 해주오."

유택은 유택대로 착잡했다. 속은 것이 분했지만 어쩔 수도 없었다.

"좋소. 그렇게 하겠소. 그런데 내 의견을 말해보겠소. 당신의 부왕 도혜왕께선 고조황제의 큰아들이셨소. 그러므로 근본을 따져 말한다면 당신은 고조의 적장손이니 당연히 황제로 즉위할 자격이 있소. 그리고 나는 여씨가 아니고 유씨요. 유씨 중에서도 제일 연장자라 대신들이 나를 기다려서 대사를 도모하려 한단 말이오. 그런 나를 억류해 놓는다는 것은 의미가 없소. 물론 내가 말을 듣지 않을 경우를 생각해 나를 억류한 점은 이해가 가오. 아무튼 나를 어서 관중으로 들어가게 해 대사를 마무리짓도록 하는 게 상책일 거요."

유양은 유택의 말도 옳다는 생각이 들었다. 즉시 수레를 마련해 유택을 떠나보냈다.

한편 유택을 보낸 유양은 즉시 병사를 일으켜 서쪽으로 진군했다. 또한 여러 제후왕들에게 서신을 띄워 결의를 표명했다.

──고조께서 천하를 평정하시고 여러 자제들을 왕으로 봉하실 때 부왕인 도혜왕을 제나라 왕으로 앉히셨소. 도혜왕이 사거하자 효혜제는 장량의 제안을 좇아 나를 제왕으로 삼으셨소. 효혜제가 붕어하고 여태후가 정권을 장악하면서 멋대로 제(帝)를 폐했으며 마음대로 신제(新帝)를 세우셨소. 나아가 차례로 세 명의 유씨 조왕(趙王 : 여의・유우・유회)을 죽여 여씨를 왕으로 대체했으며 결국 나라를 넷으로 분할했소. 이제 태후는 붕어하고 황제는 유소하여 천하를 다스릴 능력이 없는데, 이 때 여씨들은 제멋대로 관위(官位)를 높이고 병력으로 위세를 떨치며

충신과 열후를 위협해 조칙이라 사칭하며 천하를 호령하고 있소. 이에 유씨의 종묘는 위기에 놓여 있소. 고로 나는 군사를 이끌고 장안으로 진격해 부당하게 왕이 된 자들을 주멸하는 바요.

급보를 접한 한나라 조정에서는 즉각 반응을 나타냈다. 상국 여산이 관영에게 군대를 주어 제나라를 공격하도록 명령했다.

한편 관영이 군사를 이끌고 형양에 도착했을 때였다. 문득 고조 유방에 대한 죄의식이 슬슬 되살아났다.

'내가 지금 무슨 일을 저지르고 있는지, 생각해 보면 볼수록 끔찍하다!'

관영은 다시 생각해 보았다.

'지금 여씨 일족은 관중에서 병권을 장악하고 유씨를 위협해 여씨끼리 자립하려고 한다. 내가 제나라를 격파하고 귀환한다면 여씨에게 협력하는 일이 되지 않는가! 고조께서 유씨 외에 왕이 되는 자가 있거든 너희들이 협력하여 쳐라 라고 하셨는데, 여씨를 돕는 일은 고조의 뜻에도 배반된다.'

결국 관영은 형양에서 주저앉아 버렸다. 그런 후 제후들과 제나라 왕에게 사자를 보내어 자신의 입장과 사정을 알렸다.

──여씨들이 반란을 일으킬 때까지 기다려야 합니다. 그 때 우리가 연합해서 때려야 여씨 타도의 명분이 서는 겁니다. 조금 더 기회를 보아야 하겠습니다.

제나라 왕은 즉시 제나라 서쪽 변두리까지 군대를 후퇴시킨 뒤 기회를 기다리고 있었다.

한편 여록과 여산은 관중에서 반란을 일으키려 했으나 안으로는 주발이나 유장 등 유씨세력이 여전히 만만찮아 보였고, 밖으로는 제나라 초나라의 병력이 두려웠으며, 무엇보다 관영이 배반하지 않을까 하는 게 가장 겁났다.

"결국 관영이 제나라 군사와 접전하는 때를 기다렸다가 거사하도록 하지!"

당시에 조왕 여록과 양왕 여산은 북군과 남군을 장악한 채 장안에 있었다. 기세가 자못 서슬퍼랬으므로 열후와 군신들도 불안을 느끼지 않는 자가 없었다.

태위인 주발도 병영으로 들어가 군을 장악할 수 없었다. 그래서 승상 진평을 찾아가 상의했다.

"노환을 앓고 있는 역상의 아들 역기(酈寄)가 여록과는 각별히 친한 사이오. 그 점을 이용하는 묘책이 있을 것 같은데."

"역상을 인질로 잡고 아들 역기를 이용해 여록을 함정에 빠뜨리는 책략을 쓰면 어떻겠소."

"좋소! 그렇게 합시다."

계략은 즉각 행동으로 옮겨졌다. 역기를 협박한 뒤 곧장 여록을 찾아가도록 했다. 결국 역기는 부친을 살리기 위해 여록을 속일 수밖에 없었다.

"고조께서는 여태후와 함께 천하를 평정한 뒤 아홉 명의 유씨 왕과 세 명의 여씨 왕을 세웠소. 이는 중신들의 합의에 의한 것으로 모든 제후들에게 통고하자 그들도 이를 흔쾌히 승인했소이다. 지금 태후는 붕어하시고 황제는 연소하오. 이같은 때에 그대는 조나라 왕이면서도 영지로 부임하지 않고 장안에서 상장군 자리를 차지한 채 군부를 장악하고 있소. 이래가지고는 중신들과 제후들한테서 공연히 의심받는 소리를 들어도 어쩔 수 없는 일일 거요."

여록은 역기의 충고를 듣자 문득 자책하고픈 느낌이 들었다.
"그대의 생각이 옳은 것 같소. 그렇다면 내가 어떻게 처신하는 게 좋겠소?"
"물어볼 것도 없소. 어서 상장군의 인수를 반환하고 병권을 태위에게 넘긴 뒤 영지로 부임하시오. 양왕 여산에게도 상국의 인수를 반환케 하고 군사를 태위에게 돌려준 후 봉국으로 돌아가게 한다면 제나라의 반란도 수습될 것이고 중신들은 그제서야 마음을 놓게 될 것이오. 그런 후 그대는 조나라 왕으로서 베개를 높이 베고 사방천리의 땅을 일구며 마음 편히 살 수가 있을 것이오. 세상에 이토록 큰 이득이 어디에 있겠소."
여록은 솔깃했다.
"어차피 여산과도 의논해야 하니 잠깐 시간을 주시오."
"기회를 잃지 않기를 바라오."
여씨 문중 회의가 열렸다. 병권을 태위에게 넘기고 영지로 돌아간다는 안에 대해서 유리하다는 사람과 불리하다는 사람도 있어 결론을 짓지 못해 방책을 뒤로 미룰 수밖에 없었다.
여록은 역기와 함께 사냥을 나섰다가 마침 고모인 여수에게 들렸다. 여수는 여록을 보자마자 고함부터 질렀다.
"너는 상장군이면서 제 군대를 버린다니 도대체 정신이 있는 인간이냐! 우리 집안은 이제 망했다!"
그러더니 장롱 속에 있던 패물들을 꺼내어 마당으로 마구 뿌려대는 것이었다.
"아니, 고모님. 왜 이리 진노하십니까. 어쩌자고 보물들을 함부로 버리시는 겁니까!"
"어차피 빼앗길 것인데, 이렇게 네게 분풀이나 하면서 버리는 게 차라리 낫지!"

고모인 여수조차 이토록 펄펄 뛰니 여록은 더욱 결심을 굳힐 수가 없었다.

중신 조참의 아들인 어사대부 조줄(曹窋)이 상국 여산을 만나 정무를 논의하고 있었다. 그 때 제나라로 사신갔던 낭중령 가수(賈壽)가 돌아와 여산의 얼굴을 보자마자 나무랐다.

"왕께서는 왜 아직까지도 떠나지 않으셨습니까. 이제는 가시려 해도 갈 수 없게 됐지만."

"무슨 얘기요?"

"관영이 배반해 제나라 초나라와 합세해서 여씨 일문을 토벌한다고 떠벌리고 있지 않습니까. 화를 면하시려면 어서 궁중이라도 장악하십시오!"

그 말을 우연히 엿들은 조줄은 은근히 걱정이 되었다. 슬며시 밖으로 나와 승상 진평과 태위 주발이 있는 승상부로 달려갔다.

"큰일났습니다! 여산이 지금 궁중을 장악하려 합니다!"

여산이 궁중을 장악한다는 조줄의 소리를 들은 주발은 태위로서의 직위를 빌미로 최소한도 여록의 개입을 막아보려고 북군으로 뛰었다.

그러나 태위 직위에도 불구하고 북군 사령부에 들어갈 수가 없었다. 애를 태우고 있는데 그 때 기신(紀信)의 아들이며 부절(符節) 관리자인 기통(紀通)이 다가왔다.

"마침 잘 만났소. 군 통제관인 태위인 내가 북군으로 들어오지 못하도록 초병들이 나를 막고 있소. 세상에 이런 일이 있을 수 있소. 황제의 영이라 속이고 들어가게 해주오! 지금은 만사가 초급하오!"

기통이 주발의 요청을 들어주었다. 그래서 북군 사령부로 달려들어간 주발은 재빨리 군을 장악한 뒤 역기와 전객(典客 : 제후 감시관)인 유게(劉揭)를 불렀다.

"그대들은 빨리 여록에게 가서 이렇게 전하시오. '황제께서는 태위에게 북군의 지휘를 맡기셨소. 그러하니 귀하께서는 서둘러 봉국으로 돌아가길 바라오. 물론 장군의 인수를 반환하고 출발하시는 게 좋소. 그렇게 하지 않았다간 신상에 당장 화가 미칠 것이오' 라고 말이오!"

역기와 유게는 여록을 만나자마자 그렇게 전했다.

여록은 역기와 친한 사이였다. 역기가 거짓말을 할 것이라고는 꿈에도 생각지 못했다. 그래서 인수를 유게에게 순순히 넘겼다.

"이로써 병권을 태위에게 넘기오."

태위 주발은 병권을 장악하자마자 북군 본영으로 들어가 장병들을 모아놓고 소리쳤다.

"명령한다. 여씨에게 가담할 자는 우단(右袒 : 오른쪽 어깨 내놓기)하고 유씨를 따를 자는 모두 좌단하라!"

그러자 모든 장병들이 하나같이 왼쪽어깨를 드러내 보였다.

'됐다! 여록은 이미 상장군 인수를 내놓고 본국으로 떠나버렸고 장병들 모두는 유씨편을 들고 있다. 이로써 북군을 완전 장악한 것이 된다!'

그러나 남군은 아직 여산의 지배하에 있었다. 북군쪽의 소식을 전해들은 승상 진평은 재빨리 강화조처를 취했다. 주허후 유장을 불렀다.

"태위 주발 혼자서 고군분투하고 있을 테니 그대가 가서 태위를 보좌하시오."

유장이 도착하자 주발은 유장에게 군문 감시관을 시켰다. 그러고는 평양후 조줄을 급히 불렀다.

"그대는 즉시 위위(衛尉 : 궁문을 호위하는 관리)에게로 가서 상국 여산을 궁문 안으로 들이지 않도록 전하시오. 황제의 어명이오!"

한편 여산은 여록이 이미 북군 본영을 떠났다는 사실을 알지 못한 채 단독으로 반란을 일으키기 위해 미앙궁을 목표로 쳐들어갔다.

"상국 여산이다! 어서 궁문을 열어라!"

그러나 여산은 안문(安門)에서부터 저지당했다. 조줄이 병사들을 거느린 채 궁을 굳게 지키고 있었기 때문이었다.

"어서 문을 열지 못하겠는가!"

"누구냐! 상국 여산이로군. 함부로 궁문을 열라니. 반란인가?"

"궁중으로 들어가 황제를 호위해야겠다. 어서 문을 열라!"

"어림없는 소리! 다시 한 번만 더 그딴 소릴 하면 반역죄로 체포하겠다!"

머쓱해진 여산은 안문을 포기하고 서안문(西安門) 쪽으로 돌아나갔다. 장성문(章城門)이나 직성문(直城門) 쪽으로 방향을 바꿀 생각인 듯했다.

조줄은 다급했다. 병사 한 명을 불러 말했다.

"태위께 말을 몰아 달려가라. 상국 여산이 언제 궁문을 부수고 들어올지 모르는 상황이라 전하고, 황제가 계시는 장락궁은 이미 여씨쪽 사람인 위위 여경시(呂更始)에게 제압당했노라고 말씀드려라. 긴급한 조처를 취하지 않으면 상황이 어떻게 변할지 모른다고 전하란 말이다!"

한편 급보를 받은 태위 주발은 유장을 불러 궁중의 사정을 말하자 유장이 소리쳤다.

"강공책을 쓰는 게 좋겠소. 정면으로 부닥쳐 여씨 일족을 주멸한다고 언명하면 저들의 기세가 꺾일 거요!"

"아니오. 그렇지가 않소. 아직은 여산의 세력이 막강하오. 그들을 가

법게 취급할 수가 없소."

"그렇다고 이대로 가만히 두고 볼 거요?"

"지금 궁중 출입이 자유로운 신분은 주허후(유장) 그대 밖에 없소. 병사 천 명을 줄 터이니 궁으로 가서 응급조처를 취하시오. 여씨들 주멸 선언은 아직 꺼낼 때가 아니오. 그들이 크게 반발할 거요."

유장은 주발의 경고에 대해서는 가타부타 없이, 천 명의 병사들을 데리고 바람처럼 병영을 빠져나갔다.

유장이 서안문을 통해 궁정 경내로 들어서자 곧바로 미앙궁이 보였다. 거기서 잠깐 주저했다.

'장락궁부터 덮칠 게 아니라 우선 미앙궁을 장악한 뒤 장락궁 쪽의 분위기를 살펴보고 일을 결행해야 되겠다.'

그렇게 판단한 유장은 멋모르고 미앙궁으로 들어섰다.

그런데 뜻밖에도 여산은 황제의 거처를 찾지 못했는지 미앙궁에서 서성거리고 있었다.

뜻밖의 장소에서 갑자기 맞부닥쳤기 때문인지 여산은 유장을 보는 순간 몹시 놀랐다. 여산이 잠깐 비틀거리는 것을 본 유장은 병사들에게 소리쳤다.

"어서 여산을 베어랏!"

유장의 병사들이 장검을 휘두르며 달려오자 기겁한 여산은 궁정 뒷문으로 해서 재빠르게 도망쳤다.

"저놈을 놓치지 마라! 궁 경내를 샅샅이 뒤져 반역자를 처단하라!"

한바탕 유장의 병사들과 여산의 병사들 사이에 칼바람이 일었다. 그 틈에 여산은 완전히 숨어버렸다.

그 때였다. 갑자기 강풍이 불어 먼지 때문에 사방이 어두워졌다. 여산의 병사들은 상국이 도망쳐버린 데다 흙먼지로 혼란에 빠져 저항할 기력을 잃고는 뿔뿔이 도망쳐버렸다.

강풍이 잠잠해졌을 즈음이었다. 어딘가로 달려갔던 병사 하나가 돌아와 유장에게 보고했다.

"여산이 낭중부(郎中府 : 궁중 낭중령의 관청) 측간 속에 숨어있는 것을 확인하고 왔습니다!"

유장은 병사들을 풀어 낭중부를 포위한 뒤 소리쳤다.

"숨은 곳을 알고 있다. 여산은 나와서 벌을 받아라!"

그래도 나오지 않자 궁수들을 측간 속으로 들여보냈다.

"발견 즉시 가차없이 쏘아버려라!"

그날 오후 여산은 고슴도치가 되어 죽었다.

유장은 즉시 장락궁으로 달려가 황제를 배알하려 했으나 허락이 떨어지지 않았다. 여씨인 위위 여경시가 황제를 인질로 잡고 위협하고 있었기 때문이었다.

'그냥 장락궁으로 쳐들어가서 여씨 위사 일당들을 베어버려? 그렇게 하면 황제가 위험할 뿐더러 내가 반역하는 행위가 아닌가!'

고민하고 있는데 수레소리가 나더니 황제의 알자(謁者 : 응접관)가 나타났다.

"폐하께서 그대에게 위로하는 부절을 내리셨소. 그러나 나는 그대에게 부절을 전하지는 않겠소."

"무엇 때문에?"

"상국을 살해했기 때문이오. 황제를 호위하는 위사들은 모조리 여씨요. 나 역시 여가요. 당신이 황제를 배알하는 순간 우리 여씨들 씨를 말리겠다는 뜻을 상주할 게 아니오. 그래서 황제를 알현할 수 없도록 부절

여씨천하 227

을 전하지 않겠다는 뜻이오."

곰곰 생각에 잠겨있던 유장은 다짜고짜 알자가 타고 온 수레에 올라탔다. 고삐를 뺏아잡고는 말을 사납게 몰기 시작했다. 곁에 선 알자는 몹시 당황했다.

유장은 장락궁 쪽으로 몰아가고 있었다.

"도대체 지금 어디로 가는 겁니까?"

"보고도 모르겠소. 황제를 뵈러 가는 게 아니겠소."

"황제는 무엇 때문에?"

"폐하께선 나에게 부절을 내렸으나 일개 알자인 당신이 마음대로 부절 전달을 거부했으니 난 그걸 따져야 하겠소."

"어쨌건 황제가 계신 장락궁을 침범하는 행위는 반란이오. 알아서 하시오."

알자의 태도에는 여유가 있었다. 훨씬 자신만만해 했다. 그러나 그런 협박을 받으면서도 유장은 움츠러들지 않았다.

'이놈은 내가 고조황제의 종손이 되는 유씨(劉氏)라는 사실을 모르고 있군. 나야말로 부절 없이도 황궁을 드나들 수 있는 몇 안 되는 친척이란 말이다!'

생각은 그렇게 했지만 자신있는 바는 아니었다. 그냥 그렇게 무턱대고 달려가고 있을 뿐이었다.

저만치에 장락궁 전문(殿門)이 보였다. 그 앞에서 위사들을 거느린 위위 여경시가 거드름을 피며 버티고 서 있다가 유장을 발견하고는 소리쳤다.

"서랏!"

"너야말로 길을 열어랏! 폐하의 부름을 받고 배알하러 가는 길이닷!"

유장은 알자의 수레에서 훌쩍 뛰어내렸다. 짐짓 부절을 소지한 것처럼 행동하며 돌계단을 걸어 올라갔다.

여경시는 화난 표정으로 유장과 알자를 번갈아 쳐다보았다. 유장에게 부절을 전달한 사실을 알자에게 힐책하는 눈길이었다. 알자가 여경시의 속마음을 눈치챘다.

"저, 실은 주허후(유장)께선……!"

그 순간이었다. 번개처럼 장검을 뺀 유장은 손쓸 틈도 주지 않고 여경시의 목을 베어버렸다. 여경시의 머리가 섬돌 아래로 굴러가고 있었다.

유장은 얼이 빠져 있는 위사들을 무시한 채 알자의 수레로 다시 올라타고는 알자를 아래로 밀어버렸다.

"이젠 네놈도 끝이다!"

유장이 수레를 되돌려 나온 것은 북군으로 가기 위해서였다.

북군 본영에 도착한 유장은 자초지종을 보고했다. 그러자 태위 주발은 유장에게 정중히 절했다.

"삼가 그대의 용맹스러움에 경의를 표하오! 여산만이 문제였는데 여경시까지 죽였으니 이제 천하는 태평이오!"

곧 여씨 일족을 남녀 가릴 것 없이 체포해 노소불문하고 베어버렸고, 곧 여록도 잡아 처형했으며, 여태후의 여동생 여수는 매질하여 죽이고, 연왕 여통 역시 주살한 뒤 노원공주의 사위 노왕 언(嫣)은 폐위시켰다.

11. 되찾은 황제위

관영이 전투태세를 풀고 형양으로부터 돌아왔으므로 중신들은 부랴부랴 비밀회의를 소집했다. 진평·주발·하후영 등이 그들이었다. 진평의 저택이 회의장소였다.

관영이 먼저 입을 열었다.

"지금의 어린 황제를 비롯해 제천(濟川)·회양(淮陽)·상산(常山)의 세 왕은 모두 효혜제의 친자식이 아니오. 간사한 여태후가 유씨 핏줄하고는 전연 관계도 없는 아이를 데리고 와서 후궁에서 키운 뒤 실자(實子)라고 속임수를 쓴 데 불과하오."

다른 중신들도 고개를 끄덕거렸다.

"그런 식으로 여러 나라 왕으로 삼아 여씨들을 강대하게 만든 게 아니겠소. 지금은 여씨 일당들이 일단은 주멸되었지만 여씨가 세운 그들을 그대로 방치해 둔다면 나중에 그들이 성장해 우리들까지 몰살시킬 것이오!"

하후영이 맞받았다.

"그러니까 유씨의 여러 왕들 중에서 황제로 세우자는 얘기 아니겠소."

"그렇소이다."

"그렇다면 누가 좋겠소."

"가장 현명하고 덕이 있는 인물이어야 하오."

"그가 누구이겠소?"

진평이 조심스럽게 입을 열었다.

"제나라 왕 유양은 어떻겠소? 원래 제나라의 도혜왕은 고조의 장자이며 유양은 바로 도혜왕의 장자가 아니오. 바로 고조의 적장손인 유양을 황제로 세우는 것이 어떨까 하오."

주발이 반발했다.

"그건 아니되오. 외척의 횡포를 생각하시오. 오늘의 변란도 외척 여씨때문에 생긴 일이 아니겠소. 한 마디로 말해서 유양의 외가 사씨(駟氏)네 집안이 문제요. 사씨 집안의 장로 사균(駟鈞)의 악독함에 대해서 얘기 못들었소. 유양을 황제로 즉위시킨다면 우리가 여씨한테 당했던 꼴이 사씨로 인해 다시 벌어질 것이오."

"그럼 또 누가 있소?"

진평이 되묻자 관영이 말했다.

"회남왕 유장려(劉將閭)는 어떻소?"

그러자 하후영이 한 마디로 잘랐다.

"그 역시 외가쪽이 좋지 않은 데다 너무 젊소."

"너무 젊어요? 그렇다면 고조의 친자식으로 가장 연장자인 대왕(代王) 유항(劉恒)밖에 더 있겠소."

관영이 하후영에게 막연히 반발하느라고 뱉아낸 소리였는데 뜻밖에 모두가 안도하는 기색이 되어 똑같이 고개를 끄덕거리는 것이었다. 그러자 진평이 나서서 덧붙였다.

"아주 좋은 판단이오. 유항은 인효관후(仁孝寬厚)하며 태후 박씨(薄氏) 역시 근직선량(謹直善良)하오. 덕있는 연장자를 세운다는 것은 마땅한 순서이며 외척에 허물이 없다는 점은 금상첨화요."

중신회의에서 만장일치로 유항을 황제로 모실 것을 결의한 후 은밀히 사람을 대(代)땅으로 보내어 유항을 불렀다.

그런 유항의 모친은 박후(薄后)다. 위표가 진나라에 반기를 들면서 위왕이 되었을 때 박희(薄姬)는 위나라 궁으로 들어가게 되었다.

그 때 당대의 유명한 관상가 허부(許負)에게 우연히 관상을 보았는데 허부는 박희한테 이렇게 말했다.

"낭자는 나중에 시집가서 천자(天子)를 낳을 것이오!"

위표가 나중에 한나라 유방을 배반하고 조참에게 사로잡힐 때 박희는 마침 옷감짜는 방으로 가서 일을 하고 있었다.

그 때 유방이 우연히 옷감짜는 방으로 들어갔다가 박희의 아름다운 용모를 보았다.

"한나라 후궁으로 들어오라!"

그렇지만 박희는 한 해가 지나도록 유방의 총애를 받지 못했다.

박희가 어렸을 때였다. 동네 친구 관부인(管夫人)과 조자아(趙子兒)와 사이좋게 지냈는데 그들끼리 약속해 둔 게 있었다.

"우리 나중에 누가 부귀하게 되더라도 서로 잊지 말자."

그 후 셋 모두가 한나라 후궁으로 들어갔는데, 관부인과 조자아는 유방의 총애를 받았으나 박희는 잊혀진 여자로 지내고 있었다.

유방이 하남궁의 성고대(成皋臺)에 앉아 있을 때였다. 두 여자가 까르르 웃고 있어 뒤를 돌아보았더니 관부인과 조자아였다.

"그대들 두 미인은 무슨 일로 그토록 유쾌하게 웃고 있느냐?"

그래서 그녀들은 전날 박희와의 약속을 생각하고 웃었노라 사실대로 대답했다.

"그렇다면 지금 박희는 어디에 있느냐!"

"궁내에서 독수공방하고 있습니다."

"슬픈 일이로구나! 오늘 밤 당장 내 앞으로 보내어라!"

그날 밤 박희가 유방의 총애를 받게 되었을 때였다.

"어젯밤 참으로 이상한 꿈을 꾸었습니다. 꿈에 푸른 용이 저의 배를 누르고 있었습니다."

유방은 장난스럽게 대꾸했다.

"그 참 귀한 징조로군. 짐이 그대를 위해 용꿈을 현실로 성취시켜 주도록 하지."

이렇게 해서 박희는 한 차례의 총애로 아들을 낳았는데 그가 바로 대왕(代王) 유항이다.

그 후로도 박희는 아주 드물게 유방을 만났을 뿐이었다. 고조 유방이 붕어하자 총애받던 여러 희(姬)들과 척부인 같은 경우는 여태후의 노여움을 사서 모두 유폐되어 궁중에서 살아나올 수가 없었다.

그러나 박희는 아주 드물게 고조 유방을 만났으므로 여태후의 질투로부터 피할 수가 있었고, 아들을 따라 대(代)땅으로 가서 왕의 어머니로 무사히 지낼 수가 있었다. 그 때 박후의 동생 박소(薄昭)도 함께 갔다.

여태후가 붕어했을 때 중신들은 여씨들이 강대함으로써 미움 받았던 그만큼 연약하고 어질고 착한 박후를 칭찬했다. 중신들이 유항을 새 황제로 지목하게 된 배경에는 박후의 그런 소박함이 결정적인 역할을 했다.

　어쨌건 승상 진평과 태위 주발 등의 이름으로 대왕 유항에게 사신을 보내어 황제로 모신다고 했을 때 유항은 당황하지 않을 수가 없었다.
　"새 황제가 하필 과인이겠소! 필히 무슨 음모가 있는 게 아니오?"
　낭중령 장무(張武)가 대답했다.
　"한나라 대신들은 모두 옛적 고조 때의 장군들로서 병법에도 능숙하고 정치에는 잔꾀가 많습니다. 그들이 기도하는 바는 대왕을 맞이하는 데에만 있지 않을 것입니다."
　"그러니까 어떤 음모가 있어 과인을 부른다는 얘기가 아니겠소?"
　"그렇습니다. 지금까지는 고조황제나 여태후의 위세에 눌려 어떤 행동도 하지 못했지만 기왕에 여씨 일족을 멸했으니 그 여세로 장안에서 유씨들을 불러 유혈극을 벌이려 할 게 틀림없습니다. 그러니 대왕을 황제로 맞이하겠다는 것은 핑계일 뿐입니다."
　"그렇다면 내가 어떤 태도를 취하는게 좋겠소?"
　"왕께서는 병을 빙자하여 일단 가지 마시고 사태의 추이를 관망한 후에 조심스럽게 움직이시기 바랍니다."
　믿어지지가 않았기 때문에 한나라 조정에서 보낸 사신들을 돌려보냈다.
　얼마 있지 않아 한나라로부터 다시 추대사절이 왔다. 이번에는 중위(中尉) 송창이 나서서 대왕 유항을 설득했다.
　"저번에 논의한 군신들의 판단은 옳지 못합니다. 대체로 진나라가 정도(正道)를 잃자 정권을 잡으려고 일어난 제후와 호족들이 수만을 헤아렸습니다. 그러나 끝내 황제위에 오른 것은 유씨뿐입니다. 천하 사람들이 이제 황제가 될 희망을 버렸다는 말씀입니다. 그것이 논의의 판단이 잘못됐다는 이유의 첫째입니다."

"과연 그렇겠소?"

"고조께서 자손들을 왕으로 봉하자 그들의 영토는 개의 이빨처럼 서로 교차되듯 물고 물려서 상호 견제하고 있으므로 이젠 아무도 흔들 수 없는 반석같이 견고한 종가가 되었습니다. 천하는 이미 그 강력함에 복종하고 있습니다. 이것이 유씨를 넘볼 수 없는 둘째 이유입니다."

"그럼 셋째 이유는 뭐요?"

대왕 유항은 호기심 가득한 눈으로 중위 송창을 내려다보았다.

"지금은 한나라가 흥기해 진의 가혹한 정치를 제거하고 법령을 간략하게 하는 등 덕혜를 베풀었으므로 결국 백성들은 안정이 되어 동요하기 어려운 상태에 이르렀습니다. 이것이 셋째 이유입니다."

"글쎄, 저들의 추대가 음모가 아니라는 결정적인 이유는 혹시 없겠소?"

"대체로 여태후는 자신의 위엄을 가지고 여씨 일족으로 3인의 왕까지 세우고 정권을 마음대로 장악해 전제했습니다만, 태위 주발이 한 개의 부절을 가지고 북군으로 돌입해 한 번 소리지르니 병사들은 모두 왼쪽 어깨를 드러낸 채 모두 유씨 편에 가담했습니다. 그 때 여씨를 배반하고 여씨를 멸망시킨 명분은 무엇이겠습니까. 천하는 유씨의 것이라는 신념 때문이었습니다. 이것은 하늘이 도운 것이지 사람의 힘이 아니었습니다."

"혹시 말이오. 그대의 판단대로라면 지금 중신들이 변란을 일으키더라도 백성들이 그들을 위해 사역되지는 않는다는 얘기 아니겠소?"

"물론입니다. 또한 그들 도당들이 일치 단결될 턱도 없습니다. 안으로는 주허후 유장이나 동모후 유흥거와 같은 친족이 있으며 밖으로는 오·초·회남·낭야·제·대 등 유씨 성의 강대국들이 즐비해 있는데 그들이 무슨 배짱으로 반란을 도모한단 말입니까!"

"옳거니!"

"현재 고조의 아들로는 회남왕과 대왕뿐입니다. 그 중에서도 대왕께서는 연장자인데다 현성인(賢聖仁)하시다는 사실을 천하가 다 알고 있습니다. 그래서 대신들이 천하 인심에 따라 대왕을 황제로 영접하고자 하는 것입니다. 그만 의심하시고 장안으로 출발하십시오."

그래도 유항은 의심의 먹구름이 걷혀지지 않았다. 모후 박후에게로 가서 이제까지의 전말을 고했다.

"며칠만 기다려 주오. 그대가 가야 좋을지 가지 않아야 되는지를 점쳐 보겠소."

박후는 아들을 위해 귀갑(龜甲 : 거북의 등껍데기)을 불에 그슬리어 그 튼 금으로 점을 쳤다. '대횡(大橫)'이라는 괘조(卦兆)가 나타났는데 점괘는 이러했다.

―― 대횡이라는 점괘가 똑바로 가로질러 나타났으니 나는 천왕(天王)이 될 것이다. 하왕조(夏王朝)의 우왕(禹王)을 계승해 제위(帝位)에 오른 그의 아들 계(啓)처럼 부업(父業)을 빛낼 것이다.

점복관한테서 점괘를 전해들은 대왕 유항은 어리둥절했다.

"과인은 이미 왕이 되었거늘 또 무슨 왕이 된단 말인가?"

"천왕이란 천자를 뜻하고 있습니다."

대국(代國)의 조정회의를 다시 거친 유항은 박후의 아우 박소를 일단 한나라 태위 주발한테로 파견했다.

"가서 어떻게 영립하려는지를 자세히 알아가지고 오시오."

한편 한나라 조정에서는 대왕 유항이 몇 차례나 황제 등위를 사양하자 다시 회의가 열렸다. 동모후 유흥거가 발언했다.

"그동안 여씨들을 주멸하는 데 저는 아무 공로도 세우지 못했소이다. 그래서 누가 해도 해야 될 일이겠기에 제가 나서고자 하오. 궁중으로 들어가 청소하는 일을 제가 맡겠소이다."

"청소를?"

"대왕께서 천자되시기를 꺼리는 바도 궁중 안이 너저분하기 때문이오."

그제서야 중신들은 유흥거의 말뜻을 깨닫고 고개를 끄덕거렸다.

하후영이 나섰다.

"소제(少帝)를 데리고 나오려면 태복(太僕)인 내가 필요할 것 같소이다. 동모후와 함께 다녀오지요."

그렇게 되어 하후영은 유흥거와 함께 청궁(淸宮)으로 들어갔다. 어린 황제는 멋모르고 뛰어다니며 놀고 있었다. 철없는 어린아이가 애처로웠지만 어쩔 수가 없었다. 유흥거가 불쑥 말했다.

"그대는 유씨가 아니오. 때문에 황제 자리에 앉아 있는 것은 부당하오!"

어린 황제 유홍은 무슨 말인가 하고 멀뚱멀뚱 쳐다보기만 했다.

"나갑시다!"

유흥거가 황제의 팔을 붙들려 하자 좌우에서 극(戟)을 잡고 있던 위사들이 신경을 곤두세웠다.

하후영은 얼른 소리쳤다.

"그대들은 무기를 버리고 밖으로 나가거라!"

몇 명은 무기를 버리고 밖으로 나갔지만 몇 명은 여전히 버티며 황제를 옹위했다. 난처했다. 그 때 환자령(宦者令)인 장택(張澤)이 딱하게 생각했는지 위사들에게 설명했다.
"새 황제께서 오실 거요."
그제서야 남은 위사들도 눈치를 챘는지 슬그머니 무기를 버린 채 밖으로 나가버렸다.
하후영이 황제의 승용거를 불러 소제 유홍을 태웠다.
"짐을 데리고 지금 어디로 놀러가는 거요?"
하후영은 잠시 머뭇거리다가 아무렇게나 대답했다.
"마침 날씨가 좋기로 소풍이나 갈까 합니다."
그날 밤이었다. 관헌에서 부서를 나눈 무사들이 각각 흩어져가서 소제는 물론 양왕·회양왕·상산왕 즉 진짜 유씨가 아닌 왕들을 모조리 죽여버렸다.
한편 한나라의 형편을 살피고 돌아간 박소는 곧장 왕궁으로 가서 대왕 유항을 만났다.
"믿을 만합니다. 의심되는 점이라곤 조금도 없었습니다."
그제서야 유항도 웃으면서 중위 송창에게 말했다.
"과연 귀공의 예측이 맞는 구려!"
유항은 중위 송창을 배승케 하고 낭중령 장무 등 6명을 역전거에 실어 동행하게 했다.
장안으로 향하다가 고릉(高陵 : 섬서성)에 이르렀을 때였다. 송창이 유항에게 말했다.
"그래도 안전을 미리 도모하는 것이 최선입니다. 소신이 먼저 장안으로 가서 사태를 한 번 더 살핀 후에 입경하도록 하시지요. 그동안 대왕께서는 여기서 휴식하고 계십시오."
딴은 옳은 의견일듯 싶었다.

송창이 위교(渭橋 : 장안 북쪽 3리에 있는 다리)에 미쳤을 때였다. 승상 이하 모든 대신들이 만반의 준비를 갖추고 영접하러 나와 있었다. 그런 환영 행렬을 바라본 송창은 벌써 감동하고 있었다. 그 때 승상 진평이 안타까운 표정으로 송창에게 물었다.

"대왕께서는 왜 오시지 않소이까?"

"지금 고릉에서 휴식 중입니다. 돌아가 곧 모시고 오지요."

한편 고릉에서 유항이 휴식을 취하고 있는데 왕후가 뵙기를 청했다.

왕후의 본래 이름은 두희(竇姬)였다. 여태후 때에는 양갓집 처녀들을 선발해 각각 5명씩 여러 제후왕들에게 하사하는 제도가 있었다. 두희도 여태후에게 뽑혀 왕의 궁녀로 떠나야 될 몸이었다.

두희의 집은 조나라 청하(淸河)에 있었다. 어차피 궁녀로 아무 나라로 떠나야 될 처지라면 집 가까이에 있는 조나라로 가고 싶었다. 그래야만 부모 형제 자매의 얼굴을 간혹이나마 볼 수 있기 때문이었다.

꾀를 낸 두희는 궁녀 파견을 주관하는 환관한테 간청했다.

"기왕에 보내주실 바에야 조나라로 보내주십시오."

"그건 왜?"

"집이 청하에 있거든요. 그래야만 부모님 얼굴이라도 간혹 뵐 수 있을 게 아닙니까."

"기특한 간청이로군. 네 이름이 뭐냐?"

"두희입니다. 꼭 조나라로 가는 궁녀 명단에 넣어주셔야 합니다!"

"걱정 말어. 그렇게 해줄게."

두희는 안심하고 있었다.

궁녀 파견을 주관하는 환관은 명부를 주상(奏上)했고 조명이 내려와 명단은 확정되었다.

"앗차!"

환관은 깜짝 놀랬다. 두희의 부탁을 깜박 잊고 그만 두희를 대로 가는 명단에다 집어넣고 만 것이다.

"이를 어쩌나!"

"난 조나라가 아니면 차라리 죽고말겠습니다!"

"어허, 일이 난처하게 됐군!"

두희는 소리내어 울었다. 담당 환관을 원망하면서 떠나는 날까지 통곡했다.

"어쩌겠느냐. 너의 운명인 것을!"

모친도 울면서 딸을 달래어 보냈다.

그러나 인간의 운명은 알 수 없는 일이었다. 대에 도착하자 대왕은 여러 궁녀들 중에서 유독 두희만을 총애했다. 딸 표(嫖)를 낳은 뒤 연달아 세 아들을 낳았다.

원래 대왕의 왕후는 네 아들을 낳았는데 차례로 병들어 죽고 왕후 또한 병들어 죽었다. 일이 그렇게 되자 자연스럽게 두희가 왕후의 자리에 올랐고 큰아들이 세자가 됐다.

그런 두희였다. 그녀가 대왕 유항과 함께 장안으로 가는 길목에서 왕을 뵙기를 간청한 것이었다.

"갑자기 무슨 급한 일이 생겼기에 그토록 간절한 알현을 원했소이까?"

유항은 인자한 미소를 지으며 왕후 두희를 바라보았다.

"대왕께서도 아시다시피 제가 친정을 떠나온 뒤로 부모님 모두가 세상을 뜨시지 않았습니까."

"그랬었지요."

"그런데 제가 처음 조나라 청하에서 장안으로 불려갈 때 너댓 살 먹은 남동생이 하나 있었습니다."

"오빠도 있었지 않소."

"나중에 인편으로 친정집 소식을 알아보니 어린 동생이 유괴되어 장안 쪽으로 팔려갔다는 소식입니다."

"지금은 많이 자랐을 것 같구려. 그애 이름이 뭐요?"

"두광국(竇廣國)입니다. 어렸을 때 집을 나갔으니 제 이름이나마 기억하고 있을지. 막상 장안 가까이 오니 광국이 생각이 나서 보고싶어 미칠 것 같습니다! 모두가 가난이 죄였기에 일어난 일이었지요."

"걱정 마시오. 처남이 살아있기만 하다면 만날 날이 있을 거요."

"그래서 대왕께 청원을 드리는 겁니다. 만일 천하를 얻는 뜻을 펴시게 되면 저의 동생을 찾게 해주십시오."

"여부 있겠소."

바로 그 때 장안으로 갔던 송창이 돌아왔다.

"영접 절차는 완벽하게 준비되어 있었습니다!"

대왕 유항 일행이 위수가에 이르자 군신들이 마중 나와 있다가 길가에 엎드렸다. 승상 진평이 말했다.

"신 승상 진평, 태위 주발, 대장군 진무, 어사대부 장창, 종정(宗正) 유영(劉郢), 주허후 유장, 동모후 유홍거, 전객 유게 등 여덟 신하가 폐하를 영접하러 나왔습니다."

가만히 듣고 있던 유항은 얼른 수레에서 내려 대신들과 맞절하면서 말했다.

"아직 폐하라 지칭하지 마시오. 과인은 아직 그대들의 황제가 아니오. 승락한 바도 없소."

"그렇다면 그 내막을 말씀드리지요. 일단 사람을 물리쳐주십시오."

태위 주발의 말에 중위 송창이 얼른 나섰다.

"대왕을 호위하는 자의 입장에서 말씀드리지요. 말하려는 것이 공사(公事)라면 공중 앞에서 말씀하시고 사사로운 것이라면 듣지 않겠습니다. 왕자(王者)는 사사로운 내용은 받아들이지 않는다는 사실을 잘 아실텐데."

그러자 주발은 말이 필요없다는 듯 얼른 유항 앞에 무릎을 꿇었다.

"천자의 옥새입니다!"

"그렇지가 않소. 일단 장안에 있는 대나라 저택으로 가서 다시 의논합시다."

유항의 육두마차가 움직이기 시작하자 한나라 대신들도 우루루 뒤를 따랐다.

대나라 저택에서 유항 일행과 한나라 대신들이 다시 모였다. 주허후 유장이 나서서 설명했다.

"대왕. 소제 유홍은 효혜제의 실제 아들이 아닙니다. 그래서 마땅히 종묘를 받들 수가 없습니다. 이에 신들이 음안후(陰安侯 : 유방의 형 유백의 처)와 경왕(頃王)의 후(后 : 유중의 처)와 낭야왕 종실의 대신들, 열후, 질록 2천석 이상의 고관들과 더불어 오래 상의하여 '대왕께서는 생존자 중 고조의 장손이니 마땅히 고조의 후사가 되셔야 한다'는 사실에 만장일치의 결론을 얻었습니다. 대왕께서는 부디 황제의 위에 오르십시오."

유항이 대답했다.

"고조의 종묘를 받든다는 것은 중대사요. 나같은 비재(菲才)는 종묘를 받들 자격이 없소. 어찌하여 초왕(楚王 : 유방의 아우 유교)에게는 여쭤보지 않았소. 그에게 청하여 다시 적임자를 고르시오."

승상 진평이 다시 나섰다.

"초왕께서는 고령이시어 구태여 여쭤보지 않았습니다. 그러나 여쭤보나마나 대왕께서 적임자라 말씀하셨을 겁니다. 천하의 제후들이나 만민들 역시 대왕께서 황제위에 오르시는 것을 마땅하다고 생각할 것입니다. 신 등은 기왕에 소홀한 판단으로 결정한 일이 아니오니 부디 천자의 옥새를 받아주십시오!"

군신들이 모두 엎드려 유항에게 간청했다. 그러나 서향(西向)하여 대신들에게 유항이 사양하기를 세 차례, 남향하여 군신들에게 또 세 차례 사양했다.

그렇지만 신하들은 물러날 생각들이 전연 없었다. 드디어 대왕 유항은 마지못한 듯 신하들을 향해 말했다.

"좋소. 과인도 사양할 만큼 했소. 그러나 종묘의 장(將)·상(相)·왕(王)·열후(列侯) 중에서 과인보다 적임자가 없다고 여겨진다면 나도 구태여 사양하지는 않겠소!"

만세소리가 대왕의 저택 안을 진동했다.

태복 하후영과 동모후 유흥거는 기왕에 궁중을 청소한 후 천자의 법가(法駕 : 임금이 타는 수레)를 받들고 대국의 저택으로 황제를 맞이하러 갔다. 그날 밤 황제 유항은 미앙궁으로 들었다.

유항은 밤에 송창을 위장군(衛將軍)으로 삼아 남북군을 진무케 하고, 장무를 낭중령으로 임명해 궁전 안을 순행하도록 했다.

그들이 순행을 마치고 돌아오자 앞에 앉힌 뒤 조서를 내렸다.

── 여씨 일족들이 정권을 장악해 권세를 마음대로 하더니 대역을 도모해 유씨의 종묘를 위태롭게 했다. 그러나 장·상·열후·종실·대신들이 그들을 주멸했다. 그래서 짐이 비로소 천자 위에 오른 것이다. 이

에 천하에 대사령을 내린다.

유항은 황제의 즉위식을 올린 뒤 곧 고조의 묘에 배알했다. 우승상 진평을 좌승상으로 옮기고 태위 주발을 우승상으로 했다. 대장군 관영을 태위로 삼았다. 거기장군(車騎將軍) 박소를 파견해 황태후(皇太后 : 박씨)를 대에서 모셔오게 했다.

첫 어전 회의가 열렸다. 황제 유항이 문제를 제기했다.

"법이란 천하를 다스리는 정도(正道)인 것이오. 포악을 금지하고 선인을 인도해 더욱 선행을 행하도록 하는 것이오. 그런데 지금의 법에서 범법자를 논단하는 것은 옳지만 죄없는 부모·처자·형제까지도 연좌제로 다루어 노예로 삼는 등 부당한 일들이 행해지고 있소. 이 점에 대해 논의해 보시오."

우승상 주발이 나섰다.

"백성들은 자치할 능력이 없습니다. 그래서 법을 제정해 포악을 금지하고 있습니다. 연좌법을 제정해 일족을 노예로 삼는 것은 범법이 중대사라는 점을 백성들의 가슴에 새겨주기 위해서입니다. 이런 제도는 먼 옛날부터 내려오는 것이니 종전대로 그냥 두는 것이 편리합니다."

황제 유항이 이의를 달았다.

"법이 정당하다면 백성이 삼가하며 죄에 대한 벌이 정당하다면 백성은 복종한다고 했소."

"법에 엄격함이 없으면 기강이 해이해진다는 사실은 고금의 진실입니다."

우승상 주발의 주장에 황제 유항의 안색이 변했다.

"백성을 길러서 선으로 인도하지 못하고 또 잘못된 법으로 처벌한다는 것은 도리어 백성을 해치고 백성에게 포악을 가하는 것이오. 이래서야 어떻게 백성의 위법을 금지하겠소. 짐은 연좌법이 옳다고는 생각하지 않소."

좌승상 진평은 눈치가 빨랐다.

"폐하께서는 백성에게 그토록 큰 은혜를 드리우시니 그 거룩한 덕은 신들이 감히 미칠 바가 못됩니다. 과연 폐하께선 성군이십니다. 신들은 조칙을 받들어 노예로 삼는 등의 여러 가지 연좌법을 철폐하도록 하겠습니다."

황제 유항은 몹시 만족해 했다.

그 대신 주발은 진평의 약삭빠른 동조에 약이 올랐다. 퇴청하면서 투덜댔다.

"그대는 항상 나보다 한 수 앞을 바라보며 달려간단 말이오!"

얼마전에 이런 일이 있었다.

유항이 효문제로 등극하던 날 심이기는 승상에서 물러났다.

그 때 진평은 태위 주발의 공로가 자신보다 크다고 생각해 유항에게 상주했다.

"고조의 시대에는 주발의 공로가 신 진평만 못했습니다. 그러나 여씨 일족을 주멸한 후부터는 신의 공로가 주발에 미치지 못합니다. 원하오니 우승상의 자리를 주발에게 넘겨주십시오."

그렇게 되어 주발이 관위 서열 1등에 오르게 되었던 것이다.

유항이 황제위에 오른 지 며칠이 지났다. 국사를 익히기 위해 우선 좌우 승상을 불러들인 후 특히 우승상 주발에게 물었다.

"천하에서 1년 동안 판결하는 재판은 몇 건이나 되오?"

주발이 그것을 알 리가 없었다.

"모르옵니다."

"천하에서 한 해 동안 출납하는 화폐나 곡식은 얼마나 되오?"

역시 알 리가 없었다. 진땀을 빼다가 대답했다.

"죄송하옵니다. 모르옵니다."

"좌승상은 아시오?"

"그것을 알고 있는 담당관이 있습니다."

"담당관이란 누구요?"

"폐하께서 만약 재판에 관하여 아시고 싶으시면 정위(廷尉)에게 물어 주시고, 화폐나 곡식에 관하여 아시려면 치속내사(治粟內史)에게 물어 주십시오."

"만사에 각각 담당자가 있는 거라면 그대는 대체 무엇을 담당하고 있소?"

"폐하께서 신의 우둔함을 모르시고 재상으로 임명해 주셨지만, 모름지기 재상의 임무란 위로는 천자를 보좌하여 음양을 조화시키고 춘하추동 사시를 순조롭게 하며, 밑으로는 삼라만상을 순리대로 양육하고, 밖으로는 사이(四夷)와 제후를 진무하고, 안으로는 백관과 인민이 친근하여 따르게 하며, 뭇 관리들에게 각자의 직무에 충실할 수 있도록 하는 임무를 지고 있습니다."

진평의 대답이 몹시 흡족했는지 황제 유항은 큰 목소리로 웃었다.

"훌륭한 대답이오!"

주발이 진평에게 불평하는 것은 전날 어전에서 있었던 그 일 때문이었다.

"그대는 어째서 내가 폐하께 어떻게 답변할 것인가를 미리 가르쳐 주지 않았소?"

"그대는 우승상 지위에 있으면서도 그 임무를 모르고 있었단 말이오?

가령 폐하께서 장안의 도난 건수를 물으셨다 해서 그대는 그것까지 대답해야 된다고 생각했소?"

주발은 자신의 능력이 진평한테는 미치지 못한다고 내심 생각했다.

즈음이었다. 주발의 식객 중에 조북(趙北)이란 선비가 있었다. 어느 날 조북은 주발이 한가한 틈을 타서 말했다.

"승상께서는 이미 여씨 일족을 주멸하고 대왕을 황제위에 오르게 함으로써 그 위엄과 세력이 천하를 진동시키고 있습니다. 게다가 승상께선 후한 상까지 받았으며 존귀한 지위에 앉아 총우(寵遇)를 한 몸에 받고 계십니다."

"그게 잘못되기라도 했다는 얘기요?"

"물론 잘못되어가는 상황이지요. 이런 상태로 세월이 조금만 흐르면 몸에 화가 필히 미칩니다."

주발은 겁이 덜컥 났다. 스스로가 생각해도 뭔가 위태롭다고 느껴져 승상의 인수를 반환할까 생각하고 있었다.

비슷한 시기에 비슷한 사건이 또 발생했다. 낭중 원앙(袁盎)이 황제 앞에서의 주발의 몸가짐을 두고 시비를 벌인 일이었다.

원앙은 여태후 시절에는 여록의 식객이었다. 여씨 세력이 일소되고 효문제가 즉위하자 주발의 친구인 형 원쾌(袁噲)의 힘으로 낭중에 발탁된 인물이었다.

주발의 세력은 절정에 있었으므로 조정에서의 몸가짐에서도 그것이 나타났다. 조회를 마치고 퇴청할 때에는 주발의 걸음걸이는 의기양양했다. 그런 주발에게 황제도 손수 배웅을 나가서는 정중하게 목례까지 하면서 내보냈다.

원앙은 견딜 수가 없었다. 황제 유항한테 따져 물었다.

"폐하께선 승상을 어떤 인물로 보십니까?"

"사직지신(社稷之臣)이오."

"강후(絳侯 : 주발)께선 공신이긴 하나 사직지신은 아닙니다. 모름지기 사직지신이란 그 군주와 함께 존망을 함께하는 몸입니다."

"그런 해석도 있소?"

"여태후가 실권을 잡았을 때를 기억하십시오. 여씨들이 승상과 왕의 지위를 독점하자 유씨 명맥은 실낱같이 끊어질 듯했습니다. 그 때 강후는 태위(太尉 : 오늘의 국방장관)로서 병권을 장악하고 있으면서도 그런 사태를 조금도 시정치 못했습니다."

"그랬소?"

낭중 원앙은 황제 유항에게 끈질기게 따졌다.

"여태후가 붕어하자 여러 대신들이 협력해 여씨 일족에게 항거했으며, 태위 주발은 오로지 병권을 장악할 수 있는 자리에 있었다는 이유 하나 만으로 우연히 공을 이루게 된 것입니다. 그러므로 그는 공신이긴 하나 사직지신은 아닙니다."

"그렇다면 그렇겠구려."

"그런데 그런 승상께서 폐하께 교만한 태도를 취하는 경향이 있습니다. 그에 대하여 폐하께선 또한 지나치게 겸양하십니다. 이것은 군주와 신하 간의 예의를 잃는 일입니다!"

듣고보니 그럴듯했다. 그 이후로 원앙의 충고를 의식한 황제 유항은 주발에 대하여 일부러라도 강경하고 위엄있게 대했다. 자연히 주발은 위축될 수밖에 없었다. 그러면서 원앙을 원망했다.

"너가 그럴 수가 있느냐! 네 형과 내가 막역한 사이인데, 네가 조정에서 나를 헐뜯다니!"

"헐뜯은 게 아닙니다. 원칙을 폐하께 주장했을 뿐입니다."

원앙은 끝내 사과할 기색이 없었다.

주발은 겁도 나고 달리 방법도 없다고 판단했다. 승상의 인수를 반환할 것을 청원했더니 황제는 얼른 이를 받아들였다. 주발은 속절없이 봉국으로 떠났다.

즈음이었다. 두희가 있는 황후궁으로 이상한 상소문 한 장이 올라왔다.

──황후께옵서 제 누님인 듯합니다. 저를 부르시어 제가 황후의 동생이 아닌가를 확인해 주십시오.

"어서 이 사실을 폐하께 알려라!"

황후 두희는 혹시 동생 두광국이 아닌가 하고 미리 흥분했다.

두광국이 유괴범들에게 유괴되어 간 것은 나이 다섯 살 때였다. 집에서 먼 곳으로 팔려가 버렸기 때문에 광국은 탈출해 집으로 오고 싶어도 올 수가 없었다. 광국의 집에서도 아이의 소재를 알 길이 없었다.

그런 상태에서 어린 두광국은 10여 차례 주인이 바뀌며 계속해서 팔려나가고 있었다. 의양(宜陽 : 하남성)으로 팔려갔을 때의 주인은 숯을 굽는 사람이었다.

"넌 주막으로 가서 술이나 두어 말 사서 지고 오너라."

주막은 먼 곳이었다. 시오리 길을 터벅터벅 걸어서 지게 양쪽에다 한 말씩 지고 현장으로 돌아왔을 때였다.

인부 백여 명이 낭떠러지 밑으로 모두 떨어져 이미 흙 속에 파묻히고 만 상태였다. 살아있는 사람이라곤 아무도 없었다. 그새 지진이 일어났던 것이다.

"난 참 운이 좋은 사람이다!"

두광국은 주인으로부터 탈출이고 뭐고 할 것도 없었다. 주인도 인부들과 함께 매몰되어 버렸기 때문이었다.

두광국은 문득 주막 근처에서 보았던 '점(占)'이라는 글자를 떠올렸다.

'구사일생으로 살아난 몸이니 난 매우 운이 좋은 사람이다! 앞으로 내 운수가 어떠한지 어디 점이나 한 번 쳐보자.'

그렇게 생각한 두광국은 터덜터덜 걸어서 어제 저녁에 술사러 나왔던 주막거리로 돌아갔다.

점치는 사람은 노인이었다. 노인은 한참 동안을 대나무 꼬챙이와 씨름을 하더니 갑자기 비명을 지르는 것이었다.

"앗! 세상에 이런 일이!"

"왜 그러십니까?"

노인은 대답 대신 넙죽 엎드려서 절을 했다.

"결국 죽을 운수입니까?"

"아니오, 젊은이! 그대는 후(侯)가 될 분이오! 그나마도 며칠 안으로 말이오!"

"저같이 무식한 게 무슨 후가 됩니까. 더더구나 그토록 심한 농담까지 하시다니!"

"복채는 받지 않겠습니다. 귀한 자리에 오르시거든 한 번이라도 이 노인네를 찾아와 주시구려."

믿을 수도 믿지 않을 수도 없어 막막한 기분으로 일어나려는데 노인은 다시 한 번 불러세우는 것이었다.

"서쪽으로 가시오. 곧장 서쪽으로!"

"서쪽이라니요?"

"장안도 의양에서는 서쪽이오."

유달리 정해진 곳도 없었으므로 노인과 헤어진 두광국은 무턱대고 장안으로 발걸음을 옮겼다.

장안으로 들어선 두광국은 아무 일거리나 얻겠다는 요량을 하며 우선 밥집으로 들어섰다.

그 때 몇 명의 밥손님들이 떠드는 소리가 우연히 두광국의 귀에 들어왔다.

"글쎄 말이여, 두황후께서는 고향이 조나라 청하라고 하는데, 어렸을 때 잃어버린 동생을 찾고 계시다더구먼. 그러나 그런 앨 어딜 가서 찾는담. 장강에서 바늘 찾기지."

두광국의 귀에 '두씨'라는 말이 유달리 크게 들렸다. 그래서 그 손님한테로 다가가 조심스럽게 입을 열었다.

"말씀 좀 물읍시다."

"물어보슈."

"황후께서는 두씨라고 하셨습니까?"

"분명히 그렇게 말했소."

"저도 두씨이며 고향이 조나라 청하입니다. 관진이라고도 하죠."

"청하 사람치고 두씨가 어디 한둘이겠소. 그래, 당신이 어렸을 때 집을 나가기라도 했소?"

"유괴되었지요. 다섯 살 때."

"뭐요? 난 미앙궁 소속 위사요. 혹시 당신이……!"

두광국의 상소문이 황후한테 전달된 경위는 바로 그 미앙궁 소속 위사에 의해서였다.

두광국은 이튿날 위사에게 인도되어 미앙궁으로 들어갔다.

뜻밖에도 전상에는 황제와 황후가 나란히 앉아 있었다. 두광국은 황후를 유심히 바라보았고 황후 두희는 두광국을 미심쩍은 눈으로 내려다보고 있었다.

황제 유항이 직접 심문했다.

"잘 듣거라. 너같은 백성이 벌써 다섯 명이나 다녀갔다. 그런데 그들 모두가 하나같이 사기꾼이었다. 너 역시 황후의 동생이라 속여 팔자나 고쳐볼 생각에서 상소하여 궁으로 들어왔다면 미리 이실직고해 그나마 짐을 속인 죄나 면하도록 해라."

"아닙니다. 소인이 유괴될 때가 다섯 살 때였기에 이름과 고향은 알고 있습니다. 황후께옵서 잃어버린 동생을 찾으신다기에 혹시 소인이 아닐까 하는 생각에서 상서한 것뿐이옵니다. 폐하를 속일 생각은 전연 없습니다."

"그렇다면 어디 질문에 대답해 보아라. 네 이름이 뭐냐?"

"두광국입니다."

"집을 나간 것은 인신매매범한테 유괴되었기 때문이라고?"

"그렇습니다. 맨 처음에 소인을 키워 밭일을 시키려고 했답니다. 그 다음에는 푸줏간 심부름꾼으로 팔렸고 그 다음에는 주막의 허드렛 일꾼으로 팔려갔고…… 그런 식으로 열 차례나 팔려나갔다가 얼마 전까지는 숯을 굽는 인부로 일하고 있었는데 다른 인부들과 함께 주인이 지진으로 매몰되는 바람에 그제서야 저는 자유의 몸이 되어 장안으로 올 수 있었습니다."

"됐다. 그만해라. 그런데 너에게는 형이 있었다는데 형의 이름을 알고 있느냐?"

"형이 계시다는 건 알고 있지만 이름은 모릅니다."

"그럼 누나 이름은?"

"누나 역시 누나라고만 불렀기 때문에 이름은 기억하지 못합니다."

참다 못한 황후 두희가 앞으로 나섰다.

"너에게 누나가 있었다면 누나와의 어렸을 적 기억같은 게 있을 게다. 무슨 생각나는 게 없느냐?"

두광국은 곰곰 생각하고 나서 대답했다.

"누나와 함께 뽕밭으로 가서 뽕을 딴 기억이 있습니다. 어린 제가 멋모르고 뽕나무에 올라갔다가 발을 헛딛고 떨어져 기절한 적도 있습니다. 그 때 누나는 저를 업고 의원집까지 뛰었습니다."

갑자기 두희의 얼굴에 긴장감이 서리기 시작했다.

"그 밖에 다른 추억은 없느냐?"

"누나가 영영 어딘가로 떠나게 되었을 때 소인은 역사(驛舍)까지 나가 눈물로 전송했습니다. 아 참, 그날 아침 누나는 면도기를 빌려와서 마지막으로 제 머리를 밀어주고는 또 밥까지 얻어와 먹인 후 떠나갔습니다."

그 때 황후 두희는 벌써 자리에서 벌떡 일어나 있었다.

"너에게는 두광국이란 이름 말고 어릴 때 부르던 이름이 따로 있었다. 기억나느냐?"

"예, 기억나고말고요. 소군(小君)이라 불려지기도 했지요."

그 순간이었다. 두희는 전상에서 달려내려와 두광국을 껴안았다.

"소군아! 너는 틀림없이 나의 동생이렸다!"

두희는 두광국을 붙들고 울기 시작했다. 눈물과 콧물이 뒤범벅이 되어 흘렀지만 두희는 아랑곳하지 않았다. 그러자 좌우에서 이런 정경을 눈여겨보고 있던 시종들 모두가 땅에 엎드려 울며 황후 두희의 비애를 돋우었다.

이런 광경을 물끄러미 바라보고 있던 관영이 하후영에게 중얼거리듯이 말했다.

"우리들이 살아있는 한 우리들의 운명은 두황후의 오빠와 두광국 두 사람에 의해 좌우될 수밖에 없을 것이오. 그건 엄연한 외척이기 때문이오.

그러나 전날 여씨들의 횡포에 시달렸던 일처럼 우리가 다시 당하지 않으려면 미천한 출신인 황후의 오빠와 동생에게 훌륭한 사부(師傅)를 선택해 주고 쓸 만한 빈객들과 사귈 수 있도록 도와주어야 할 것이오."

하후영도 몇 마디 거들었다.

"맞소. 그렇게 하지 않았다간 똑같은 여씨의 대란이 일어날 것이오. 관장군의 말씀처럼 덕행이 높고 온후하며 절의를 지키는 인물들을 뽑아 두 사람과 같이 생활하게 하면 두 분은 겸양할 줄 아는 군자가 되어 존귀한 신분이 되어서도 감히 남에게 교만하지 않을 것이오."

한편 봉국으로 쫓겨간 주발은 불안과 공포에 떨고 있었다. 우승상 지위에서 당한 권고사직은 곧 죽음을 의미하는 것이 아닐까 하는 불안에 시달리게 된 것이다.

즈음에 하동군 태수와 위(尉)가 주발이 있는 강현(絳縣)으로 순시차 왔다.

'이크! 나를 죽이러 왔나보다!'

주발은 서둘러 갑옷을 챙겨입고는 장검을 허리에 찼다. 가신들에게도 모두 완전무장시켜고 그제서야 태수와 위를 만났다.

적군 대하듯하는 주발의 행동을 살핀 태수 일행은 어이가 없었다.

'무언가가 있다! 심상한 행동이 아니다!'

태수 일행은 황제에게 즉각 상주했다.

──주발이 모반할 것 같은 의도가 엿보입니다.

일단 그런 글을 받은 황제 유항으로서는 조처를 취하지 않을 수가 없었다.

"정위는 주발의 모반행위를 철저히 조사하라!"

12. 반역의 상

　황제 유항의 명을 받은 정위는 장안의 옥리를 시켜 주발을 체포해 고발된 반역혐의를 취조하게 했다.
　주발은 봉국인 강현으로부터 속절없이 압송되어 왔다.
　원래 강후 주발은 우직할 만큼 외골수였다. 일찍이 고조 유방이 한실의 뒷일을 위탁할 만한 충신으로 여겼던 바도 그의 인품을 통찰했기 때문이었다. 실상 여씨 일족을 주벌해 한실을 무사히 지켜낸 것만 보아도 유방의 기대에 조금도 어긋남이 없었다고 볼 수 있었다.
　그런 그가 주살될지 모른다는 공포에 시달림으로써 엉뚱한 방어책을 강구하다가 오히려 반역죄로 고발당한 사실은 자신도 잘 이해할 수가 없었다.
　'모반한 사실도 없는 내가 어쩌다가 이 지경에 이르렀을까!'
　고문은 더욱 심하게 가해졌다. 말솜씨도 어눌한 데다 글도 신통찮은 그로서는 어떻게 변명해야 되는지도 알 수 없었다. 다급했다.
　"여보게, 옥리. 내가 천금을 그대에게 주면 나를 좀 살살 다룰 수 있겠나?"

효과는 금새 나타났다. 천금을 받아챙긴 옥리는 주발이 살아날 수 있는 방법까지 알려주었다. 옥리는 목찰(木札) 뒷면에다 무슨 글씨인가를 써서 슬쩍 주발에게 넘겨주었다.

── 황녀(皇女)를 증인으로 삼으시오.

'아 참 그렇지! 황녀야말로 내 큰며느리가 아닌가!'

실제로 주발의 장자인 주승지(周勝之)의 아내가 효문제의 딸이었다.

살아날 수 있겠다는 생각이 들면서부터 주발은 마음의 여유가 생겼다. 누구에게 줄을 대어야 가장 확실하게 구명될 수 있겠다는 궁리도 생겼다.

"옥리, 박후의 동생 박소를 좀 만날 수 있게 해주시게."

박소가 옥중으로 찾아왔다.

"내가 증봉될 때 받은 하사금 모두를 그대에게 주겠소. 박태후께 그대가 부탁하여 폐하께 나를 위해 호소해 주도록 해주오. 실상 나는 아무 죄가 없소."

결국 주발은 백방으로 손을 쓴 꼴이었다.

때마침 효문제 유항이 모후인 박태후궁으로 문안차 들게 되었다. 박태후는 쓰고 있던 모서(冒絮 : 노인의 두건)를 벗어 황제에게 집어던지며 소리질렀다.

"폐하의 현명함이 겨우 그 정도요? 강후 주발을 체포하다니! 그는 여씨 일족을 주벌하고 그대가 즉위할 때까지 옥새를 지키고 있었소! 무엇보다 그는 북군을 장악하고 있던 장군이었단 말이오! 모반하려면 그 때 해치웠지 그래 권세도 잃고 작은 시골에 틀어박혀 있는 그가 지금에 와서 무엇 때문에 모반을 한단 말이오!"

황제 유항은 모후 박태후의 호통에 백배사죄할 수밖에 없었다.

"알고 있습니다. 강후 주발이 옥중에서 진술한 바를 모두 듣고 있으니 옥리의 취조가 끝나는 대로 곧 석방하겠습니다."

"아니되오! 지금 당장 석방시키시오! 은혜를 모르는 자는 황제도 아니오!"

"즉시 절모(節旄 : 칙사의 표시)를 사자에게 들려보내 강후를 석방하고 작읍을 회복시키겠습니다!"

주발이 석방되고 나서 알게 된 일이지만, 주발이 옥에 갇히게 되었을 때 황족이나 대신들 누구도 주발을 위해 변명해 주는 사람이 없었다. 그때 오직 원앙만이 주발의 무죄를 증명하느라 동분서주했다는 것이다.

"고맙네……"

"아닙니다. 강후께서는 모반하지 않으셨기 때문에 석방된 것뿐입니다."

주발이 다시 봉국으로 돌아가면서 중얼거린 말이 있었다.

"나는 일찍이 백만의 군사를 이끌었지. 그런데 옥에 갇히고 보니까 일개 옥리의 존재가 그렇게까지 존귀한 줄 몰랐어!"

회남왕 유장(劉長)은 효문제 유항의 살아있는 유일한 아우였다. 유장을 두고 원앙이 황제 유항에게 간언했다.

"야단났습니다. 회남왕께선 벽양후 심이기를 멋대로 죽였습니다!"

"무어? 벽양후를 무엇 때문에?"

"일찍이 여태후한테서 사랑받던 자라 하여 그것이 거슬렸던 모양입니다."

"그렇다고 짐의 허락도 없이 함부로 사람을 죽여?"

"오만방자한 행위입니다. 제후가 지나치게 교만해지면 반드시 근심할 만한 사태가 발생합니다. 그를 견책하시고 봉령을 삭감함으로써 미리 경고하시기 바랍니다."

"하지만 단 하나밖에 없는 형제다. 짐은 그에게 죄를 줄 수 없다."

유항은 원앙의 충고를 듣지 않고 유장의 심이기 살해사건을 흐지부지 넘겨버렸다.

얼마 후였다. 회남국 재상 시무(柴武)의 아들이 모반을 모의하다가 발각되었다. 취조해 본즉 유장과 연계되었던 것이 드러났다.

"아. 친동생인 그대가 어떻게 나한테 그럴 수가 있는가!"

이번에는 유항도 어쩔 수가 없었다.

"이 기회에 유장을 촉(蜀)땅으로 귀양보낸다! 그것도 수레를 몰아 호화롭게 유람 보내듯 할 게 아니라 함거(檻車 : 죄인 호송차)에 실어 역참마다 마차를 갈아태워 급송키로 한다!"

중랑장(中郎將)으로 있던 원앙이 펄쩍 뛰었다.

"그것은 아니 되십니다!"

"무엇이 아니 된단 말이오! 원래 회남왕 유장을 벌주자고 했던 게 그대가 아니오!"

중랑장 원앙의 반발에 황제 유항은 발끈했다.

"평소에 폐하께서는 회남왕의 교만을 허용하시어 조금도 제지시키지 않으시다가 이런 지경에 이르렀습니다. 그런데 이제와서 그런 식으로 그분의 기(氣)를 완강하게 꺾으려 하시니 그분의 강인한 외곬수 성품으로 보아 어떤 사태가 일어날지 모릅니다."

"그럼 어떻게 처리하는 게 옳단 말이오?"

"귀양을 보내실 게 아니라 여기서 단호하고 엄격한 처단을 내리시는 게 옳을 듯합니다."

"짐은 그대의 설득을 이해할 수 없소. 가장 단호한 엄단은 촉땅으로 귀양보내는 일이 아니겠소!"

"촉땅까지는 상당히 고된 여정이옵니다. 가는 도중 안개나 이슬을 맞거나 혹은 열병으로 돌아가실 수도 있는 험로입니다. 그럴 경우 폐하께서는 광대한 천하를 소유하시고도 아우 하나를 포용 못해 죽게 했다는 오명을 쓰시게 됩니다."

황제 유항은 잠깐 흔들리는 기색이었지만 곧장 단호한 표정으로 되돌아왔다.

"애초의 결정대로 하라!"

결국 황제는 원앙의 간언을 듣지 않고 유장을 촉땅으로 보내고 말았다.

열흘 후였다. 옹(雍)땅으로부터 소식이 날아들었다.

"회남왕께선 옹땅에 이르시어 병사하시고 말았습니다!"

이번에는 황제 유항이 펄쩍 뛰었다.

"무엇이? 그가 왜 그토록 빨리 병들어 죽었단 말인가!"

"역참마다 계속 인계해 즉시 호송하라는 폐하의 지엄하신 분부로 미처 진지 올리는 일을 잊어버려 굶어서 돌아가신 듯합니다."

"아아, 이를 어쩌나!"

유항은 대성통곡했다. 식사까지 폐하고는 며칠을 슬피 울었다.

원앙이 입조했다.

"소신이 강력하게 간하지 못해 이런 일이 있어났습니다. 벌 주십시오!"

황제가 말했다.

"아니오 아니오! 그대에게 무슨 죄가 있겠소. 짐이 그대의 말을 듣지 않았다가 이꼴이 되었지!"
"그토록 자책하지 마십시오. 지난 일은 이미 지난 일입니다. 폐하께서는 기왕의 실수를 만회하고도 남을 만한 세상의 뛰어난 덕행이 세 가지나 있지 않습니까. 그만한 일로는 폐하의 명예가 훼손되지가 않습니다."
유항은 호기심어린 눈으로 원앙을 굽어보았다.
"짐의 세 가지 덕행이란 무어요?"
중랑장 원앙이 황제 유항을 우러러보며 대답했다.
"폐하께서 아직 대왕으로 계실 때 황태후께서 삼 년 간이나 병환으로 고생하신 적이 있습니다. 그 때 폐하께선 의복도 벗지 않은 채 뜬눈으로 밤을 새셨고, 탕약도 폐하의 입으로 직접 맛보지 않고서는 진상하지도 않았습니다."
"당연한 효행이겠거늘 그게 무슨 덕행까지 되겠소."
"이는 저 효로 유명한 증삼(曾參 : 공자의 제자)도 하기 힘든 일이었습니다. 폐하께서는 왕자(王者)의 고귀한 신분으로서 그것을 실행하셨습니다. 이것은 폐하의 첫번째 덕행입니다."
"그럼 두번째 덕행은 뭐요?"
"여씨 일족이 정권을 전단할 때 폐하께서는 대국으로부터 겨우 여섯 마리가 끄는 수레를 타고 장안에서 어떤 사태가 일어날지도 모르는 상황에서도 태연히 달려오셨습니다. 이는 저 맹분(孟賁)이나 하육(夏育 : 모두 전설적인 용사)같은 용자의 용기도 폐하한테는 미치지 못하는 행위였습니다."
"그렇지도 못하오. 짐은 한없이 두려웠기로 몇 차례씩 장안으로 사람을 보내어 상황을 점검한 후에야 입경한 겁쟁이에 지나지 않았소."
"세번째의 덕행을 말씀드리겠습니다. 그날 폐하께서는 장안의 대국

저택으로 도착하시어 서향(西向)해 세 차례나 천자위를 사양하셨고, 남향해서는 두 번이나 사양하셨습니다. 저 덕행으로 유명한 허유(許由)도 단 한 차례만 사양했습니다. 허유보다 다섯 차례나 더 많은 사양을 하셨습니다. 회남왕을 귀양보낸 것은 그의 심기를 흔들어 잘못을 고쳐주려는 호의에서 그랬을 뿐입니다. 그의 죽음은 폐하의 본래 의도와는 전연 상관이 없습니다."

유항은 그제서야 응어리가 풀어졌는지 가볍게 한숨을 쉰 뒤에 물었다.

"그건 그렇고 앞으로 이 일을 어떻게 처리했으면 좋겠소?"

"회남왕에게는 세 아들이 있습니다. 그들에게 폐하께서 어떻게 하시는가에 달려 있습니다."

"아, 그렇구려!"

효문제는 결국 유장의 세 아들 모두를 왕으로 세웠다.

그런 일들로 해서 조정에서의 원앙의 무게는 날로 무거워져갔다. 그토록 명성이 자자해지자 원앙을 모함하는 자가 생겼다. 바로 황제의 총애를 받고 있는 환관 조동(趙同)이었다.

'그놈은 하루 종일 황제 곁에 있으면서 외출할 때에도 배승해 날 모함하느라 속닥거리고 있으니 저놈을 어찌한다?'

원앙은 머리가 아팠다.

원앙의 조카 원종(袁種)은 황제의 상시기(常侍騎 : 시종무관기병)였다. 황제의 권한을 표시하는 절(節)을 가지고 승여 옆에서 항상 황제를 모셨다.

그런 조카 원종에게 원앙은 자신의 고민을 털어놓았다.

"환관 조동이 나를 모함하지 못하게 하는 무슨 방법이 없을까?"

원종은 곰곰 생각하고 나서 귀띔했다.

"결국 그놈의 중상모략이 통용되지 못하도록 하는 방법밖에 없겠지요."

"어떻게?"

"삼촌께서 어전에서 공공연히 조동과 다투십시오. 그리고 기회있을 때마다 모욕을 주십시오."

"그렇게 하면?"

"폐하께서 조동이 삼촌을 어떻게 모함해도 믿지 않게 될 것입니다."

"그 묘하다!"

기회를 엿보고 있던 원앙은 마침 황제 유항이 외출을 하는데 조동이 배승하고 있는 것을 발견하고는 수레 앞에 넙죽 엎드렸다.

"무어요?"

유항은 놀란 눈으로 원앙을 내려다보았다.

"아뢸 말씀이 있습니다. 자고로 천자의 사방 여섯 자 승여에 배승이 허용된 인물은 모두가 천하의 영웅 호걸들이었습니다."

"그래서?"

"그러한데도 지금 한나라에서는 아무리 인재가 없다지만 폐하의 승여에 하필 거세 당한 환관 따위를 동승시킵니까!"

"그렇소!"

멋쩍어진 유항은 웃으면서 조동에게 말했다.

"그대는 내리도록 하라."

그러자 조동은 훌쩍이면서 마지못해 승여에서 내렸다.

어느날 유항이 패릉에서 승여에 탄 채 서쪽 험준한 언덕길을 직접 말을 몰아 달려 내려갔다. 그 때 말을 타고 있던 원앙이 승여 옆으로 말을 바짝 대면서 승여를 몰던 말의 고삐를 잡아챘다. 유항이 불평했다.

"짐은 괜찮은데 오히려 그대가 겁이 난 모양이구려!"

원앙은 정색을 하고 대답했다.

"천만장자의 아들은 당(堂)의 가장자리에 앉지 않으며, 백만장자의 아들은 난간에 기대지 않으며, 성천자(聖天子)는 위험을 무릅써 가며 행운을 바라지 않는다고 들었습니다. 하물며 천자인 폐하께서 이토록 자신을 가벼이 여기시다니! 만에 하나 말이 놀라 수레가 파손되는 일이라도 생긴다면 고조의 묘(廟)와 황태후(皇太后 : 효문제 생모 박태후)에게 무슨 명목으로 대하실 것입니까."

"듣고 보니 짐의 몸이 짐의 것이 아니구려."

화창한 봄날이었다. 황제 유항은 상림원(上林苑 : 장안에 있음)으로 행행(行幸)하는데 두황후와 애첩 신부인(愼夫人)을 대동했다.

그런데 원중(苑中)으로 들어가 좌석을 정할 때였다. 원의 위서장(衛署長)이 두 여인의 자리를 동렬(同列)에다 놓았다. 궁중에서는 언제나 좌석이 동렬이라는 소문을 들었으므로 위서장은 별 생각없이 그렇게 배치했던 것이다.

그러나 원앙은 그것을 그대로 두지 않았다. 얼른 달려가 신부인의 자리를 한 칸 뒤로 물려버렸다.

신부인은 화가 나지 않을 수가 없었다.

"놀이고 뭐고 그만두겠어요!"

토라진 신부인이 자리를 뜨자 유항도 덩달아 화를 냈다.

"중랑장 그대가 무엇이길래 좌석을 교란시켜 유쾌한 놀이를 망치려 하는 거요!"

황제 유항 역시 놀이를 포기하고 궁중으로 돌아가버렸다.

원앙은 즉시 어전으로 달려들어갔다.

"폐하, 높고 낮은 지위에 질서가 잡혀 있으면 상하가 모두 평화롭다고 들었습니다. 폐하께선 오래 전에 두황후를 세우셨습니다. 신부인께서는 첩실에 지나지 않습니다. 황후와 첩실이 동렬에 앉아도 되겠습니까."

"그래서 안 될 건 또 뭐가 있소!"

"오늘 상림원에서 하신 폐하의 행위는 신부인에게 화를 만들어주는 일입니다. 설마 여태후가 척부인을 '사람돼지'로 만들었던 경우를 잊지는 않으셨겠지요. 정작 폐하께서 신부인을 사랑하신다면 차라리 후한 금품을 내리십시오. 그것은 높낮은 지위의 분별과는 관계없는 일입니다. 폐하의 이번 처사는 능력은 없는데 총애하는 가신이라 하여 높은 지위를 주어 나라 망치는 사단을 만드는 일과 다를 바 없는 행위입니다."

유항은 묵묵히 듣더니 마침내 고개를 끄덕거렸다.

"듣고 보니 그대의 말이 옳소."

유항은 몹시 기뻐하며 신부인을 불러 원앙의 간언을 전했다. 신부인 역시 고마워하며 원앙을 불러 황금 50근을 내렸다.

"그렇지만 황제께 너무 직간을 자주 하면 경원당하기 쉽습니다!"

신부인도 충고하기를 잊지 않았다.

결국 원앙은 궁중에 오래 있지 못하고 농서(隴西 : 감숙성)의 도위(都尉)로 전임되었다.

원앙은 거기서도 사졸들에게는 자애롭게 대했으므로 그를 위해 생명을 던지겠다는 자들이 많았다. 소문을 들은 황제는 원앙을 곧 제(齊)의 재상으로 전임시켰다가 다시 오(吳)의 재상으로 전보했다.

오나라로 가려고 준비를 하고 있을 때였다.

조카 원종이 서둘러 원앙을 찾아왔다.

"삼촌, 오나라 재상으로 다시 발령을 받으셨다면서요."

"글쎄 말이다. 오왕 유비는 성격이 교만한데다가 그의 수하에 또한 간사한 무리들이 많다고 들었는데 내가 재상 일을 잘 처리해 낼지 그게 걱정스럽구나."

"그래서 드리는 말씀입니다. 아니, 오왕의 성격을 두고 하는 얘기가 아니라 삼촌의 성격 때문에 화를 입지 않을까 저는 그게 더 걱정스럽다는 뜻입니다."

"내가?"

원앙은 조카의 뜻하지 않았던 충고에 화들짝 놀랬다.

"삼촌께서는 만사에 모든 잘못을 바로 잡으려는 성격을 가지고 계십니다. 그러다가는 필히 일을 각박하게 처리하게 되지요."

곰곰 생각에 잠겨 있던 원앙은 결국 고개를 끄덕거렸다.

"자네 충고가 옳아. 나한테 그런 성격이 있지. 그래 내가, 오나라로 가서 어떻게 처신해야 좋겠나?"

"우선 오왕의 성격으로 보아 삼촌을 필시 폐하께 중상모략하든가 그나마도 모자라 심하게는 자객을 시켜 삼촌을 척살할지도 모른다는 사실을 기억하십시오."

"나를?"

"그러니까 삼촌이 오나라로 가시거든 남의 일에 결코 간섭하지 마시고 업무에 진력하지도 마십시오."

"날더러 무능하고 기백도 없는 인간이 되라는 말이로구나."

"그러지 않으셨다간 삼촌께선 목숨을 잃습니다. 남방은 저지대인데다 습한 지방이니 술이나 자주 마시는 게 몸에도 좋습니다. 그저 오왕께 간혹 '모반은 하지 말아 주십시오' 하고 권하기만 하면 다행히도 삼촌께서는 위험은 면할 수가 있을 것입니다."

그토록 말썽꾼인 오왕 유비는 고조 유방의 형 유중(劉仲)의 아들이다. 유방이 천하를 평정한 뒤 형 유중을 대국(代國)의 왕으로 삼았는데 흉노에게 쫓겨 낙양으로 잠행도주해 들어왔다. 유방은 차마 형을 벌줄 수가 없어 왕위만 박탈한 채 후(侯)로 떨어뜨리는 것에 그쳤다.

나중에 경포가 반란을 일으켰을 때였다. 유중의 아들 유비는 나이 20세로 기력이 흘러넘치는 기병대장이었는데, 경포군을 무찌를 때 혁혁한 공을 세운 인물이었다.

오나라 지방 주민들의 특성은 날래고 사나웠다. 그래서 유방은 이들을 다스릴 경험많고 용맹한 인물을 골랐으나 마땅한 적임자가 없었다. 유방의 아들들 역시 모두 어려서 왕으로 보낼 수가 없었다.

그 때 궁여지책으로 생각해낸 인물이 유비였다.

'가만 있어 보자. 유비 그 놈이 젊지만 용감무쌍하지. 오왕으로 임명하고 3군 53성시를 다스리도록 해야겠구나.'

유방은 즉각 유비에게 오왕의 옥새를 넘겨주었다.

유비가 오나라로 떠나기에 앞서 고조 유방한테 인사를 하러 왔다. 그 때 찬찬히 유비의 얼굴을 뜯어보던 유방은 깜짝 놀랐다.

'아 이놈 보게나! 얼굴에 반역의 상(相)이 있구나!'

옥새를 넘긴 상황이었으므로 취소할 수도 없었다. 후회하면서도 굳이 유비의 등을 두드리며 부탁했다.

"앞으로 50년 안으로 한나라 남동쪽에서 반란을 일으키는 자가 있다면 반드시 너일 것이다!"

"예에?"

"그러나 어차피 너도 유씨가 아니냐. 꿈에서라도 부디 모반할 생각일

랑 말아라."

"결코 그런 일은 없을 것입니다."

"믿겠다."

효혜제와 여태후의 치세시대는 천하 평정의 초기인지라 유비도 별 탈 없이 넘어갔다. 수중의 백성들 어루만지기에 급급했기 때문인 듯했다.

그런데 오나라 예장군(豫章郡 : 강서성)에는 구리 광산이 있었다. 이를 기화로 유비는 동전을 무진장 만들어내고, 동쪽 바닷가 쪽에서는 바닷물을 끓여 수만 섬의 소금을 만들어냈다. 세금을 걷지 않아도 나라 재정이 튼튼하니 오왕 유비는 점차 기고만장해지지 않을 수가 없었다.

드디어 효문제 유항의 치세 때가 되었을 때 오왕 유비는 아들인 태자를 입조케 해 황제를 알현하도록 했다.

그런데 유비의 아들 오태자는 아비를 닮아서인지 사납고 무례하고 경박스럽고 교만했다. 황태자와 쌍륙(雙六)을 치면서도 그 놀이방법을 가지고 사사건건 무례하게 다투었다.

참다 못한 황태자가 쌍륙판을 들어 오태자의 머리를 내려치자 그만 오태자의 머리통이 깨지며 즉사했다.

태자의 유해는 오나라로 돌려보내졌다. 그러나 아들의 유해를 맞은 오왕 유비는 노발대발했다.

"무어야! 장안에서 죽었으면 장안에서 장례지낼 일이지, 같은 유씨 천하 일가라면서 굳이 여기까지 돌려보내 장례를 치루게 할 건 뭐냐!"

유비는 오태자의 유해를 받지 않고 한사코 장안으로 되돌려보냈다.

그것이 한조(漢朝)에 대한 유씨 원한의 발단이었다.

오왕 유비는 그 이후부터 한조에 대해 번신(藩臣)의 예를 노골적으로 지키지 않았다. 입조하라는 연락이 와도 병을 핑계로 장안으로 가지 않왔다. 그러자 장안에서는 오나라 사자를 번번이 잡아 옥에 가두며 힐책하고 심문했다.

"도대체 너희 오나라 왕은 무엇 때문에 장안으로 입조하지 않는다더냐!"

사자들 역시 변명할 말이 없었다. 그렇게 되자 오왕 유비도 슬며시 겁이 났다. 원앙에게 대놓고 속마음을 털어놓았다.

"기왕에 목이 잘릴 바에야 모반하는 게 낫지 않겠소!"

그럴 때마다 원앙은 유비를 달랬다.

"제발 모반만큼은 하지 마십시오."

달랠 뿐만 아니라 한나라 조정과 오왕 유비와의 문제를 해결하는 일에 나섰다. 원앙은 황제 유항에게 서둘러 상소했다.

──사실 오왕께서는 병들지 않았습니다. 폐하께서 오나라 사자들을 계속 투옥 심문하셨기에 오왕은 겁이 나 더욱 병이라 핑계댄 것입니다. 차제에 말씀드리오니 폐하께서도 연못 속 물고기를 들여다보듯 아랫나라 사정을 너무 자세히 들추려 하시는 바도 상서롭지 못한 일인 듯 싶습니다. 폐하께서는 기왕지사를 버리시고 오왕과의 관계를 새롭게 해주시면 다행이겠습니다.

'원앙의 생각이 옳다.'

유항은 즉시 오나라 사자를 석방하면서 안석(案席)과 지팡이를 주어 보내며 말했다.

"오왕 유비는 나이가 많으니 입조하지 않아도 된다고 전해라."

유비는 황제로부터 죄를 용서받자 그제서야 꾀하려던 음모도 그만두게 되었다.

오나라는 그 때부터 잘 다스려졌다. 구리와 소금의 수입으로 백성들

반역의 상　269

에게 부세를 받지 않아도 배불리 먹일 수 있었으며, 남을 대신해 병역에 복무하는 자에게도 그에 따른 보수를 주었으니 장정들은 몹시 좋아했고, 타국에서 망명자나 범법자를 체포하러 와도 숨겨주어 잡아가지 못하게 했으니 백성들은 모두 오왕을 믿고 따르게 되었다.

모두 원앙의 보이지 않는 보필 덕택이었다.

임기가 끝나 드디어 원앙이 장안으로 귀국길에 올랐다. 그런데 가는 도중 한나라 승상 신도가(申屠嘉)를 만났다. 수레에서 뛰어내린 원앙은 얼른 신도가에게 배례했다. 그러나 승상은 수레 위에서 고개만 끄덕거리며 지나가버렸다.

원앙은 분했다. 더구나 부하들 보기에도 부끄러웠다.

"수레를 돌려라!"

원앙은 신도가가 지나간 쪽으로 서둘러 수레를 몰게 했다.

'장안의 예절도 많이 변했구나! 하지만 나로선 저런 풍습은 용서할 수 없다!'

승상 신도가의 수레를 정지시킨 원앙은 다시 수레 앞에서 무릎을 꿇고 소리질렀다.

"승상, 주위 사람들을 물리치시고 제게 잠시 틈을 내어주십시오!"

신도가의 얼굴에는 불쾌감이 가득했다.

"그럴 틈이 없소. 귀관이 말하고자 하는 내용이 공무라면 관계관청으로 그대가 직접 가서 장사(長史)나 연(掾 : 모두 승상의 속관)에게 상의하시오. 그러면 내가 나중에 황제께 상주하겠소. 만일 사적인 일이라면 그 이야기는 아예 듣고싶지도 않소."

신도가가 움직이려 하자 원앙은 다시 수레를 막아서며 전보다 더욱 큰 목소리로 떠들었다.

"글쎄, 승상께서는 진평이나 주발보다 나은 인물이라 생각하십니까!"
"갑자기 그건 무슨 소리요?"
"우선 대답해 주십시오."
"내가 어찌 그분들과 감히 견주겠소."
"스스로 못하다고 말씀해 주시니 다행입니다. 실상 진평과 주발은 고조황제를 도와 천하를 평정하고 장군이나 재상이 되었으며 나중에는 여씨 일족을 주멸해 황족 유씨를 존속시켰습니다. 그에 비해서 승상께선 무슨 업적을 남기셨지요?"
"업적?"
"승상으로 말씀드리자면 강궁이나 쏘던 무졸 출신으로 약간의 공을 쌓아 대장으로 승진하여 운좋게도 회양군 태수로 전격 발탁되었을 뿐이지 않습니까."
"순전히 운만으로 오늘의 자리에 앉게 된 건 아니오."
"아닙니다. 운 때문이었습니다. 승상에게는 기발한 계략으로 성을 공격했던가 야전에서의 군공이 유별나게 있었던 것도 아닙니다. 오로지 재수가 좋아 오늘에 이르렀습니다."

신도가는 분노하는 기색이 만면했다.

"그래서 어떻다는 얘기요?"
"폐하께서는 조정으로 나오실 적마다 낭관이 상주문을 올리면 그것을 받지 않으신 적이 없고, 길을 가다가도 신하가 상주를 요청하면 수레를 멈추지 않은 적이 한 번도 없었습니다. 또한 그 내용이 쓸 만하면 칭찬 역시 아끼지 않으셨습니다. 그렇게 함으로써 폐하께선 천하의 현명한 사대부들을 불러모을 수가 있었던 것입니다. 어쨌건 폐하께선 듣지 못했던 사실을 날마다 듣고, 알지 못했던 바를 즉시에 밝혀 성지(聖智)는 날로 더해 가셨던 겁니다. 그런데 승상께서는 자진하여 천하 사람의 입을 봉하고 스스로 귀를 막아 날로 우매해질 것을 자청하고 있으니 제가 보기엔 총명하신 우리 폐하께서 우매한 승상을 견책할 날도 머지 않았다는 얘기를 하고싶은 겁니다."

그날 신도가는 원앙의 논리정연한 힐책을 받고는 우울한 얼굴로 승상 관저로 돌아갔다.

실상 신도가가 승상이 된 것은 우연이었다. 효문제 유항이 즉위하고는 한동안 장창(張蒼)을 승상의 자리에 두었는데 황제의 조칙을 제대로 이행하지 않았다는 이유로 두황후의 동생 두광국을 승상으로 몹시 바꾸고 싶어했다. 그러나 그 또한 대신들의 반대가 열화같았다.

"아니 되옵니다! 비록 두광국이 현명하고 덕행이 높은 사람이기는 하나 황후의 동생이라는 인척이어서 결국 폐하께선 사사로운 정으로 외척을 등용했다는 비방을 면키 어렵게 됩니다!"

그래서 유항은 두광국 등용도 포기하고 말았다. 고조 유방의 대신들이나 장군들도 모두 죽고 없었다. 그 외에도 승상에 앉힐 만한 마땅한 적임자도 없었다. 그 때 유항은 다만 사람됨이 청렴 강직하다는 이유만으로 고심 끝에 어사대부로 있던 신도가를 승상에 앉힌 것이다.

그런 신도가가 크게 능력있는 인물은 되지 못했으나 그의 강직함은 알아줄 만했다. 사사로운 청탁 따위는 결코 용서 못하는 위인이었다. 원앙에 대한 그의 태도도 실상 강직한 성품에서 나왔을 뿐이지 그의 무능이나 교만 때문은 결코 아니었다.

태중대부(太中大夫) 등통(鄧通)은 유항의 남색(男色) 상대였다. 황제의 대단한 총애를 입고 있으니 은상이나 하사금품이 등통의 집에 거만으로 쌓일 수밖에 없었다. 어쨌건 유항은 등통의 집에서 자주 주연을 즐길 만큼 그를 총애했다.

즈음에 승상 신도가가 입조했다. 그랬는데 등통이 자신의 직위와 처지를 망각한 채 황제의 등 뒤로 바짝 붙어서 있었다. 물론 승상에 대한 예의도 차리지 않았다.

신도가는 분했다. 일단 황제에게 주청드릴 일을 끝내고나서 말했다.

"폐하, 신하를 총애하시어 그를 부귀하게 만드시는 것은 좋습니다. 그러나 그 신하가 총애를 믿고 무례하게 조정의 기강까지 흐트러뜨리는 행위까지는 용서해선 안 됩니다!"

유항은 눈치를 챘다.

"승상이 등통을 두고 하는 말인지를 알겠소. 그러나 그대가 참아주오. 짐이 그를 사랑하고 있지 않소. 그 대신 다시는 등통을 공식석상에 내보내지 않겠소."

신도가는 일단 그 정도에서 조정으로부터 퇴청했다. 그러나 승상부로 돌아오자 신도가는 등통을 소환하는 공문을 곧 띄웠다.

―― 등통은 승상부로 즉시 출두하라.

등통은 덜컥 겁이 났다. 승상부로 가는 대신 궁으로 달려가 황제에게 하소연했다.

"폐하, 승상이 소신을 죽이려 합니다!"

황제 유항은 징징거리는 등통을 보자 짜증이 났다.

"무어 그 까짓걸 가지고 울고짜고 앉았느냐! 짐이 그대를 곧 구출할 테니 걱정 말고 승상부로 가라니까!"

별 수 없었다. 등통은 여전히 징징거리며 불안에 떨면서 승상부로 갔다.

승상 신도가가 무서웠다. 그래서 등통은 승상부 문앞에 이르러 관을 벗고 맨발인 채로 기어들어가 머리를 조아려 무조건 빌었다.

"잘못했습니다. 용서해 주십시오. 다음부터는 결코 궁중의 기강을 흐리게 하는 짓은 하지 않겠습니다."

그러나 신도가는 못들은 체하면서 일방적으로 꾸짖기 시작했다.

"이놈아, 한나라 조정은 고조황제의 조정이야! 네깐 놈이 뭔데 일개 말단 신하가 전상으로 올라가 감히 폐하를 희롱해. 이건 대단한 불경죄다! 그 죄에 해당하는 벌이 무엇인지를 알고 있는가. 참수에 해당한단 말이다. 형리들은 즉각 참수해라!"

등통은 대경실색했다. 목숨이 경각에 달린 것이다. 그래서 끊임없이 머리를 땅에 찧으며 빌었다.

"살려 주십시오! 죽을 죄를 지었습니다만 한 번만 관용을 베풀어 주십시오! 딱 한 번만 용서해 주십시오!"

사죄행위가 얼마나 격렬했던지 등통의 머리통은 온통 피범벅이었다.

황제 유항은 따로 생각이 있었다. 그래서 등통에게 충분히 고통을 주었으리라 생각되는 즈음에서야 사자에게 부월을 주어 신도가에게 보냈다.

―― 짐이 귀여워하는 신하이니 그를 용서하기 바라오.

목숨을 건진 등통은 다시 징징 울면서 입조해 유항에게 고자질했다.

"승상이 진짜로 저를 죽이려 했습니다!"

"이제 그만 징징거리라니까!"

유항은 이번만큼은 등통의 호소를 못들은 척했다.

그런데 그런 등통을 애초에 유항이 만난 것은 지극히 우연이었다. 어느날 유항은 꿈을 꾸고 있었다. 하늘로 오르려고 애를 쓰는데 도무지 오를 수가 없었다. 그 때 황두랑(黃頭郞 : 누런 모자를 쓰고 황제의 배를

젓는 선장) 하나가 뒤를 밀어주어 그제서야 승천할 수 있었다. 그 때 뒤를 밀어준 사내를 돌아보니 황두랑 복장 뒤쪽에는 실로 꿰맨 자국이 있었고 허리 뒷부분은 터져 있었다.

'그 참 괴이한 꿈이로구나!'

꿈을 꾼 이튿날 유항은 우연히 창지(蒼池)로 나갔다. 호숫가에는 누대가 있었는데 어좌선(御座船) 근처에 황두랑 복장의 사내 하나가 서성거리고 있었다.

"어랍쇼! 바로 어젯밤 꿈에서 본 그자가 아니냐!"

황제 유항은 깜짝 놀랐다. 얼굴이 닮은 것은 말할 것도 없고, 황두랑 복장에다 등 뒤로 실에 꿰맨 것하며 허리 뒷부분이 터진 것까지 어젯밤 꿈에서 본 그대로였기 때문이었다.

너무나 신기해서 유항은 그를 불렀다.

"그대 이름이 무엇인고?"

"예에, 성은 등(鄧 : 『한서(漢書)』에는 효문제가 鄧은 登과 같다고 기뻐했다는 기록이 있음)이고 이름은 통(通)입니다."

"이쁜 얼굴에 배신을 모르는 착한 관상을 가졌구나. 오늘부터 궁으로 들어와 짐의 측근에 있어라."

등통은 성실 근면했다. 궁중 밖 사람들과는 교제하려고도 하지 않았으며 휴가를 주어도 외출할 생각도 하지 않았다. 그런 점이 더욱 이뻐서 유항은 많은 돈을 상으로 등통에게 내렸다. 관위는 이미 상대부(上大夫)에까지 올라가 있었다. 그럼에도 불구하고 타고난 재주가 없어 좋은 인재를 추천할 줄도 모른 채 그저 한 몸 바쳐 공손하게 황제만 위해 살 뿐이었다.

그런 등통에 대해 유항은 관상으로 자신이 있었다. 그래서 시험삼아 관상 잘 보는 자를 불러 등통의 관상을 보게 했다.

관상가는 등통을 살피더니 입맛을 쩍쩍 다시고는 송구스러워하며 말했다.

"궁상이라 굶어죽을 상입니다."

유항은 깜짝 놀랐다.

"무어라고? 짐이 생각만 있다면 그를 얼마든지 부유하게 만들 수 있거늘 어째서 그가 가난으로 굶어죽는단 말인가!"

"알 수 없습니다. 어쨌거나 그는 가난으로 굶어죽을 관상입니다."

황제 유항은 관상가의 확신에 찬 말에 오기가 났다.

"좋다! 오늘 당장 등통에게 촉의 엄도(嚴道 : 사천성)에 있는 동산(銅山)을 주어 동전을 마음대로 주조할 수 있는 특허를 주겠다. 그래, 등통이 주조한 돈이 천하에 퍼질 텐데 그래도 그가 엄청난 부자가 안 된단 말인가! 그래도 그가 가난해서 굶어죽어?"

하루는 유항이 종기를 앓아 괴로워하고 있는데 등통이 들어왔다. 등통은 두말 않고 유항의 종기 고름을 입으로 빨았다.

"천하에서 짐을 가장 사랑하는 자가 바로 너인 것 같구나!"

그러자 등통은 예사롭게 대꾸했다.

"저보다는 황태자이시겠지요."

"그럴까? 그렇다면 어디 한 번 시험해 보자."

태자가 불려들어왔다. 유항이 종기의 고름을 빨도록 명했으므로 태자는 오만 상을 찌푸리면서도 별 수 없이 빨았다.

'오냐! 등통 너 이놈, 나중에 두고 보자!'

등통으로서는 태자가 이를 갈고 있을 것이라는 사실을 알 턱이 없었다.

13. 징후

　원앙이 오나라 재상으로 외지에 나가있는 동안 조조(鼂錯)는 한나라 조정에서 한창 신진세력으로 이름을 날리고 있었다. 그의 직위는 중대부(中大夫)였다.
　그러나 원앙과는 사이가 좋지 않았다. 조조가 있는 곳에서는 원앙이 나가버리고 원앙이 있는 좌석에서는 조조가 자리를 떴다.
　'이놈, 어디 두고 보자!'
　서로가 속으로 으르릉거렸다.
　조조에 대한 신도가의 미움은 한층 더했다.
　'어떻게 해야 저자를 주살해 버릴 수 있을까!'
　조조 역시 승상 신도가에 대한 증오는 마찬가지였다.
　'오냐! 네가 얼마나 오래 버티는가 두고 보자!'
　조조가 또 미워하는 대상이 하나 더 있었다. 황제의 사랑을 받는 철부지 등통이었다.
　'폐하께서 붕어하시면 네놈의 인생도 끝인 줄 알아라!'

조조는 영천(潁川 : 하남성) 사람이다. 지현(軹縣 : 하남성)의 장회(長恢)선생에게서 형명학(形名學)을 배웠다.

황제 유항은 즈음에 『상서(尙書 : 서경)』를 전공한 자를 찾고 있었다.

"글쎄, 천하에서 『상서』를 전공하는 자가 한 명도 없단 말이오?"

신하 중의 하나가 대답했다.

"진(秦)의 박사였던 복생(伏生) 딱 한 사람이 있습니다."

"그럼 그를 불러오면 될 게 아니오."

"그건 거의 불가능합니다. 제남(濟南 : 산동성)이라는 먼 곳에 있는데다가 벌써 나이가 90입니다."

"무슨 좋은 수가 없겠소?"

"누군가를 복생에게 파견해 배워오도록 하는 방법이 있습니다."

"그럼 유학생으로 누가 좋겠소?"

다른 신하가 대답했다.

"태상(太常 : 종묘의식 관장하는 관리)에게 조칙을 내리십시오. 적당한 인물을 뽑아 보낼 것입니다."

그 때 선발된 인물이 장고(掌故 : 태상의 속관) 벼슬에 있던 조조이다.

학업을 마치고 돌아온 조조는 말끝마다 『상서』를 인용했다. 정책을 상주할 때에도 『상서』를 인용해 설득했다.

황태자의 사인(舍人 : 봉록 2백석)이었다가 문대부(門大夫 : 봉록 6백석)로 올랐으며 다시 가령(家令 : 봉록 8백석)으로 승진했다.

그는 능변이었기에 황태자의 총애를 받았고 태자궁에서는 그를 지혜 주머니로 칭송했다.

황제 유항에게 조조는 자주 글을 올렸다.

──제후들의 영지가 너무 넓습니다. 그로 인해 그들 세력이 매우 커질까 두렵습니다. 영지를 삭감하는 법령 개정을 감행하십시오.

유항은 그런 주장을 듣지는 않았지만 그 재능만은 기특하다 하여 중대부(中大夫)로 승진시켰다.

즈음에 조조가 입안해 올리는 계책을 황태자는 무조건 찬성했으나 원앙과 신도가 등 공신과 대신들은 거의 반대였다.

'요것들, 어디 두고 보자!'

조조가 이를 갈고 있을 때 효문제 유항이 붕어했다. 황태자 효경(孝景)이 황제로 즉위하면서 조조를 내사(內史 : 수도권 장관)로 임명했다.

그 때부터 조조는 주위를 물리치고 상주할 때마다 계책은 항상 채택되었다.

승상 신도가의 깐깐한 성격으로서는 9경(九卿)들보다 더욱 황제의 신임을 받는 그런 조조의 입지를 더 견딜 수가 없었다.

'어떻게 하면 저자를 제거할 수 있을까!'

노심초사했지만 그를 능가할 만한 힘이 없었다. 바로 그 때였다. 조조가 내사 직위를 이용해 불경스러운 일을 저질렀다.

'옳지 됐다! 이놈을 제거할 수 있는 절호의 기회닷!'

내사부는 태상황(太上皇 : 고조 유방의 아버지) 묘의 경내에 있었다. 문이 동쪽으로만 나 있어 출입에 불편을 느낀 조조는 남쪽으로 또 하나의 문을 냈다. 이 때 태상황 묘의 담을 뚫은 것이다.

"세상에 이토록 불경스러운 짓을 저지르는 놈이 다 있느냐! 내일 조회 때 상주하여 조조를 주살해야겠다!"

그런데 신도가의 그 말이 조조의 귀로 들어가고 말았다. 위기를 느낀 조조는 그날 밤 궁중으로 달려들어갔다.

징후 279

이튿날 조회 때였다. 승상 신도가는 이런저런 정사를 모두 상주하고 나서 드디어 묘원의 문제를 꺼냈다.

"폐하, 조조가 제멋대로 태상황의 묘원을 뚫고 문을 냈습니다! 청컨대 정위에게 넘겨 주살하십시오!"

속절없이 조조가 벌을 받을 것이라 생각했다. 그런데 황제 효경은 고개를 가로저었다.

"그것은 묘의 담이 아니고 경내의 바깥쪽 담에 불과하니 굳이 법에 저촉될 것도 없소."

"그렇다면 신이 사죄드립니다!"

조회를 마치고 승상부로 돌아온 신도가는 장사(長史 : 부관)에게 분통을 터뜨렸다.

"아, 내 잘못이다! 그놈을 먼저 벤 후에 상주할 것을! 허락받고 죽이려다 내가 오히려 당했다!"

승상 신도가는 그 일이 원인이 되어 발병하여 죽었고, 조조는 그로써 더욱 존귀하게 대접받았으며 어사대부(御史大夫)가 되었다. 달리는 범에게 날개를 달아준 형세였다.

'자, 나머지 놈들도 한 놈씩 제거해야지!'

조조가 먼저 착수한 일은 등통 제거였다. 효문제의 총애를 받고 있을 때 지금의 황제인 황태자 효경을 불러들여 황제의 종기 고름을 빨도록 한 자였다.

── 등통이 제 집에서 돈을 만들어 법으로 금지돼 있는 화폐를 국경 밖으로 수출하고 있습니다.

그렇지 않아도 등통을 미워하고 있던 황제 효경이 그런 고발장을 받자 모른 체할 리가 없었다.

"정위에게 넘겨 사실 여부를 샅샅이 캐도록 하라. 만일 고발 내용이 사실이라면 법에 따라 재산을 남김없이 몰수하고 국가에 대해 수억금의 손해배상까지 물도록 조처하라!"

체포돼 심문을 받은 등통은 고발내용이 사실이었으므로 속절없이 그 날로 알거지가 되고 말았다.

그동안 등통은 붕어한 효문제 유항의 누님인 장공주(長公主)와 밀통을 나누던 사이였다. 그토록 부자였던 등통이 알거지가 되어 있다는 소식을 들은 장공주가 가만 있을 리가 없었다.

"비록 반연금상태지만 굶어죽도록 할 수야 없지 않은가!"

등통을 불쌍히 여긴 장공주는 몰래 하사품을 자주 내렸다. 그러나 그때마다 이미 조조의 밀명을 받고 있던 관리들이 재빨리 달려와 하사품들을 뺏아가버렸다.

"국가의 부채에 대한 변조금조로 몰수해 가는 거요!"

그렇게 되니 등통은 금비녀 한 개도 몸에 지닐 수가 없었다.

이를 알게 된 장공주는 방법을 달리했다. 등통의 의식(衣食)을 조달하는 일이었다. 그러나 그런 편법에도 관리들이 온갖 핑계를 대어 방해했으므로 등통은 가난함을 벗어날 길이 없었다.

결국 등통은 도망쳐 걸식하며 숨어다니다가 한 푼도 소유하지 못한 채 굶어죽었다. 엄청난 부자였으면서도 '궁상이라 굶어죽을 것'이라던 관상가의 예언이 절묘하게 맞아떨어진 꼴이었다.

'자, 다음에 제거할 놈은 원앙이다!'

즈음에 조조는 법령 개정작업을 착실하게 진행하고 있었다.

── 제후가 죄를 범하면 그 영지를 삭감하고 봉토 주변의 군(郡)을 몰수한다.

조조한테서 이런 상주문이 올라오자 황제 효경은 일단 공경·열후·황족들을 소집해 심의케 했다.

그러나 법 개정에 대해 감히 반대하는 자가 아무도 없었다. 그래서 내친김에 조조는 이렇게 상주했다.

"폐하, 옛날 고조께서 천하를 평정한 당초에는 형제들도 얼마 되지 않고 황자들도 어렸기 때문에 다만 같은 성씨라는 이유로 큰 영지를 유씨들에게 봉했습니다."

황제 효경이 갑자기 생각났다는 듯이 되받았다.

"듣고 보니 그렇구려. 첩의 몸에서 난 황자 유비(劉肥)에게 제나라 70여 성을 지배케 했고, 배다른 아우 유교에게는 초나라 40여 성을 주었으며, 고조 형의 아들 유비(劉濞)에게는 오나라 50개 성을 주어 왕으로 삼지 않았겠소."

"맞습니다. 이들 세 명의 방계(傍系) 유씨에게 전국의 절반을 주어버렸던 것입니다. 그런데 이제 와서 저 오왕을 예로 들더라도 전날 태자 피살사건에 원한을 품고 병이라 핑계삼아 입조조차 않습니다. 법으로는 사형에 해당하지만 선제께선 오히려 안석(案席)과 지팡이까지 내리셨습니다. 그런 은덕은 지극한 것이어서 오왕은 잘못을 뉘우치고 당장 새 출발해야 옳았던 것입니다."

"새 출발?"

"오왕은 더욱 오만불손해져서 사사로이 화폐를 주조하고 바닷물로 멋대로 소금을 만들어 그 부유함으로 전국에서 망명한 불평분자들을 모아 반란을 획책하고 있습니다."

"반란을?"

"지금은 폐하께서 결심을 단단히 하셔야 될 때입니다. 그들의 영지를 과감하게 삭감하셔야 될 때라는 겁니다."

"영지를 삭감한다?"

"영지를 삭감해도 반란을 일으킬 것이고 삭감하지 않아도 반란을 일으킬 것입니다. 다른 점이 있다면, 삭감하면 그 반란이 빨리 일어나나 피해는 적을 것이고, 삭감하지 않으면 반란은 늦게 일어나나 피해는 클 것입니다."

황제 효경이 여전히 결심을 못하고 있는데 그 해 겨울에 초왕 유무(劉戊)가 입조했다. 조조는 그런 기회를 놓치지 않았다.

"폐하, 초왕 유무는 전날 박(薄)태후께서 상을 당하셨을 적에 복상하던 집에서 남몰래 간통을 했던 자입니다. 청컨대 그를 주벌하십시오."

그러나 효경은 차마 그를 죽일 수가 없었다.

"그를 용서하겠소. 다만 그냥 지나칠 수는 없으니 그 벌로 초나라 동해군(東海郡)을 삭감하겠소. 그리고 이번 기회에 오왕의 전날 잘못을 들어 오나라의 예장군과 회계군을 삭감하겠소."

조조는 그 정도에서 그치지 않았다. 황제 효경에게 상주했다.

"조나라 왕 유수(劉遂)는 병을 핑계로 입조하지 않았으니 영지 중에서 상산군을 떼어내십시오. 또 교서왕(膠西王) 유앙(劉卬)은 작위를 파는 부정행위를 저질렀습니다. 6개 현 정도는 삭탈해야 될 것 같습니다."

영지 삭감문제가 장안으로부터 끊임없이 흘러나오자 제후국의 왕들은 분통을 터뜨리지 않을 수가 없었다. 그 중에서도 오왕 유비가 가장 무섭게 화를 냈다.

"좋다! 그렇다면 나도 생각을 달리 할 수밖에!"

유비는 일의 진행이 영지 삭감 정도에서 끝날 일이 아니라는 사실을 감지했다. 야금야금 땅을 삭탈당한 뒤 목숨까지 내놓아야 될 것이라는 판단이었다.

오왕 유비는 오의 중대부 응고(應高)에게 물었다.

"차제에 음모를 표면화해서 거사하려 하는데 어떻겠소? 그런데 제후들 중에서 더불어 모의할 인물이 얼른 생각나지 않는구려."

"지방 제후들 중에서 가장 영향력이 막강한 제후는 교서왕 유앙이지요."

"좋은 발상이오. 그대가 대신 가 주겠소?"

응고가 주저하자 낮은 목소리로 말했다.

"문서 따위가 있으면 좋지 않소. 만일을 위해서 비밀을 지키자는 거요. 그대가 직접 가서 구두로 설득하는 게 제일 좋을 것 같소."

한동안 궁리에 열중하던 응고는 드디어 대답했다.

"좋습니다. 제가 대신 교서왕에게로 가서 우선 설득해 보겠습니다."

한편 법령의 개정이나 제후들의 영지 삭감 문제로 천하가 들썩거리게 되고, 또한 그런 발상의 장본인이 어사대부 조조라는 소문을 들은 조조의 부친은 고향 영천에서 서둘러 장안으로 올라와 아들 조조를 만났다.

"금상(今上)폐하께서 즉위한 당초부터 네가 요로(要路)에서 실권을 잡고 제후의 영지를 삭감해 황족들의 골육 사이를 이간질한다고 들었는데 사실이냐?"

"사실입니다."

조조는 표정 하나 바꾸지 않고 대답했다.

"천하가 너를 원망하고 있다. 어째서 네가 그런 일을 솔선해서 하느냐?"

"옳으신 말씀입니다. 그렇지만 그렇게 하지 않으면 황제의 존엄은 실추되고 종묘의 안태는 기대할 수 없습니다."

"그 법령은 포기하면 안 되느냐?"

"안 됩니다."

"네가 황실인 유씨를 안태롭게 만들지는 모르나 우리 조씨(鼂氏)는 너로 인해 확실히 위태롭다!"

부친의 간청에도 조조는 눈 한번 깜박이지 않았다.

"좋다! 그렇다면 나는 너를 아들이라 생각하지 않겠다. 어차피 나는 너를 떠나 나의 길을 가야 할 것 같구나!"

고향으로 돌아온 조조의 부친은 독약을 준비한 뒤 가족들에게 일렀다.

"내가 미리 죽는 것은 그놈으로 인해 몸에 화가 미치고, 그 역시 내가 눈뜨고 아들이 당하는 꼴을 차마 볼 수 없기 때문이다!"

다른 한편으로 오나라 중대부 응고는 교서왕 유앙을 만났다.

"오왕께선 고민에 고민을 거듭하시다가 감히 다른 사람에게는 속마음을 표시할 수가 없어 불초한 저를 직접 보내시어 충심을 대왕께 알리도록 하셨습니다."

"무슨 말을 전하라 하셨소?"

"지금 황제께서는 간신들에 의해 조종되고 계십니다. 제 이익을 빙자한 인간들의 감언이설에만 귀를 기울여 마음대로 법률을 변경하고 제후의 영지를 불법으로 빼앗고 재물의 징발은 더욱 많아지며 무엇보다 선량한 백성들에 대한 처벌이 날로 가혹해지고 있습니다. 속담에 '쌀을 다 먹어버리면 볍씨를 먹는다'는 말이 있듯 영지를 이토록 삭감하다가는 제후국들은 머잖아 멸망할 수밖에 없지요. 특히 저희 오왕과 교서국 대왕께서는 제후들 중에서도 그 이름이 높기로 한 번 감찰을 당하면 그 안온이 유지될 턱이 없지요. 오왕께선 병이 많아 오래 참조를 못했고, 대왕께선 작위를 팔았다는 참언으로 영지를 깎였다고 들었는데 그 정도로 어디 죄가 될 법이나 합니까. 그런 식으로 갔다간 영지 삭감 정도가 아니라 나라를 몽땅 들어가 버리겠지요."

"한데, 나더러 어떻게 하라는 거요?"

"함께 미움받는 자는 서로 돕고, 좋아하는 게 같은 자는 서로 붙들고, 뜻을 같이 하는 자는 서로 도와 성취시키고, 욕망이 같은 자는 서로 같은 길을 달려가고, 이익이 같은 자는 서로를 위하여 죽는다고 했습니다. 지금 대왕께서는 저희 오왕과 똑같은 걱정을 하고 계신 것으로 압니다. 차제에 이런 기회를 이용하여 순리대로 몸을 던져 천하의 걱정거리를 없애버리는 게 어떠하실지요?"

한동안 묵묵히 생각에 잠겨 있던 교서왕 유앙은 드디어 고개를 들었다.

"과인은 모반할 수가 없소. 지금 황제의 꾸중이 추상같지만 오로지 죄를 입고 두말 없이 죽는 수밖에 없지 않겠소. 무엇보다 오왕과 과인 두 사람의 힘으로는 거사가 성공한다는 보장도 할 수가 없고, 무엇보다 거사의 명분이 뚜렷하지 못하오. 그래서 과인은 반대요!"

응고는 끈질겼다. 교서왕 유앙을 다시 설득했다.

"거사의 명분을 말씀 하셨습니까. 그야 당당한 명분이 있지요. 어사대부 조조를 아시지요. 그자가 바로 황제를 현혹시켜 제후들의 영지를 불법으로 빼앗고 충신을 가리게 하며 어진이를 막게 하고 있습니다. 그래서 조정에서도 그를 미워하고 있으며, 제후들은 그를 원망해 모두가 배반할 뜻을 품고 있는 중입니다. 인간사가 극도에 달했는지 하늘에는 전란의 징조인 살별이 나타나고 땅에는 황충의 피해가 자주 일어나 기근의 징후가 보입니다. 벌써 천하 백성들이 근심과 고통을 느끼니 바야흐로 성인(聖人)이 일어나셔야만 될 때가 된 것입니다. 그래서 오왕은 조조 토벌을 명분으로 삼고 밖으로는 교서왕의 수레를 뒤따라 천하에 웅비하려고 하는 것입니다."

"과인을 뒤따라?"

"정의의 군사가 가는 곳에는 항복이 있을 뿐이며 복종치 않을 자가 없을 것입니다. 대왕께서 승낙한다는 말씀 한 마디만 해주신다면 오왕께선 함곡관을 공략해 형양과 오창의 곡식을 확보하고 한군의 진출을 막으며 대왕께서 나오실 때만 기다리시겠답니다. 그리하여 대왕과 함께 천하를 병합하면 그 때 두 대왕께서 천하를 양분해 가지시면 됩니다."

교서왕 유앙의 얼굴에는 점점 화색이 돌았다.

"과인을 앞장세워 천하를 양분하자는 얘기 아니겠소."

"그렇습니다. 그것은 아주 좋은 일입니다."

"좋소. 그렇게 하겠소!"

응고가 떠난 뒤였다. 모반 음모를 전해들은 교서국 재상 주만(朱曼)은 궁으로 달려들어와 유앙한테 충고했다.

"한 사람의 황제를 섬기는 것이 결론적으로 말해 저희들로선 훨씬 안락한 일입니다. 지금 대왕께서 오왕과 함께 일어나 설사 일이 잘 되더라도 결국은 두 군주가 서로 싸우게 될 게 아닙니까. 또 하나의 화근을 만드는 일이 되지요. 더구나 제후국 땅을 모두 합해도 한실(漢室) 직할의 땅 2할도 채 못되는데 이런 상태로 힘이나 제대로 써 보기나 하겠습니까."

"이미 결정했소!"

교서왕 유앙의 귀에는 벌써 그런 충고가 들리지 않았다. 오히려 즉시 사자들을 제(齊)·치천(菑川)·교동(膠東)·제남(濟南)·제북(濟北)으로 출발시켜 동맹을 호소하면서 더욱 기고만장해하고 있었다.

한편 오나라로 귀국한 응고가 오왕 유비에게 보고하자 유비는 여전히 걱정했다.

"그렇지만 교서왕의 마음이 변하면 어쩌지?"

응고는 자신만만하게 대답했다.

"교서왕을 의심하지 마십시오. 정 걱정되신다면 대왕께서 직접 교서국으로 가시어 면대해 맹약을 체결하십시오."

바로 그 때 오나라의 회계군과 예장군을 삭감한다는 조서가 드디어 오나라에 도착했다. 오왕 유비는 발끈했다.

"더 지체할 것도 없다! 즉각 군사를 일으킨다!"

오왕은 국내에 총동원령을 포고했다.

─ 과인의 나이 62세다. 스스로 대장이 되어 출전한다. 내 막내아들이 14살이다. 어리지만 사졸의 선두에 선다. 그러하니 모든 백성들은, 위로는 과인과 동년배로부터 아래로 나의 막내아들 동년배에 이르기까지의 모든 남자를 동원한다.

오나라에서만 20여만 명이 동원되었다. 오왕 유비는 남방의 민월(閩越)과 동월(東越)에도 군사요청을 했는데 동월에서는 이에 응해 오왕의 뒤를 따랐다.

오왕은 광릉(廣陵 : 강소성)에서 행동을 개시해 서쪽으로 전진하면서 회수를 건너서며 동시에 제후국들에 일제히 서신을 띄웠다.

─ 오왕 유비는 삼가 교서왕 유앙, 교동왕 유웅거, 치천왕 유현, 제남왕 유벽광, 조왕 유수, 초왕 유무, 회남왕 유안, 형산왕 유발, 여강왕 유사 등에게 삼가 묻습니다. 지금 한나라 조정에 적신(賊臣)이 있어 천하에 아무 공로도 없는 주제에 유씨 골육인 제후들을 멸시하고 전날의

공신들을 멸망시키고 있습니다. 이에 병사를 동원해 폐하의 측근에 있는 적신들을 주멸하고자 하니 저 오왕 유비의 뜻이 어떠한지요. 삼가 교시를 바랍니다. 만일 유씨 일족을 안태케 하고 한나라 사직을 지키는 일에 동의하신다면 즉각 군사를 일으켜 주십시오.

뿐만 아니라 오왕 유비는 거사가 성사된 뒤의 상사(賞賜)에 대한 세부 규정도 자세히 적어 띄웠다.

그러자 여러 제후국들로부터 반응들이 나타나기 시작했다. 우선 교서국에서는 한(漢)에서 파견한 2천 석 이하의 관리들을 모조리 주살해 버렸다. 교동·치천·제남·초·조나라에서도 교서에서와 같이 한의 관리들을 죽여버렸다. 그런 후 병사들을 동원해 서쪽으로 나아갔다.

그러나 제후국들의 동맹이 오왕 유비의 뜻대로 되어지지는 않았다. 그것은 분명히 불길한 징조들이었다. 우선 성양왕(城陽王) 유장(劉章)의 동맹 거부였다. 유비는 발끈했다.

"유장의 협조는 애초부터 기대하지도 않았다. 제딴엔 의(義)를 존중한답시고 여씨 일족을 칠 때에도 구경만 하고 있었지 않았느냐. 나중에 대사가 성취되고 나서는 성양국을 우리가 쪼개 가질 뿐이다!"

불길한 징조는 또 나타났다. 제나라 왕 유장려(劉將閭)가 동맹국에 가입한 것을 뒤늦게 후회하고는 음독자살한 사건이 일어난 것이다. 오왕 유비는 펄쩍 뛰었다.

"무어? 제나라가 동맹국에서 이탈했다고?"

응고가 한 마디 더 거들었다.

"제북왕 유지(劉志)도 출병치 못했습니다."

"유지마저!"

"제북의 낭중령으로 있는 자에 의해 유지가 감금당했기 때문입니다."

"왕이 신하에 의해?"

"'파괴된 성도 아직 수리 못했는데 벌써 군사를 동원하느냐'면서 유지를 성 밖으로 나오지 못하도록 했답니다."

"그러나 적어도 7개국의 군사동맹은 결성되지 않았소."

"하기야 그것이 희망이지요."

한편 장안에서도 7국이 반란을 일으켰다는 소식을 들었다. 그러나 반란의 사단이 자신에게 있었다는 사실을 감지 못한 어사대부 조조는 여전히 원한이 남아있는 원앙에게 죄를 뒤집어 씌우고 싶어했다. 그는 어사대부의 속관인 승(丞)과 사(史)를 불렀다.

"원래 원앙은 오나라 재상으로 있지 않았느냐. 그 때 많은 금전을 받고 오왕의 음모를 감추어 주지 않았겠느냐. 항상 '모반의 기미는 없다'는 가짜 보고서만 올리면서 말이다. 어쨌건 오왕이 어차피 모반을 한 이상 폐하께 청해 원앙을 취조할까 한다. 그렇게 하면 저들 반란군들의 전체적인 모반 윤곽이 드러나겠지."

원앙은 그동안 조조의 무고에 의해 벼슬은커녕 서민으로 떨어져 있었다. 휴가차 귀국하자마자 오왕한테서 재물을 받았다는 혐의를 받고서였다.

그런데 서민이 되어있는 원앙을 조사하려하자 승과 사가 반발했다.

"아무 힘도 없는, 오래 전에 낙향한 원앙을 이제사 불러 다시 취조한다는 건 의미가 없습니다."

"무슨 뜻인가?"

"오나라 재상으로 있을 때 그를 심문했든가 아니면 반란이 일어나기 전이라면 모를까 이미 반란군들이 서진하고 있고 원앙은 이미 아무것도 아닌 인간이 되어 있는데 그가 무엇을 알고 있다며 취조하려 하십니까?

저희들이 알기론 더구나 원앙같은 인물은 모반할 인품도 못됩니다."

"그대들이 원앙을 비호하고 있군."

"천만에요. 지금의 원앙은 취조 대상이 못된다는 뜻입니다. 더구나 그를 서민으로 만들어버린 건 어사대부 나리십니다."

어떻게든 원앙에게 죄를 뒤집어 씌우고자 했으나 부하들의 반대에 부딪친 조조는 이러지도 저러지도 못하고 있었다.

자정이 가까웠을 때였다. 원앙이 깊은 잠에 떨어져 있는데 문을 두드리는 소리가 들렸다.

"누구요?"

"어사대부의 속관 승과 사입니다."

원앙은 겁이 더럭 났다. 우선 앙숙인 조조가 먼저 떠올랐기 때문이었다.

"야심한데 그대들이 무슨 일로 나를 찾아왔소?"

"가만히 드릴 말씀이 있어 왔습니다. 걱정 마시고 우선 문을 열어 주십시오. 다급한 일입니다."

별 수 없었다. 문을 따 주자 안면이 있는 두 얼굴이 나타났다.

"오·초의 반란 문제로 조정이 발칵 뒤집혔습니다."

"발칵 뒤집혔는지 어쨌는지는 모르나 7국이 동맹해 서진하고 있다는 소문은 듣고 있소."

"이러고 계실 때가 아닙니다. 조조 어른께서 이번의 모반 문제로 원재상님을 다시 취조하려 하십니다."

"나를? 무엇 때문에?"

"왕년에 오나라 재상으로 계셨기 때문이지요."

"기어코 나를 죽이겠다는 뜻이로구나. 그렇다면……"

"어떻게든 조처를 취하십시오."

"고맙소……"

원앙은 급했다. 승과 사를 돌려보낸 뒤 밤을 도와 두영에게로 달려갔다. 두영은 7국 반란이 일어나자 대장군에 전격 임명된 사람으로 원앙이 흉금을 터놓고 애기할 수 있는 유일한 인물이기도 했다.

두영은 두태후의 조카였다. 황제 효경이 즉위하자 첨사(詹事 : 황후나 태자의 집사)에 임명되었는데, 그나마도 그 깐깐한 성격으로 해서 첨사 자리까지 박탈당하는 사건이 발생했다.

양왕 유무는 효경제의 우애깊은 아우였다. 모친인 두태후 역시 황제인 큰아들 못지않게 작은아들 유무를 총애했다.

양왕 유무가 입조했을 때 황제 효경은 제후로서가 아니라 형제로서의 주연을 유무에게 베풀었다. 황제는 그 때까지 황태자를 아직 세우지 않고 있었다.

둘은 술에 얼큰하게 취했다. 허물없는 형제로서 만났으니 피차 예의를 차릴 필요도 없었다. 효경이 그 때 별 생각없이 유무에게 한 마디했다.

"이봐, 아우. 나는 황제를 한 번 해봤으니 요 다음엔 네가 황제해라!"

"좋지요. 나라고 황제 못할 건 무어 있겠습니까. 형님이 돌아가시면 천하를 제가 가지지요."

두태후가 옆에서 그 소리를 들었다.

'옳지! 무(武)는 똑똑하니까 지금 황제보다는 훨씬 나라를 잘 다스릴 거다!'

몹시 기뻐하고 있는데 난데없이 두영이 툭 나섰다.

"폐하, 무슨 그런 농담을 하십니까! 아무리 취중이라지만 해야 될 말쏨과 해선 안 될 말씀이 있는 것입니다!"

황제 효경과 양왕 유무와 두태후가 긴장된 표정으로 동시에 두영을 돌아보았다.

두영은 그들 모두를 무시하면서 술잔을 들고 가 황제에게 벌주를 올리면서 정색하여 말했다.

"천하는 고조의 천하입니다. 아버지가 아들에게 대를 물리는 것은 그 때부터 한나라의 정해진 약속입니다. 어찌 마음대로 아우인 양왕에게 천하를 전한다고 하십니까!"

머쓱해진 효경과 유무가 말없이 고개만 끄덕거리고 있는데, 발끈해진 두태후가 큰 목소리로 쏘아붙였다.

"단지 내 친정조카인 두씨일 뿐인 네가 유씨 집안일에 무슨 간섭이 그렇게도 심하냐!"

두영은 그 때 두태후의 표정을 살펴보고는 자신이 미움받는다는 사실을 깨달았다. 그래서 그날로 곧 첨사직을 사임했다.

두태후의 두영에 대한 미움은 그 정도에서 끝나지 않았다. 궁중을 출입할 수 있는 명찰인 문적(門籍)까지 빼앗았다. 그 때부터 황제를 알현할 수 있는 길까지 막혀버렸다.

그런 상태에서 오·초 7국이 모반했다. 황제는 다급했다. 난국을 평정할 현명한 인물을 찾느라 골몰했다. 종실이며 외척인 두씨 일가까지 두루 살폈다.

'옳지, 두영이 있었구나! 그만큼 현명한 인물이 다시 없지!'

두태후도 그 무렵에는 두영의 위인됨을 깨닫고는 자신의 밝지 못함을 부끄러워하고 있었다.

어쨌건 두영은 궁으로 황급히 불려들어갔다. 그러나 두영은 중책을 굳이 사양했다. 황제 효경이 버럭 화를 냈다.

"천하가 바야흐로 위급한 처지에 놓였는데 그대만이 굳이 겸양을 떨고 앉았으니 도대체 무슨 심사로 그렇소!"

별 수 없었다. 두영은 대장군에 임명되고 천 금도 하사받았다.

그런데 두영은 하사받은 금을 집으로 가져가지 않았다. 군문(軍門)의 낭하에 벌려놓고는 군리(軍吏)들에게 말했다.

"누구든지 필요한 만큼 재량껏 갖다 쓰라."

어쨌건 두영은 이틀 후면 7국의 반란군을 무찌르기 위해 형양으로 떠나도록 되어 있었다. 그 때 원앙의 다급한 방문을 받은 것이다.

원앙은 그날 밤 두영에게 오왕 유비가 결정적으로 모반한 원인을 설명했다. 그런 후 두영에게 한 가지 부탁했다.

"무엇보다 나를 폐하 앞으로 나설 수 있도록 해주시오. 저간의 사정을 구두로 진술해야 폐하께서도 납득하실 거요."

이튿날이었다. 원앙은 대장군 두영의 청원으로 입조할 수 있었다.

원앙이 입조하자 마침 황제 효경은 조조와 함께 병력의 점검과 군량미 조달에 관해서 상의하고 있었다.

황제는 원앙을 반기며 다짜고짜 질문했다.

"그대가 한 때 오나라 재상으로 있었기에 묻겠는데, 오나라 대장군 전녹백(田祿伯)에 대하여 뭘 좀 아는 게 있소?"

"인물이지요. 그러나 힘을 제대로 못쓸 겁니다."

"힘을 못쓰다니?"

"태자와 견원지간이라 전녹백이 능력을 발휘할 수 있도록 그냥 놓아 둘 리가 없다는 뜻입니다."

"지금 오·초가 반기를 들었는데 그대는 이번 사건을 어떻게 보고 있소?"

원앙은 명쾌하게 답변했다.

"걱정하실 일이 못됩니다. 반란군은 금새 격파되고 맙니다."

"짐은 그렇게 생각하고 있지 않소. 오왕 유비는 광산에서 동(銅)을 캐어 화폐를 주조하고, 바닷물을 끓여서 소금을 굽는 등 큰 부자가 되었소. 그것으로 천하의 호걸들을 끌어들여 제 머리털이 백발로 성성한데도 필승의 신념으로 거사했단 말이오. 그가 만전의 계획을 세우지 않았다면 무슨 배짱으로 거사를 했겠소. 그런데도 그대는 그가 곧 격파될 것이라는데 무슨 근거로 그렇게 말하는 거요?"

"오왕의 동광산에서 동전을 주조하고 바닷물을 끓여 소금을 구워 부자가 된 것만은 확실합니다. 그러나 그가 부력(富力)으로 천하 호걸들을 끌어들였다는 말씀은 얘기가 되지 않습니다."

"그건 왜 그렇소?"

"진정한 호걸들이라면 오왕 따위를 도와 반란을 획책하지를 않습니다. 차라리 오왕을 잘 보필하여 명군(明君)이 되도록 했겠지요."

"그렇다면 측근의 그자들은 다 무어요?"

"천하의 무뢰배들이겠지요. 죄짓고 외국에서 쫓겨온 자이거나 위조화폐의 효용성을 사주하는 간악한 무리들일 뿐입니다. 그런 자들이 어울려 일으킨 반란이니 도대체 성공할 턱이 있겠습니까."

조조가 곁에 섰다가 뜻밖에도 원앙을 편들었다.

"오나라에 대한 원앙의 판단은 지극히 옳습니다!"

황제 효경은 미간을 찌푸리고 나서 다시 원앙에게 물었다.

"그렇다면 우리는 어떤 계책을 세우는 게 좋겠소?"

"말씀드릴 터이니 우선 좌우 신하들부터 물리쳐 주십시오."

신하들은 모두 물러갔으나 총신 조조만은 아주 당연하다는 듯이 황제 효경 옆에 서 있었다. 그래서 원앙은 다시 간청했다.

"소신이 지금 폐하께 말씀드리고자 하는 내용은 신하로서는 결코 알아서 안 되는 내용입니다. 유씨 문중의 일과 관계가 있기로 사안이 미묘합니다. 원컨대 주위 사람 모두를 물리쳐 주십시오."

그래서 황제는 눈치를 채고 조조를 돌아보며 말했다.

"그대도 물러가오."

조조가 혼자 입속말로 투털거리며 물러간 다음에야 원앙은 입을 열었다.

"폐하, 오나라와 초나라가 서로 주고받은 편지 내용이 무엇인지 아십니까?"

"물론 알고는 있소."

"그 중에서도 '고조황제께서는 자제들을 왕으로 삼아 각각 토지를 나누어주었다. 그런데 지금 적신 조조가 제멋대로 제후들의 죄를 문책하며 우리들의 영지를 삭탈하고 있다. 이것을 반란의 명목으로 삼아 서진하여 조조를 주살하고, 옛 땅을 회복한 후에라야 군사행동을 중지하자'라고 돼 있는 대목을 주지하십시오."

"맞소. 그렇게 쓰여 있었소."

"그러하니 당연한 계략은 일단 조조를 베어야 합니다."

"조조를 베라고? 국정을 이행함에 있어 한 점 사심없는 인재를 적도들이 그런 요구를 한다고 해서 그를 주살하라는 얘기요?"

"그를 베는 정도 가지고도 안 됩니다. 오·초 등 7국에 유감을 표시하는 사절을 파견하면서 짐짓 기왕의 반란을 용서한 뒤 그들의 옛 땅을 돌려주는 길밖에 없습니다."

"용서뿐만 아니라 삭감했던 땅까지 돌려주라고?"

"그렇게만 하신다면 양쪽 군사는 칼날에 피 한 방울 묻히지 않고 천하 대란을 끝낼 수 있습니다."

"한 점 착오없이 그대의 말처럼 될 것 같소?"

"그렇게 됩니다."

"자신만만한데, 어째서 그렇소?"

"그들의 요구를 모조리 들어주게 되니, 반란의 명분을 잃게 되어 해산이 불가피하게 된다는 뜻입니다."

황제 효경의 얼굴에는 고뇌의 빛이 역력했다.

"좋소. 생각하면 생각할수록 결단이 어렵긴 하지만 그들을 용서하고 옛 땅을 돌려줄 수는 있겠소. 하지만 정작 신하 하나를 아끼지 않고 벰으로써 천하에 사과하는 방법이 진정 옳다고 생각하오?"

"폐하, 어리석은 제 생각으로서는 이보다 더 나은 계책은 결코 없을 듯합니다!"

14. 칠국반란

　황제 효경은 한참동안 생각에 잠겨 있다가 원앙을 돌아보며 어렵게 입을 열었다.
　"조조의 문제는 며칠 안으로 결단을 내리겠소. 그 대신 그대를 태상(太常: 종묘 등의 제사장)으로 삼고 오왕의 조카 유광(劉廣)을 종정(宗正: 황족을 주관하는 대신)으로 삼을 테니 함께 여장을 갖추어 즉시 오나라에 다녀오시오."
　"유광을 종정으로 임명하신 건 절묘합니다. 오왕 유비도 제 조카만은 소홀하게 대할 수는 없을 테니까요. 다시 말씀드리지만 조조를 처리하시는 데 있어 작은 인정에 이끌리지 마시기 바랍니다."
　원앙과 유광이 오나라로 떠난 열흘 뒤였다. 아침 일찍 황제는 중위(中尉)를 시켜 조조를 입조하도록 했다. 조조는 멋모르고 조복(朝服)으로 정장한 채 궁으로 들어왔다.
　"그대와 잠시 함께 다녀올 데가 있소. 수레에 오르시오."
　조조는 여전히 의심없이 황제 효경이 이끄는 대로 수레에 올랐다. 그런데 한참동안 황제의 입에서 아무 말이 없자 조조는 갑자기 의심이 생겼다.

"폐하, 지금 어디로 납시는 겁니까?"

"답답하오. 그래서 그대와 동시(東市)로 나가 바람이나 좀 쐬고 올까 하오."

숲속 길이 끝나자 시야가 훤히 트이며 푸른 들판이 나왔다.

"짐을 원망하지 마오."

"예에?"

그 순간이었다. 대기하고 있던 형리들이 확 달려들어 조조를 끌어내렸다.

"폐하!"

하얗게 질린 조조가 형리들에게 끌려가며 황제를 돌아보았다.

"울부짖어도 소용없소. 7국의 대란을 종식시키려면 그대의 목이 반드시 필요하오."

"하지만!"

"모두 그대의 자업자득이오!"

조조는 이상 더 말을 못했다. 망나니들이 달려들어 조조의 목을 순식간에 잘라버렸기 때문이었다.

한편 원앙과 유광은 오나라에 도착했다. 그들은 자신들의 파견임무를 잘 알고 있었다. 원앙은 오왕에게 종묘의 뜻을 받들라는 설득을 하기 위해 왔고, 종정 유광은 황실 친척을 도우러 왔다는 뜻을 전달할 의무가 있었다.

"아무래도 종정께서 먼저 입궐해 오왕을 잘 타일러 황제의 조칙에 배례받도록 하시오. 그런 연후에 제가 들어가 오왕을 설득하겠소이다."

유광은 고개를 끄덕거린 뒤 마지못한 듯 궁으로 들어갔다.

그러나 오왕 유비는 용상에 버티고 앉은 채 황제의 조칙을 받들려 하지 않았다.

"과인은 이미 동쪽의 황제가 되어 있는데 누가 누구에게 배례를 하란 말인가!"

오왕 유비의 호통에 한나라 종정 유광도 할 말을 잃고 말았다.

"한나라 태상 원앙과 함께 왔습니다. 그를 한 번 만나보시겠습니까?"

"무어? 원앙과 함께 왔다고? 그가 온 것은 결국 과인을 설득하려고 온 게 아닌가!"

"한나라 황제의 이름으로 보낸 특사이오니 한 번 만나기만 하십시오."

"좋다. 그를 불러들여라."

원앙이 들어왔다. 그러나 유비는 처음부터 원앙의 변론을 들을 생각이 조금도 없었다.

"딱 한 마디의 대답만 듣겠소. 여기서 주살되겠소 아니면 반군(叛軍)의 장군이 되어주겠소?"

"저는 황제폐하의 사자로서 대왕께 모반을 거두어 주십사 하는 말씀을 전하러 왔을 뿐입니다."

"그럼 나의 장군이 될 수 없다는 얘기요?"

"저의 임무가 아닙니다."

"그렇다면 죽음을 택했다는 뜻으로 알아듣겠소. 여봐라, 저놈을 당장 베어버려라!"

위사들이 달려오는 것을 본 유광이 다급하게 소리쳤다.

"폐하의 사자를 죽인 그 결과에 대해 삼촌께선 책임을 지셔야 할 겁니다!"

유비도 무언가를 잠깐 생각하는 기색이었다.
"그렇다면 저자를 객사에 가두고 5백 명의 군사를 사방으로 풀어 단단히 지키게 하라. 내일 저자를 끌어내어 목을 베겠다. 이는 과인이 한나라 황제를 조금도 두려워하지 않는다는 뜻이다!"
속절없이 갇힌 몸이 되었다. 결국 원앙은 설득 한 번 못해보고 죽을 시간만 기다리는 처지가 된 것이다.
'아, 내 생명도 여기서 허무하게 끝장이 나는구나!'
깊은 밤이었다. 잠깐 선잠이 들었다고 생각되었는데, 누군가가 가만히 흔드는 통에 눈을 떴다.
"누구요?"
"어서 도망치십시오. 내일 아침이면 오왕은 당신을 벨 것입니다!"
원앙은 더욱 믿을 수 없는 일이라 의심스러운 눈길로 다시 물었다.
"그대는 도대체 누구요?"
"여기 오나라 교위사마(校尉司馬)올시다."
"교위사마가 왜?"
"당신께 은혜를 갚아야 하기 때문입니다. 저를 자세히 보십시오. 잘 모르시겠습니까?"
"아!"
어둠 속에서 교위사마라는 자의 얼굴을 살피던 원앙은 깜짝 놀랐다. 전날 오나라 재상으로 있을 때의 종사(從史)였다.
"자네가 여긴 웬일인가?"
"쉿!"
원앙이 오나라 재상으로 있을 때 누군가가 와서 원앙에게 귀띔했다.
"재상께서 총애하시는 시비(侍婢)가 재상부의 속관 한 놈과 밀통하고 있다는 사실을 알고 계십니까?"

"내 시비가 속관과 밀통을 했다고?"

"종사직에 있는 환수(桓秀)와 그렇고 그런 사이입니다."

한동안 묵묵히 생각에 잠겨있던 원앙은 밀고자에게 말했다.

"알겠네. 그렇지만 그런 사실이 있었다는 걸 결코 입밖에 내지 말게."

원앙은 모른 척하고 환수에게 더욱 잘해주었다. 그런데 밀고자가 참지 못하고 환수에게 가서 귀띔했다.

"여보게. 재상께선 자네가 그분의 시비와 밀통한 사실을 알고 계시네!"

"무어? 알고 계신다고? 그렇다면 나는 사형 당할 게 아닌가!"

"법대로 한다면 자넨 죽은 목숨이지!"

환수는 덜컥 겁이 났다. 그날 밤 슬그머니 재상부를 빠져나가 고향으로 줄행랑을 쳤다.

밀고자가 다시 재상 원앙에게 고해 바쳤다.

"그놈이 결국 도망을 쳤습니다!"

"어디로 간다더냐?"

"모르긴 해도 고향 쪽으로 달아났겠지요."

"아무한테도 그런 사실을 소문내지 말아라."

원앙은 말을 달려 환수가 도망친 쪽으로 추격해 갔다. 종사 환수는 속절없이 잡혔다.

"내 시비의 말을 들어보니 자네와 좋아하는 사이라고 하더구나. 내 진작에 자네와 결혼시키려고 작정하고 있었는데 자네가 도망쳤다고 하지 않던가. 돌아가서 그녀와 결혼해 행복하게 잘 살게. 종사직에 그대로 있으면서 성실하게 일 열심히 하고 말일세."

환수는 원앙에 대한 은혜를 잊을 수가 없었다. 그런데 바로 그 환수가 교위사마가 되어 원앙을 철통같이 감시하는 입장에 처해지게 된 것이다.

'옳지! 이런 기회에 그분에게 은혜를 갚자!'

환수는 자신의 옷가지와 소지품들을 남김없이 처분해 진한 탁주 2석(石)을 마련했다. 그런 후 자신의 담당 구역인 남서쪽 모퉁이의 병사들에게로 갔다.

"추운 날씨에 목도 마르겠지. 경비 서느라고 수고하는데 내가 그냥 보고만 있을 수가 있나. 자, 맘껏 들게!"

때마침 몹시 속이 출출하던 차라 병사들은 좋아라 하고 교위사마 환수가 가지고 온 술을 마셨다.

차가운 겨울 날씨인데다 주리고 목말라 있을 때 마신 술이어서 병사들은 금새 깊이 취해 떨어졌다. 깨어있는 병사들은 아무도 없었다.

"그렇습니다. 전날의 종사 환수입니다. 나리의 시비와 밀통을 한 데도 불구하고 저를 살려주셨습니다. 그런데 지금은 교위사마가 되어 운좋게도 나리를 지키는 처지가 되었습니다."

그러나 원앙은 잠깐 생각한 뒤에 대꾸했다.

"하지만 난 사양하겠네."

"아니. 왜 그렇습니까?"

"내가 죽지 않으면 자네가 죽네. 자네에겐 양친이 계시지 않은가. 난 부모가 계시지 않으니 내 목숨에 대해선 걱정 말게."

"그 일 때문이라면 안심하십시오. 양친을 벌써 멀찍이 안전하게 모셔놓았습니다. 어서 도망이나 하십시오."

"그렇다면 자네의 은혜를 입겠네."

칼로 군막을 자른 환수는 원앙을 인도해 술에 곯아 떨어져 있는 병사들 사이로 빠져 나왔다.

"자, 여기서는 서로 반대방향으로 달아나야 합니다."

"고맙네. 몸조심하게."

원앙은 칙사의 증거로 받은 기(旗)와 절모(節毛)를 풀어 품 속에 감춘 뒤 깃대를 지팡이삼아 8리 쯤 걸었더니 날이 샜다.

말발굽 소리가 났다. 원앙은 덤불 속으로 얼른 몸을 감춘 뒤 바깥을 내다보았다.

"아, 양(梁)나라 기병들이로구나! 이제야 살았다!"

말을 빌려탄 원앙은 장안으로 길을 재촉했다.

한편 태위 주아부(周亞夫 : 주발의 아들)가 대군을 형양으로 집결시키기 위해 육두마차를 몰아 낙양으로 갔다. 그런데 주아부는 뜻밖에도 극맹(劇孟)을 거기서 만났다. 극맹은 임협(任俠 : 용맹스런 사내, 오늘의 개념으로는 '주먹')이었다. 주아부는 그를 보자 감격에 겨워 소리질렀다.

"오, 반갑구려! 7국의 반란으로 내가 역전거를 타고 이곳에 도착하는 일조차 어려울 것이라 생각했소."

"무슨 뜻입니까?"

"모반한 제후들이 하나같이 떠들기를 '천하의 호걸 극맹을 우리 편으로 끌어들였다' 고 했소이다."

"허망한 제 명성이나마 그들이 필요로 했던 게지요."

"그러나 당신은 엄연히 이곳에 그대로 계시니 지극히 안심이오."

"그건 왜 그렇습니까?"

극맹의 대꾸에 주아부는 여전히 감격스런 목소리로 대답했다.

"글쎄 말이오. 오·초가 반란을 일으키면서도 사실상 극맹을 끌어넣지 못했던 게 아니오. 극맹 없는 저자들의 거사는 이미 끝장난 거나 다름없다는 얘기요!"

"저를 너무 과대평가하시는 것 같습니다."

"아니오. 그대의 명성에는 큰 무게가 실려 있소. 어쨌건 나는 걱정 않고 형양으로 가겠으니 부디 낙양이나 지켜주시오. 실상 이쯤이면 형양 이동(以東)에는 근심될 만한 인물이 아무도 없겠소이다."

극맹과 헤어진 태위 주아부는 서둘러 형양으로 말을 몰았다. 가는 도중이었다. 부관 진상(陳尙)이 고개를 갸웃거리다 말고 기어코 입을 열었다.

"정말 이상한 생각이 듭니다. 극맹이 어떤 인물이기에 장군님께서는 그토록 높게 평가하십니까?"

"그는 유협일세. 백성들은 장군의 말보다 협객의 말을 더욱 신용하지."

"한비자는 '선비는 학문으로 법을 어지럽히고, 협객은 힘으로 금법(禁法)을 범한다'며 선비이건 협객이건 싸잡아 비난하고 있던데요."

"글쎄. 그건 한비의 생각일 뿐이지. 나는 말일세. 설사 협객의 행위가 반드시 정의에 합치되는 것은 아니나, 그들의 말에는 신용이 있고 행동은 과감하고, 한 번 승낙한 일에는 반드시 열과 성의를 다하는 특성이 있네. 자신의 몸을 버려 남의 고난을 돌볼 때에는 일신의 생사 존망은 생각지 않는단 말일세."

"그럴지는 모르지만 그들은 여전히 자신의 재능이나 덕을 자랑하는 일을 수치로 여기고 있을 텐데요."

"그러니까 협객에게서는 본받을 일이 많다는 거지. 어쨌건 서민들이 임협을 사랑하는 까닭은 위급할 때 법보다 먼저 확실하게 제 몸을 지켜주기 때문이야."

"저로서는 여전히 이해하기 어려운 걸요."

"벼슬없는 포의(布衣)의 무리지만 그들은 은혜에는 반드시 보답하고, 허락한 일은 확실하게 이행하며, 천 리 먼 데서도 의리를 지켜 죽음 또한 두려워하지 않으며, 세상의 평판 따위도 돌보지 않고 살아가는 그들에게 어떻게 가치가 없다고 말할 수 있을 것인가."

"장군님이 협객에 대해 칭찬하시는 이유는 그들이 이행하는 그 결단의 순간이 임시변통이 아니라 평소에 닦은 미덕이라 보셨기 때문입니까?"

"적어도 극맹의 경우에는 그렇지. 그는 스스로가 현인이며 호걸이기를 수양한 사람일세."

부관 진상이 그래도 주아부의 말을 믿으려 하지 않자 주아부는 다른 사례로 진상을 설득하려 했다.

"태상 벼슬에 있는 원앙을 아는가?"

"알고 있습니다. 명예를 좋아하고 자신의 현명에 자긍심을 갖고는 있지만 그분의 깐깐한 성격으로 해서 그 명예도 조조처럼 위태롭지 않을까요. 그렇지만 그분은 훌륭합니다."

"바로 그 원앙의 얘기일세. 오나라 재상으로 있다가 조조의 무고로 쫓겨나 시골집에 은거해 있을 적의 사건일세."

주아부가 진상에게 들려준 원앙에 관한 얘기는 이런 것이었다.

원앙은 시골집으로 돌아와 특별히 할 일이 없었으므로 동네사람들과 어울려 닭싸움과 개 경주 등으로 한가하게 세월을 보내고 있었다.

바로 그 때 낙양의 협객 극맹이 원앙이 살고 있는 시골집을 방문했다.

"아, 어서 오시오. 무슨 바람이 불어 초야에 묻힌 사람을 찾아 이 먼 데까지 찾아오셨소."

"벗이 있는 데라면 천 리인들 멀겠소."

그 때부터 두 사람은 떨어지지 않고 매일을 즐기며 지냈다. 그런데 인근에 안릉이라는 부호가 있었는데 그는 원앙을 존경해 경제적으로 많은 도움을 주는 인물이었다. 그런 안릉이 극맹과 원앙이 친하다는 소문을 듣고 원앙에게 따지러 찾아왔다.

"원장군, 세상에 이런 일도 있소. 극맹이란 인물은 사람백정에 사기도박꾼으로 소문난 하잘것없는 시정 잡배 아니겠소."

안릉의 편견에 원앙은 화가 났다.

"그래서?"

"내 말은 장군처럼 고귀한 신분이 어째서 그런 자와 가깝게 지내느냐 하는 얘기인 것이오!"

"여보시오, 내가 왜 극맹과 사귀는지 진정 그 이유를 알고 싶소?"

"너무나 뜻밖이라 그렇소."

"그의 모친이 별세했을 때 장례식에 참석한 수레가 몇 대였는지 알고 있소?"

"수레 대수와 그의 인격과 무슨 관계라도 있소?"

"있고 말고. 그 때 1천 대의 수레가 문상을 왔소. 그의 삶이 어떻든 그 것은 그에게 어떤 비범한 구석이 있기 때문에 그런 결과가 나온 게 아니 겠소."

"이해할 수 없소이다."

"어떤 사람이 그의 집 대문을 화급하게 두드려 구원을 호소했을 때 그는 모친을 구실삼아 상대의 부탁을 거절하거나 집에 있으면서도 없다고 거짓말을 하거나 한 적이 단 한 번도 없었소. 그래서 천하 사람들의 기대에 어긋나지 않을 사람은 계심(季心 : 계포의 동생으로 역시 협객임)과 극맹뿐이라는 칭송이 나왔던 거요."

부호 안릉은 원앙의 설득에도 여전히 고개를 갸웃거리기만 했다. 그런 안릉의 태도에 원앙은 더욱 화가 났다.

"지금 당신은 외출할 때 신변 호위용으로 몇 명의 기병까지 달고 다니지만 정작 당신한테 화급한 일이 생겼을 때 그까짓 자들이 당신을 구하러 달려와 줄 것 같소?"

"그야 당해 봐야 알겠지요."

"당신의 돈 때문에 당신을 보호해 주는 척할지는 모르지만 그들은 정작 목숨까지 내놓고 당신을 보호하진 않을 거요."

"그렇다면 극맹은 달려와 줄 것 같소?"

"그의 모친 장례식 때 1천 대의 수레가 달려간 사건 하나만 보더라도 그래 극맹이 하찮은 인간이라 생각되오?"

"그렇지만 극맹같은 인간은 선비들이 말하는 도(道)를 터득한 어진 인간은 아니지 않소."

"알아듣지 못하는군. 좋소. 당신같은 사람과는 오늘로써 절교하겠소!"

원앙과 극맹 사이에 그런 사건이 있었다는 태위 주아부의 설명을 듣고난 부관 진상도 안릉과 같은 생각이었는지 금새 반발했다.

"그런데도 유가와 묵가에서 협객 따위는 모두 배척했습니다."

주아부도 화가 났다.

"딱 한 마디만 더하고 그만두겠네. 어떤 백성이 이렇게 솔직히 말하더군. '인의같은 걸 내가 왜 굳이 받들어야 하는가. 나한테 이익을 주는 사람이 바로 덕이 있는 사람으로 알면 그 뿐인데' 하고서 말이야!"
 마침내 태위 주아부는 형양에 도착했다. 우선 부친 주발의 빈객이었던 등도위(鄧都尉)부터 만나보는 게 좋을 듯해서 말머리를 그쪽으로 돌렸다.
 "좋은 계책을 주십시오."
 그러자 등도위는 사양하지 않고 대답했다.
 "오왕 유비의 군은 생각보다 정예로워 정면대결로는 어렵습니다. 초왕 유무의 군은 경솔해 지구전을 견디지 못하는 약점이 있습니다. 그러니 장군은 병사를 창읍(昌邑 : 산동성)으로 철수시켜 누벽을 쌓고 기다리십시오."
 "그렇게 하면 싸움은 누가 하게 되는 것입니까?"
 "양왕 유무에게 오군을 맡기시지요."
 "양왕에게 오군을 상대로 맡겨요?"
 "양왕의 충성심을 저울질하는 계기도 되겠지요. 어쨌건 오군은 정예병을 모조리 투입해 양나라를 공격할 것입니다."
 "그럼 저는 두더지처럼 가만히 땅 밑에 엎드려 있으란 애깁니까?"
 태위 주아부의 되물음에 등도위는 웃으면서 대답했다.
 "그렇습니다. 누벽을 높이 쌓고 꼼짝없이 기다리는 것입니다. 다만 기동력 좋은 경장비병 수천을 회수(淮水)와 사수(泗水)의 합류점으로 보내 그곳을 차단하면 오군의 군량미 수송로를 막는 형태가 되어 양군과 싸우는 오군은 전투에 지치는 데다가 양식까지 바닥나 허덕거리게 되겠지요. 바로 그 때 장군의 날쌘 군사로 하여금 오군을 치면 간단히 격파할 수 있을 것입니다."
 주아부는 그제서야 등도위의 설명에 이해가 갔다.

"좋은 계략인 것 같습니다."

한편 오나라에서는 유비가 진격을 개시하려하자 대장군 전녹백이 오왕께 진언했다.

"특별한 계략도 세우지 않고 한 덩어리로 진격하면 싸움에 이길 수가 없습니다."

"묘책이라도 있다는 얘기요?"

"저에게 5만 명만 주십시오. 별도로 양자강과 회수를 거슬러 올라가 회남과 장수를 수중에 넣고 무관으로 해서 관중으로 들어가 기다렸다가 대왕과 합류하도록 하겠습니다."

"음, 그거 기책(奇策)이로군!"

막 승낙하려는 순간 전부터 전녹백과 사이가 좋지 않던 오나라 태자 유자화가 즉각 반발하고 나섰다.

"대왕께서는 지금 반군(叛軍)의 이름을 내걸고 뛰는 군사를 남에게 빌려주려 하십니까!"

"내가 어째 남입니까! 오나라 대장군입니다!"

전녹백이 소리쳤지만 유자화는 여전히 반대했다.

"대장군이라도 어차피 그는 남입니다. 반란군사를 따로 빌려주었다는 얘기는 저로선 아직 들은 바가 없습니다. 만일 빌려간 군사로 대왕을 배신하면 어찌하시렵니까. 더구나 병권을 둘로 갈라놓았을 경우의 폐해도 심각하게 생각하시기 바랍니다!"

"그런가?"

결국 오왕은 전녹백의 진언을 물리치고 말았다. 전녹백은 속으로 부르짖었다.

'그렇다면 반란군은 이미 패했다!'

이번에는 오군의 젊은 장수 환구(桓駒)가 진언했다.

"우리 오군에게는 보병이 많고 보병에게는 험난한 지형이 유리합니다. 한군에게는 전차와 기병이 많아 평지에서 유리합니다."

"그래서?"

"대왕께선 진격하시는 도중 항복하지 않는 성읍과 오래 다투실 게 아니라 그냥 재빨리 서쪽으로 달려가 낙양의 무기창고부터 점령하는 작전을 사용하시라 진언드리는 바입니다."

젊은 장수 환구의 제안에 오왕 유비는 어리둥절했다.

"험지에서 유리한 보병이 다수인 우리 오군과 평지에서 유리한 기병이 많은 한군과의 차이는 이해하겠소. 그런데 항복 않는 성읍은 그냥 내버려두고 우리가 전진하자는 것은 무슨 뜻이오?"

"더딘 보병으로 성읍을 모조리 항복시키느라 미적거리다가는 재빠른 한군의 기병대에게 전멸당한다는 뜻입니다."

"그대의 의견 역시 그럴듯하오."

"그러니까 막강한 우리 보병으로 서둘러 진격로를 거쳐 오창부터 확보한 뒤, 그곳의 양곡을 보급받으며 험난한 지형에 의지한다면 우선 동맹군의 신뢰를 얻을 수 있으며 풍부한 양곡으로 하여 그들을 쉽게 호령할 수 있습니다. 이쯤 되면 굳이 관중으로 들어가기 전에 천하는 이미 평정된 것이나 다를 바 없게 됩니다."

"그 참 절묘하오!"

환구의 계략을 채택하려는 순간 노장들 모두가 한목소리로 떠들었다.

"안 됩니다! 젊은애의 그런 무모한 계략에 속지 마십시오! 대왕의 원래 계략이 최선입니다."

"그런가?"

결국 환구의 계략도 무시되고 말았다. 환구는 속으로 부르짖었다.
'그렇다면 오군도 이미 끝장이다!'
주구(周丘)라는 재사(才士)가 있었다. 하비로부터 오나라로 망명해 와서 비록 술장사를 하고 있었지만 감추고 있는 책략만은 출중했다. 그러나 오왕한테서 신임을 받지 못해 아무 벼슬에도 임용되지 못하고 있었다.
오군이 회수를 건너기 직전이었다. 가만히 숨어 있던 주구가 오왕 앞으로 나타났다.
"대왕, 제가 무능하다하여 임용되지 못한 것 같습니다. 그러나……"
오왕 유비는 주구를 알아보고 비아냥거렸다.
"물론 그대가 무능하다는 사실을 알고 있기 때문에 아무 직에도 임용하지 않았지."
"그래서 장군이 되려는 뜻은 없습니다. 다만……"
"물론 그대에게 군사를 맡길 생각은 도무지 없네."
"하지만 절부 하나쯤은 빌려주실 수 있지 않겠습니까."
"그건 무엇에 쓰게?"
"대왕을 위해 공을 세우고 싶습니다."
"어떻게?"
"하비의 관리들을 설득시켜 대왕께 협조하도록 만들겠습니다."
"절부 하나로?"
"그나마도 반드시 한나라 조정에서 발부한 것이어야 합니다."
오왕 유비는 주구의 큰소리가 도무지 믿기지 않았지만 때가 때인지라 절부 하나쯤 아낄 이유는 없다고 판단했다.
"속는 셈 치고 하나 주지."

그러자 태자 유자화가 누구에게랄 것도 없이 빈정거렸다.
"참으로 부질없는 짓입니다!"
그러나 오왕 유비는 이번만큼은 고집을 부렸다.
"아니다. 한나라 조정에서 발부한 절부 따위 하나 아껴서 무엇하나. 더구나 이젠 우리에겐 아무 의미가 없는 물건이 아니냐. 주구의 큰소리가 사실이라면 다행스런 일이고 우리가 속아보았자 해될 일도 없지."
결국 주구는 오왕으로부터 절부 하나를 얻어냈다.
주구는 밤을 도와 하비로 말을 달렸다. 즈음에 하비에서는 오나라가 모반해 이쪽으로 진격해 온다는 소문을 듣고는 굳게 성을 지키고 있었다.
일단 주구는 여사(旅舍)에다 숙소를 정했다. 그런 후 절부의 위력을 휘둘러 현령들을 불러들였다. 미리 부하들을 시켜 현령들이 여사문 안으로 들어서는 순간 죄를 뒤집어씌워 베어버리도록 일렀다.
그런 다음 주구는 고향의 형제들과 친했던 토호들을 따로 불러 설득하기 시작했다.
"오나라 반란군이 곧 이곳으로 도착할 것이오. 그런데 그들의 세력이 얼마나 막강한지 이곳에 도착하는 즉시 한 식경도 못되어 쑥밭을 만들게 분명하오."
"그렇다면 우리가 살아남기 위해서 어떻게 하는 게 좋을 것 같소?"
토호 한 사람이 그렇게 물었다.
"미리 항복하십시오. 그 대신 집집마다 안전은 약속하겠소. 더구나 유능한 자는 제후에 봉해질 것이오."
관리들이 바깥으로 뛰어나가 주구의 말을 전했다. 그랬더니 하비 백성들은 모조리 항복하고 말았다.

주구가 얻은 것은 그뿐이 아니었다. 하비의 병력 3만 명까지 고스란히 주구의 수하로 몰려들었다.

그제서야 주구는 오왕 유비에게 하비성의 사정을 보고했다.

── 군사를 이끌고 북진하여 성양(城陽)성까지 공략하겠습니다.

역시 주구는 운이 좋았다. 성양성에 이르렀을 즈음에는 군사가 10만을 넘어서고 있었다. 그는 그 군사력으로 성양성의 중위(中尉 : 왕국의 최고 무신)까지 죽이는 전과를 올릴 수 있었다.

그런데 바로 그 때에 오나라로 갔던 전령이 뜻밖의 소식을 가져왔다.

"큰일났습니다! 오왕께서 한나라 주아부 장군의 주력부대한테 철저하게 깨어져 왕께서는 도망해 어딘가로 숨어버렸습니다!"

오왕 유비가 패하여 도망쳤다는 소식을 들은 주구는 기가 찼다.

"무어야! 아, 내가 그토록 허술한 자와 대사를 도모했다니!"

그토록 쉽게 깨어지는 오왕이라면 아무리 협력해도 거사가 성공할 수 없다는 사실을 감지했다.

'그렇다면 이제 어떻게 행동하지?'

주구는 하릴없이 군대를 철수시켜 다시 하비로 향했다.

'다 된 밥에 재 뿌렸네!'

울화가 치민 주구는 주먹으로 가슴을 쾅쾅 쳐대다가 그냥 쓰러져버렸다. 잔등에 나는 악성 종기인 등창이 터진 것이다.

'애초에 운이 없는 자라 이렇게밖엔 될 수 없겠지!'

주구는 하비에 채 닿기도 전에 죽고 말았다.

앞서 오왕 유비는 초왕 유무와 함께 극벽(棘壁 : 하남성)을 격파할 때만 해도 승세를 타고 있었다.

그 기세가 하도 날카로워 양왕 유무는 여섯 명의 장군을 내보냈지만 결국은 쫓겨서 양나라로 돌아오고 말았다. 태위 주아부에게 전황을 보고하면서 구원군을 요청했지만 그 때마다 묵살당했다. 양왕은 화가 났다. 황제 효경에게 고자질했다.

——주아부는 나가 싸우지도 않고 굳게 성문을 닫고 있으며, 구원을 요청해도 번번이 묵살하고 있습니다. 원정군의 대장군이 이토록 비겁해도 되겠습니까!

황제 효경은 노했다.

——주아부는 누벽에서 나와 양나라를 구원하라.

주아부도 지지 않았다.

——싸움터에서는 황제의 명령도 듣지 않는 수가 있습니다. 성문을 굳게 닫고 적과 마주 싸우지 않고 있는 것은 오군이 지칠 때를 기다리는 전략상의 이유 때문입니다. 양지하시기 바랍니다.

그쯤 되니 황제도 어쩔 수가 없었고, 양왕 유무도 별 수가 없었다.

한편 군량미 보급로를 끊긴 오군은 초조했다. 오왕 유비가 장수들을 모은 뒤 비장한 목소리로 결의를 전했다.

"사졸들이 굶어죽을 지경에 이르렀다. 서쪽으로 전진하려 하나 주아부는 나와서 굳이 싸우려 하지 않으니 우리는 얻는 것도 없다. 이제 밤을 타서 죽기살기로 누벽의 남동방을 공격하자!"

대단한 기세로 공격해 오는 오군을 바라보던 주아부는 즉시 장수들을 불러 지시했다.

"오직 우리는 지키기만 할 뿐이다. 그런데 오군은 남서쪽으로 공격해 올 것이다. 그렇게 되면 우리가 불리하니 남서쪽의 수비를 굳게 하는 척하면서 북서쪽으로 유도하라. 그 땐 우리가 적을 쉽게 부술 수 있다."

아니나다를까. 오왕 유비의 군사는 한밤중이 되어 북서쪽으로 침범해

왔다.

"제대로 됐지! 이젠 누벽 밖으로 내달아 마음대로 쳐부셔라!"

대장군 주아부는 군사들을 독려한 뒤, 몇 명의 사졸들을 불러 첩자의 임무를 주었다.

"머잖아 오왕 유비의 군사들은 오왕에게서 이반해 흩어지고 말 것이다. 그것은 굶주림 때문이었다. 무릇 군사들이란 굶주리면서까지 군주를 위해 목숨을 바칠 자는 없는 일이다. 보아하니 오왕은 휘하의 군사 몇 명을 거느리고 양자강을 건너 도망갈 것 같다."

첩자의 임무를 받은 지휘자가 물었다.

"양자강을 건너면 곧장 단도(丹徒 : 강소성)가 아닙니까. 그곳은 바로 동월(東越) 쪽일 텐데요."

"잘 보았다. 그 쪽에서 오왕이 얻을 수 있는 1만 명의 병력이 있기로 그가 그 쪽으로 가는 것이다. 그리고 흩어졌던 도망병까지 거두어 들이면 꽤 막강한 군사력이 될 것이다."

"그렇다면 저희들은 어떻게 해야 되지요?"

"매수!"

"예에?"

주아부는 첩자들을 가깝게 불러모은 뒤 하나의 계략을 일러주었다.

며칠 후였다. 주아부 군사한테 철저하게 깨진 오왕은 간신히 야음을 타서 양자강을 건너 동월에 도착했다. 오왕은 동월의 협력 약속만을 믿고 군막으로 나가 군사들을 위로하고 있었다.

"용감무쌍하게 싸워달라. 나중에 큰 상을 내릴 것이다."

그 때였다. 병사 하나가 비틀거리며 유비 앞으로 걸어왔다.

"오왕께서는 오랑캐라며 항상 저희들을 업신여기시더니 갑자기 대왕을 위하여 용감무쌍하게 싸워달라고 하시는데 그건 또 무슨 논리입니까!"

"무어야?"

"미친 놈! 에잇 죽거라!"

병사는 정작 미친 척하고 갈래창으로 오왕 유비의 목을 삽시에 찔러버렸다.

"앗!"

"이자는 여전히 주아부 장군이 우리 동월을 매수한 사실을 모르고 있군!"

거만금을 받은 동월왕은 오왕의 머리를 그릇에 담아 역전거로 달려 주아부에게 전달하도록 했다.

뒤늦게 부왕 유비가 척살당했다는 소식을 들은 아들 유자화와 유자구는 민월(閩越)로 도망쳐버렸다. 나머지 군사들은 주아부 군사나 양나라 군사에게 맥없이 항복했다. 주구가 등창이 터져 죽은 것은 그런 소식을 듣던 바로 그 즈음이었다.

초왕 유무도 오왕의 패사를 듣게 된 것은 그 때로부터 얼마 지나지 않아서였다.

초왕 유무는 군막 안에 혼자 앉아 깊은 생각에 잠겨 있었다.

'오왕 유비가 피살됐다면 나도 끝장이 아닌가!'

날이 새도록 기척이 없더니, 초왕 유무의 시체는 이튿날 경비병에 의해 발견되었다. 스스로 단검으로 목숨을 끊고만 것이다.

그동안 교서왕 유앙과 교동왕 유웅거, 치천왕 유현은 제나라 수도 임치를 포위해 격렬하게 공격하고 있었으나 석달이 지나도록 함락시키지 못하고 있었다. 내심 초조했다.

바로 그 때 주아부의 막료 장수 퇴당(頹當)이 반란 3국의 뒤를 치며 쳐들어왔다. 교서왕 유앙이 유웅거와 유현을 급히 불렀다.

"아무래도 한군을 이길 승산은 없는 것 같소. 오왕이 죽어버린 마당에는 말이오. 그러니 각각 군사를 거두어 본국으로 돌아가는 게 어떻소?"

교동왕 유웅거와 치천왕 유현이 동시에 대답했다.

"우리들도 진작 그렇게들 생각하고 있었소이다."

유웅거와 유현이 각각의 군사들을 철수시켜 돌아가고 나서였다. 그 소문을 들은 교서왕의 태자 유덕(劉德)이 부왕 유앙한테로 달려왔다. 유앙이 먼저 말문을 열었다.

"마침 잘 왔다. 어차피 우리는 모반의 혐의를 벗어날 길이 없기로 나는 웃옷을 벗고 맨발로 짚방석에 꿇어앉아 물만 마시며 모친인 태후께 죄를 빌며 회오의 정을 표하고자 한다. 그렇게 하면 태후께서 황제한테 대신 죄를 빌어 나를 용서해 주지 않겠느냐?"

그런데 뜻밖에도 유덕의 반응은 달랐다.

"그럴 필요가 없습니다. 한군은 멀리서 왔기 때문에 몹시 지쳐 있습니다. 습격하면 충분히 이길 수 있단 말입니다. 원컨대 아버님의 병사를 제게 넘겨주십시오."

"그래서 어떻게 하겠다는 얘기냐?"

"한군을 치겠습니다."

"치다가 이기지 못하면?"

"그 때 바다 멀리 섬으로 도망쳐도 늦지 않습니다."

"기껏 싸워보다 안 되면 도망치겠다는 게 네 계략이냐. 그만두어라. 한군만 피로한 게 아니라 우리 군사도 도저히 움직일 수 없을 만큼 지쳐 있는 상태다. 항복할 궁리나 해야겠다."

바로 그 때 퇴당한테서 서신이 도착했다.

── 저는 조칙을 받들어 불의의 군사를 주멸하러 왔습니다. 항복하는 자에게는 그 죄를 용서해 전과 같은 대우를 하고, 항복치 않는 자는 주멸할 수밖에 없겠습니다. 회답을 기다리겠습니다.

교서왕 유앙은 퇴당의 서신을 읽는 순간 무릎을 쳤다.

'옳지! 기회는 바로 지금이다! 퇴당에게 편지를 구차하게 보낼 게 아니라 직접 퇴당의 군사가 있는 누벽 앞에 가서 땅에다 머리를 조아리며 용서를 빌면 간단하게 해결될 문제가 아닌가!'

태자 유덕의 진언을 뿌리친 유앙은 편지 대신 직접 장군 퇴당이 쌓고 있는 누벽 밑으로 접근해 갔다.

"장군 퇴당을 잠깐 만나뵙게 해주시오."

퇴당은 그가 유앙이라는 사실을 금새 알아보았다. 그러나 모른 척하고 물었다.

"내가 한나라 장수 퇴당입니다. 그대는 누구이며 무엇 때문에 나를 찾고 있습니까."

"보내주신 서신을 받고 이렇게 달려 왔습니다."

"아, 그렇다면 그대가 바로 교서왕이 되십니까."

유앙은 머리를 땅에다 조아렸다.

"유앙은 한나라의 법을 충실히 지키지 못했으며, 천하 백성들을 놀라게 한 일을 저질렀으며, 장군께 또한 궁벽한 먼 나라에까지 오시도록 하는 괴로움을 끼쳐드렸습니다. 인육을 잘게 썰어 젓담그는 형벌을 받아도 할말이 없습니다."

퇴당은 짐짓 군을 지휘하는 종과 북을 두 손에 쥐면서 부드럽게 말했다.

"군사(軍事)에 수고가 많으십니다. 우선 애초에 병사를 동원하게 된 경위부터 말씀해 주십시오."

유앙은 무릎으로 걸어나가 다시 절하면서 대답했다.

"귀국의 어사대부 조조는 황제의 권력을 대행하는 신하일 뿐입니다. 그런데 그 자는 고조황제께서 정하신 법령을 함부로 변조해 제후들의 영지를 침탈했습니다. 저희들은 그것이 불의라고 생각했습니다. 그래서 7국이 병사를 동원해 천하를 교란시키는 그의 정책을 응징하는 뜻으로 조조를 죽이려 거사했던 바입니다."

"조조는 이미 죽었습니다."

"그렇습니다. 지금 들으니 조조는 이미 주살되었다 하므로 저희들은 삼가 군대를 해산시키고 이제 귀국하려고 하는 중입니다."

퇴당은 이마를 찌푸렸다.

"한 가지 묻겠습니다. 왕께서는 그토록 조조가 나쁜 인간이라고 생각하셨다면서 왜 한 번도 폐하께 그런 사실을 상주하지 않았습니까?"

"그것은 오왕 유비가 처리할 일이었습니다."

"황제의 조칙도 없고 호부(虎符 : 출병 허가서)도 없었을 텐데 무슨 근거로 정의를 수호하는 나라들을 공격했지요?"

한의 장군 퇴당의 되물음에 교서왕 유앙은 황급히 대답했다.

"나라를 친 게 아니라 조조를 죽여달라는 상징으로 짐짓 접전했을 뿐입니다."

"접전을 했을 뿐이라고요? 그게 말씀이라 하고 계십니까! 한나라 군대를 거세게 공략하고서도 그것을 반역이라 말하지 않을 수가 있겠습니까. 교서왕께선 조조를 주살하는 게 목적이 아니라 결국 폐하께 반역행위를 했다고 밖엔 볼 수 없겠는데요!"

"그건······!"

"아니 되겠습니다. 황제의 조서를 읽어보시고 스스로 판단해서 스스로를 도모하십시오!"

─── 교서왕 유앙은 지은 죄를 자인하고 스스로를 도모하라······

퇴당이 건네주는 황제의 조서를 모두 읽은 유앙은 고개를 푹 떨구었다.

"그렇습니다. 저같은 인간은 죽어도 죄가 남겠습니다!"

체념한 유앙은 마침내 짐독을 마시고 자살했다. 태후와 태자도 뒤따라 독배를 들고는 죽었다.

치천왕 유현, 제남왕 유벽광 등도 유앙과 비슷한 조서를 받고는 스스로 목숨을 끊었다. 이들 나라들은 모조리 몰수되어 한나라의 직할지로 편입되었다.

조나라 왕 유수는 장군 역기에 의해 10개월 만에 항복해 목이 베어졌다.

그런데 제북왕 유지(劉志)만은 동맹군들에 협박당해 어쩔 수 없이 반란군에 가맹했으나 그의 신하에 의해 감금됨으로써 죽음을 면한 채 치천왕으로 자리를 옮기는 행운을 얻었다.

교위(校尉) 등공(鄧公)이 오·초의 반란군을 치면서 빛나는 공을 세우며 장군이 되어 돌아왔을 때였다. 그 때 황제 효경이 진지한 목소리로 물었다.

"그대가 지금 전선으로부터 돌아오는 길이니까 묻는다만, 그자들에게 조조가 죽었다고 말했을 때 어떤 반응들을 보였소? 과연 그들이 전투를 즉각 중지했는가 말이오."

"천만에요. 오왕의 경우 반역할 생각을 했던 것은 벌써 수십 년 전부터였습니다. 태자가 입조했다가 사고로 피살된 때부터라 볼 수 있습니다. 그러니까 반란국들은 영지가 삭감당한 데서 일단 그 분노가 터지고 조조를 주살하는 것을 반란의 명분으로 삼았을 뿐입니다."

"결국 그자들의 참뜻은 조조를 주살하는 데에 있지 않았다는 뜻이군."

"물론입니다. 그러니까 신이 걱정하는 바는 다른 데에 있습니다."

"그게 무어요?"

"조조가 처형되는 것을 보고 천하의 인사들이 입을 다무는 일입니다."

"그건 또 무슨 뜻이오?"

황제 효경의 되물음에 등공은 머뭇거리지도 않고 대답했다.

"조조는 나중에 제후왕들이 강대하게 되면 결국은 제어할 수 없을 것이라 판단돼 그들의 영지를 삭감하고 세력을 약화시키는 법령을 시행했던 것입니다. 오로지 폐하의 권위를 높이고 사직을 안전하게 하고자 하는 발상 때문이었는데, 폐하께선 오히려 그런 조조를 처형하고 말았습니다. 결국은 이런 조처는 안으로 충신들의 입을 봉하고 밖으로는 제후들의 원수를 갚아준 결과가 됩니다. 폐하를 위해서는 양책(良策)이 아니었다고 생각합니다."

황제는 한동안 말이 없다가 한참만에야 입을 열었다.

"그대의 말이 옳소. 짐도 후회가 되오."

한편 원앙은 은퇴해 초야에 묻혀 지냈다. 그러나 황제 효경은 나라에 중요하고 급한 일이 있을 때마다 그를 불러들여 의논하곤 했다. 양왕 유무가 자진하여 황태제(皇太弟)가 되고싶다고 했을 때도 효경은 원앙을 불러 극비리에 그 옳고 그름을 물었던 것이었고, 조조의 처리문제도 원앙에게 지혜를 빌려서 일을 완결지었다. 그런 일들로 인해 원망하는 적들이 많아지고 있었다. 다만 원앙은 자신에게 숨은 적이 많다는 사실을 까마득히 모르고 지낼 뿐이었다.

어느날 밤이었다. 잔칫집에서 한 잔 거나하게 얻어마시고 돌아오는 길이었는데, 골목길에서 부르는 사람이 있었다.

"드릴 말씀이 있습니다."

"누구요?"

"당신을 척살하러 온 자객입니다."

"무어요?"

"적어도 당신을 죽이겠다는 자객이 스무 명도 더 될 텐데 이토록 혼자서 어둔 밤거리를 나다니시다니!"

"도대체 무슨 얘기요? 내가 도대체 남한테 어떤 깊은 원한을 샀기에 나를 죽이겠다는 거요?"

"양왕 유무께서 그분의 형님인 폐하께 황태제가 되고싶다는 말씀을 드린 적이 있다는 사실을 기억하십니까."

"앗, 그런 사실을 알고 있는 당신은 도대체 누구요?"

"아무리 극비리에 나눈 얘기겠지만 낮말은 새가 듣고 밤말은 쥐가 듣습니다. 양왕께선 벌써 그날의 사정을 알고 계십니다. 당신께서는 폐하께 양왕의 황태제 추천을 반대하셨다면서요."

"그렇소. 온당한 일이 아니라고 판단되어 적극 반대했소."

"뿐만 아니라 폐하께서 당신께 마지막 하문을 하실 때마다 양왕이 황제가 되는 부당함을 강력하게 지적하셨다지요?"

"그건 거짓말이오. 딱 한 번 하문하셨소. 그나마도 오래 전 일이오!"

자객은 원앙에게 질문을 퍼부었다.

"어쨌건 제가 무엇 때문에 당신을 죽이러 먼 데서 여기까지 쫓아왔는지 아십니까?"

"그걸 내가 어떻게 알겠소."

"그럼 누구의 사주에 의해 제가 당신을 척살하러 온지는 알겠지요?"

"양나라 왕 유무요?"

"그렇습니다. 황제가 되는 길을 방해놓았다고 해서 앙심을 품고 저를 시켜 당신을 죽이라고 했습니다."

"그럼 왜 나를 그냥 죽이지 않고 그런 비밀을 알려주는 거요?"

자객은 한동안 달빛을 받고 선 원앙의 얼굴을 찬찬히 뜯어보다 말고 다시 입을 열었다.

"당신을 죽이지 않고 그냥 양나라로 돌아가려 합니다."

"그건 왜 그렇소?"

"성중으로 들어와 당신을 찾기 위해 원앙의 사람됨을 물은 즉 말하는 사람들마다 입에 침이 마르도록 당신을 칭찬합디다. 제가 비록 돈에 팔린 자객이긴 하지만 당신처럼 인덕있는 분을 어찌 척살할 수가 있겠습니까!"

"고맙소……!"

자객과 헤어졌는데 그 자객이 금새 되돌아왔다.

"참, 꼭 전해드릴 말이 있었는데, 깜박 잊고 그냥 갈 뻔했습니다. 당신은 조심하지 않으면 안 됩니다. 밤길이든지 한적한 장소라든지…… 양나라에서 오는 자객만 해도 저 외에 열 명은 더 들이닥칠 것입니다."

그날 이후로 원앙은 불안했다. 집안에 가만 앉아 있어도 심란함은 떨쳐버릴 수가 없었다.

집 뒤 언덕으로부터 난데없는 바윗돌이 굴러 마당으로 떨어졌다. 시퍼런 독사가 방 안에서 발견되었다. 칼든 복면의 사내가 달빛으로 그림자를 만들며 방문 앞으로 달려 지났다. 그 말고도 집안에 해괴한 일들이 꼬리를 물고 일어났다.

원앙은 우울했다. 병이 날 정도로 울적함에 시달렸다.

'이토록 공포에 떨고만 있을 게 아니라 유명한 점복가인 배생(揹生)한테로 가서 내 운명을 점쳐보면 될 게 아닌가!'

이튿날 아침 일찍 원앙은 배생의 집을 찾았다. 그리고 자객을 만난 이후 집안에서 속출했던 기괴한 사건들을 고백했다.

한참동안 산통을 흔들던 배생은 드디어 떨리는 손으로 괘를 만들어 냈다. 그의 얼굴은 하얗게 질려 있었다.

"이를 어쩌나! 당신 앞으로는 크나 큰 위험이 달려들고 있습니다!"

"피할 방법을 없겠소?"

"글쎄요. 그나마도 집안이 가장 안전한 장소로 나와 있습니다."

불안을 견디지 못한 원앙은 성문 외곽으로 도망치다가 앞을 가로막는 자들과 만났다. 원앙은 그날 거기서 생을 마감했다.

[끝]

김병총

1939년 마산 출생.
고려대학교 철학과 및 동대학 교육대학원 졸업.
1957년 『동아일보』 신춘문예를 통해 동화 「연과 얼굴과」로 등단했으며,
1974년 『문학사상』 제1회 신인상에 단편 「빨간 우산」이 당선되었다.
「검은 휘파람」 「칼과 이슬」 「달빛 자르기」 「대검자」 등
'한국무예소설'의 큰 줄기를 이루는 작품들을 다수 발표했으며,
베스트셀러 「내일은 비」 외 40여 권의 작품집이 있다.
한국문인협회소설분과 회장, 문학동우회 회장(동아일보),
국제펜클럽 한국본부 이사, 중국문학동우회 부회장,
한국소설가협회 상무이사를 역임했다.

소설 사기
❸ 통일천하

지은이   김병총
펴낸이   전병석·전준배
펴낸곳   (주)문예출판사
신고일   2004. 2. 12. 제 312-2004-000005호
         (1966. 12. 2. 제 1-134호)
주 소   서울특별시 서대문구 충정로 2가 184-4
전 화   393-5681 팩 스 393-5685
이메일   info@moonye.com
블로그   blog.naver.com/imoonye

제1판 1쇄 펴낸날 1998년 11월 20일
제1판 중쇄 펴낸날 2013년 8월 20일

ⓒ 김병총, 1998

ISBN 978-89-310-0363-5 03810
ISBN 978-89-310-0361-1(세트)